桃園
春乃
MOMOZONO
HARUNO
折節
史季
ORIFUSHI
SHIKI
小日向
夏凜
KOHINATA
KARIN
月池
千秋
TSUKIIKE
CHIAKI
放課後はケンカ最強のギャルに連れこまれる生活
彼女たちに好かれて、僕も最強に!?
2

CHARACTER
アタシがアンタのこと、
しっかり鍛えてやるよ
下っ端如きに勝てねえようじゃ、
あのクソ野郎を叩きのめすなんて夢のまた夢だ。
ぼくは斑鳩兄のかわいいかわいい妹分なんで、
よろしくっす

鬼頭朱久里

KITOU AGURI

聖ルキマンツ学園の四大派閥の一つ、鬼頭派の頭を務める３年生。
大勢の不良をまとめ上げ、「１年最強決定戦」を主催する

三浦美久

MIURA MIKU

春乃の友人の１年生女子。
ある理由から「１年最強決定戦」にエントリーをした。
不良じみた見た目だが、ケンカは激弱

五所川原アリス

GOSYOGAWARA ARISU

斑鳩派のメンバーで１年生。

小柄な見た目どおりの曲芸的な身のこなしと、それを活かした蹴り技が武器。自らの欲望に忠実な性格をしている

放課後はケンカ最強のギャルに連れこまれる生活2

彼女たちに好かれて、僕も最強に!?

亜逸

ファンタジア文庫

3353

口絵・本文イラスト　ｋａｋａｏ

CONTENTS

プロローグ

荒井《あらい》派の抗争が終わってから、数日の時が経《た》った頃。

荒井とのケンカでパンパンになった顔の腫れも、人に見られても問題ない程度には引いてきたので登校することにした折節史季《おりふししき》は、

（なんか……〝あの時〟よりも、みんなが僕のことをチラチラ見てくる気がするんですけど……）

二年二組のクラスメイトのほぼ全員からチラチラチラチラ見られている状況に、かつてないほどの居心地の悪さを覚えていた。

なお〝あの時〟とは、史季をいじめていた川藤《かわとう》と二人の取り巻きに学校の外で遭遇し、サンドバッグにされていたところを、この聖《セント》ルキマンツ学園の頭《トップ》に君臨する〝女帝〟――小日向夏凜《こひなたかりん》に助けられ、川藤とタイマンする流れになり、見事勝利を収めた後日に登校した時を指した言葉だった。

〝あの時〟も大概にクラスメイトがこちらのことをチラチラチラチラ見てきたが、史季が思っているとおり、今回はその比ではないほどのチラチラっぷりだった。

なぜ自分がこんなにも注目を集めてしまっているのか……その理由は、最早《もはや》考えるまでもないことだった。

「折節の奴《やつ》が、あの荒井さんにタイマンで勝ったっつう話、マジだと思うか？」

「俺、荒井さんが首を固定するアレ、なん言《つ》ったたっけな……とにかく、巻いてるのこの目で見たぞ」

「なんでも、荒井先輩を一〇メートルくらい蹴り飛ばしたって話らしいぜ？」

「なにそれ、こわぁ……」

史季は先日、聖ルキマンツ学園が誇る四大派閥の一角——荒井派の頭《トップ》を張っている荒井亮吾《りょうご》とタイマンを張り、奇跡的に勝利を収めた。不良も一般生徒《パンピー》も関係なく、史季のことをチラチラ見たりヒソヒソと話したりしているのも、全てはそれが原因だった。

（というか一〇メートル蹴り飛ばしたってなに⁉　なんか話に尾ひれついてない⁉）

などと心の中で悲鳴を上げていると、ヒソヒソ話の中に気になる話題が混じっていることに気づき、耳を傾ける。

「そういえば川藤の奴、今日も来てねえな」

「ちょうど小日向《こひなた》派と荒井派がモメた後からだから、荒井さんと一緒に折節にやられちまったんじゃねえの？」

「それ、折節がその日の内に荒井先輩と川藤をぶっ倒したってことになるだろ。さすがにそれはねえよ。……ねえよな？」

後半の話は聞こえなかったフリをしながら、川藤のいない席を横目で見やる。

不良校として有名な聖ルキマンツ学園において、ケンカで負けたことを契機に学園に来なくなった不良が、そのまま退学するというのはそう珍しい話ではない。

川藤には散々いじめられた手前、同情する気も、ましてや心配する気もサラサラないが、だからといって全く思うところがないと言えば嘘《うそ》になる。川藤の取り巻き二人――確か江《え》口《ぐち》と田村《たむら》といったか――が、いやに肩身を狭くしながらも学校に来ている分、余計に。

そんなことを考えてしまっている自分に、思わずため息をついてしまう。

自分をいじめた相手に対してこれだから、我ながら本当に度《ど》し難《がた》い性分をしていると思わずにはいられなかった。

そうこうしている内に、担任の冴《さ》えないおっさん教師がやってきたので、クラスメイトの注目を集めていることも、川藤のことも、今は棚に上げることにする。

そこから先はいつもどおりに授業を受け、放課後になり、いつもどおりに予備品室へ向かおうとした――その時だった。

史季にとっては馴染み深くあると同時に全く馴染みのない出来事が起きたのは。

「折節史季だな？　ちょっとツラ貸せよ」

教室を出てからすぐに三年生と思《おぼ》しき不良につかまった史季は、内心ではビビり倒しながらも、言われたとおり相手の後を付いていく。荒井に勝てたからといって草食動物な性根が直ったわけではなく、「ノー」とは答えられない史季だった。

しばらく歩き、辿《たど》り着《つ》いたのは体育館の裏。

この時点でもう嫌な予感しかしなかった史季は、恐る恐る不良に訊《たず》ねる。

「あ、あのぉ……何のご用でしょうか？」

「別にたいした用じゃねえよ。ちょっとばかし、俺とタイマンしようってだけの話だからなぁッ！」

不良が「なぁッ！」に合わせて繰り出してきたパンチを、史季は半ば反射的に身を引いてかわす。

「い、いきなり何するんですか⁉」

「今のをかわすか！　荒井に勝ったたって話はデタラメってわけじゃなさそうだなぁッ！」

再び「なぁッ！」に合わせて繰り出されたパンチを、史季は飛び下がってかわした。

（相手の目的は僕とのケンカ⁉　ということは、やるかやられるか以外に、この場を収める方法は――）

する。

——ない。そのことを理解した瞬間、史季は目の前の不良を本気で迎撃することを決意

草食動物な性根は確かに直っていない。ゆえに〝ケンカをする〟という覚悟をすぐには決められないというだけで、今の史季には不良という名の肉食動物に抗する力も心も身についていた。夏凜《かりん》のケンカレッスンを受け、荒井に勝利したことによって。

それを証明するように、不良がパンチを繰り出そうとするタイミングに合わせて、左太股《ふともも》にローキックをお見舞いする。

バチィッと聞くだけで痛そうな音とともに、不良は膝を突——

「まだだぁッ！」

叫び声一つで突きかけた膝を踏ん張り、あろうことか殴り返してくる。反撃を予想していなかったせいで回避が間に合わず、両腕を交差させてパンチを防御する。

川藤あたりと比べても明らかに手強《てごわ》い不良を前に、生半可な攻撃では倒せないと判断した史季は、追撃のパンチをかわすと同時に、

「これでッ！」

側頭部にハイキックを叩《たた》き込み、一撃で昏倒《こんとう》させた。

息が乱れるほどの攻防ではなかったが、それでも、思わず、深々と息をついてしまう。

川藤にいじめられていた頃の史季にとって、不良に体育館裏に連れ込まれることは哀《かな》しくなるほどに馴染み深い話だったが、連れ込まれた理由がタイマンを張りたかったというのは全く馴染みのない話だった。

だからこそ、ついた息には安堵《あんど》の色がありありと浮かんでいた。

「おい、見たか。今の蹴り」

横合いからいやにドスの利《き》いた声が聞こえてきて、吐き出したばかりの安堵を呑《の》み込んでしまう。

さらに、

「ああ。アレはやばそうだな」

「で、誰からいくよ？」

背後からも続々と不良が現れてきて、史季はいよいよ息を呑んでしまう。

（感じからして、この人たちも僕とタイマンがしたくてやって来たみたいだけど……）

荒井を倒した史季を倒すことで名を上げたいのか、それとも単純に腕比べをしたいだけなのかはわからないが、兎《と》にも角《かく》にも勘弁してほしいというのが本音だった。

そんな史季の心中に気づいていないのか、それとも気づいた上で無視しているのか、不良たちは勝手に話を進めていく。

「順番は早い者勝ちでいいだろ」

「てめぇ、先に来たからそう言ってやがるな？」

「俺は別に早い者勝ちでも構わねえぜ。最終的に勝った奴を倒せばいいだけの——」

「盛り上がってるとこ、わりーけど」

不意に、女子の声が史季たちの耳朶《じだ》に触れる。

史季も、不良たちも、声が聞こえた方角——体育館の角に視線を向ける。

ほどなくして現れたのは、情熱の赤に染めた髪をゴールデンポニーテールでまとめ、その口には煙草《たばこ》の形をした駄菓子——パインシガレットを咥《くわ》えたヤンキー少女。

猛者《もさ》が集う聖ルキマンツ学園において、最強の名を欲しいままにしている〝女帝〟——小日向夏凜だった。

史季とのタイマンを望んでいた、如何《いか》にも腕に覚えがありそうな不良たちが息を呑む中、夏凜は言葉をつぐ。

「あたしのツレにちょっかい出すの、やめてくんねーかな？」

やめてくんねー場合はわかってるよな？——言外にそう言っている夏凛を前に、不良たちは押し黙る。

今の自分では〝女帝〟には敵《かな》わない。だけど、このまま言われたとおりに引き下がるのは矜持《プライド》が許さない。そんな苦渋が、全員の顔にありありと浮かんでいた。

なまじ腕が立ち、なまじプライドが高い分、不良たちが二進《にっち》も三進《さっち》も行かなくなっているのを悟ったのか、夏凛は突然史季の手をむんずと摑《つか》む。

「ほら、さっさと行くぞ」

「え？　あ……ちょっ⁉」

彼女に引っ張られるがままに、体育館裏から離れていく。ただ流れでそうなっただけとはいえ、夏凛とこうして手を繋《つな》いでいることにドギマギしながら。

（まあ、小日向さんはこれくらい、なんとも思ってないんだろうけど……）

実際なんとも思ってないから、躊躇《ちゅうちょ》なく僕の手を摑んできたんだろうし——などと卑屈になっている史季は気づいていなかった。

夏凛の耳が、常よりも少しだけ、赤くなっていることに。

第一章　初見殺し

「で、早速絡《から》まれたってわけか」

　鮮やかなウルフボブの金髪が目を引く、見た目が幼女な月池千秋《つきいけちあき》が、つい先程史季に降りかかった災難を聞いて同情混じりに言う。見た目どおりの幼女声《ロリボイス》で。

「絡んできたのは、どこの派閥だったのかしらね～？」

　ややクセのある亜麻色の長髪と、切れ長の双眸《そうぼう》がいやに蠱惑《こわく》的な氷山冬華《ひやまとうか》が、見た目以上に色っぽい声音で夏凜に訊ねる。

「派閥に入ってねー奴か、斑鳩《いかるが》派のどっちかだろ。特に斑鳩派は血の気が多い奴が多いし、頭《トップ》が自由人《フリーダム》だから統制もへったくれもねーしな。それより、春乃《はるの》の方は何か変わったことかなかったのかよ？」

　そう訊ねられた、この場においては唯一年下である黒髪の美少女――桃園《ももぞの》春乃は、

「はい！　いつもどおりあまり人が近寄ってきませんでした！」

　元気よく哀しい返事をかえした。

　今、史季たちがいる場所は、体育館の地下にある予備品室。小日向派の秘密のたまり場

にして、ケンカレッスンと勉強会《スタディレッスン》の場にもなっている部屋だった。

もっとも、今日のところはようやく登校できるようになった史季の体調を考慮して、ケンカレッスンも勉強会もお休みになっているため、近況報告がてら駄弁《だべ》るために集まった形になっているが。

「ほんとごめん、春乃。あたしのせいで、こんなことになっちまって……」

先の春乃の返事を聞いた夏凛が、心底申し訳なさそうに謝る。

「そ、そんな！　夏凛先輩は何も悪くないですよ！」

憧れの先輩に頭を下げられ、春乃は慌ててかぶりを振った。

どうにも春乃は、荒井派に拉致られた一件以降、クラスメイトからは腫れ物のような扱いを受けているという話だった。そして春乃が荒井派に拉致られた理由は、荒井が、風邪で弱っていた夏凛を誘《おび》き出《だ》すため。夏凛が春乃に謝っているのも、自分絡《がら》みのトラブルに後輩を巻き込んでしまったという自責の念からだった。

だけど――

「桃園さんの言うとおり、小日向《こひなた》さんは何も悪くないよ」

史季は語気を強くして、夏凛の自責を否定する。

「弱みに付け込まれることが悪いだなんて考え方は、絶対に間違ってる。悪いのは間違いなく、弱っていた小日向さんを狙ったり、桃園さんを拉致したりした荒井派の人たちだ。

だから小日向さんも、勿論《もちろん》桃園さんも、何一つ悪くない」

不意に、沈黙が下りる。まさか何の返事もかえってこないとは思ってなかった史季は、無駄に狼狽《ろうばい》しながら皆に訊ねた。

「な、なんで静かになるの？」

「いや、なんつうか、男子三日会わざれば～って思ってな」

千秋はそう言って、隣にいた冬華を横目で見やる。

「そ～そ～。しーくんってば、すっかり男の子の顔になっちゃってるんだもの。ね？　りんりん？」

千秋に倣《なら》ってか、冬華は隣にいた夏凛を横目で見やる。

すると夏凛は、なぜか虚を衝かれたように「え？」と漏らすと、

「いや……まー……冬華がそう言うなら……まー……そうなんだろ」

珍しくしどろもどろしながら、要領を得ない返事をかえした。

別にたいして暑くもないのに、懐《ふところ》から取り出した鉄扇で自分の顔を全力で煽《あお》ぎながら。

らしくない反応をしている自覚があるのか、夏凛は誤魔化すようにして、隣にいた春乃に「な？」と言いながら視線を送る。

「はい！　なんか前よりもかっこよくなってると思います！」

直球すぎる褒め言葉に、千秋はギョッとし、冬華は笑いを堪えるように掌《てのひら》で口を押さえ、夏凛は何とも言えない微妙な表情を浮かべる。当の史季はというと、こういう褒められ方には慣れていないせいか、頬が熱くなっていくのを自覚しながらも恐縮するばかりだった。

「折節のそういうとこ、三年くらい会ってなくても変わってなさそうだな」

千秋は綺麗《きれい》にオチをつけると、ここからが本題だとばかりに切り出す。

「で、真面目な話どう思うよ？　折節が絡まれた件」

「まだ、嵐の前の静けさってところかしらね～」

「静けさなの⁉」

思わず素っ頓狂な声を上げる史季に、いつの間にやらいつもの調子を取り戻した夏凛が答える。

「史季が登校してきたってのに、鬼頭《きとう》派が何の反応《アクション》も起こしてねーからな。たぶんこれ、鬼頭センパイが何かしら悪巧《わるだく》んでるパターンだぞ」

夏凛の言う鬼頭センパイとは、勿論鬼頭派の頭《トップ》を指した言葉だった。

その頭の名は、鬼頭朱久里《あぐり》。

夏凜《かりん》がセンパイと言っているとおり三年生で、夏凜と同じく女子でありながら派閥の頭に君臨している強者だった。

（それにしても荒井先輩と違って、鬼頭先輩はちゃんと「センパイ」って呼んでるんだ）

それだけ夏凜が荒井のことを嫌っているのだろうと一人得心している間に、春乃が元気よく手を上げて元気よく訊《たず》ねる。

「夏凜先輩！　一年生にも鬼頭くんがいるんですけど、その鬼頭先輩と何か関係があるんですか！」

「あー、そりゃたぶん弟の方だな」

四大派閥の頭ゆえに鬼頭朱久里のことは史季も知っていたが、彼女に弟がいるという話は完全に初耳だった。

その驚きが例によって顔に出てしまっていたのか、千秋が夏凜に提案する。

「どうせならそのあたりのことも含めて、折節と春乃に詳しく説明してやった方がいいんじゃねぇか？」

夏凜は「だな」と首肯を返してから、鬼頭派について語り出した。

「鬼頭派は、去年卒業した堀田《ほった》っつうセンパイが率いていた派閥が元になっててな。学園に入学してきた一年の中で誰が一番強《つえ》ーかを決める一年最強決定戦の運営なんかもしてた派閥なんだよ。そのせいか、身を寄せてる不良の数がとにかく多くて、その数は荒井派の一・五倍以上――八〇人近くもいやがる」

「ま～、去年の一年最強決定戦は、りんりんが台無しにしちゃったんだけどね～」

話の腰を折る冬華に、夏凛は夏凛で悪びれることなく応じる。

「運営してたっ言《つ》っても、授業中でも関係なくケンカをやらせる程度にはクソ運営だったからな。んなもん潰すに決まってんだろ」

それは史季も耳にしたことがある話だった。一年最強決定戦に参加した一年の不良のみならず、運営元の派閥の頭だった堀田も夏凛が一人で倒したという話は、聖ルキマンツ学園においては今も語り草になっている。事実、当時のことを知らない春乃も、今の話については知っている様子だった。その春乃に、千秋は「てか」と前置きしてから訊ねる。

「今年は一年最強決定戦ってどうなってんだ？　春乃は何かそういう話聞いてねぇか？」

春乃は腕を組み、首を傾けながら「う～ん」と考え込むも、ほどなくして「すぴーすぴー」と寝息を立て始める。その様子を見た千秋は、ロングスカートのスリットから取り出したハリセンで、彼女の頭をスパーンと叩《はた》いた。

「あっ、おはようございます、千秋先輩っ」

「おはようございますじゃねぇよ……」

片手で頭を抱える、千秋。これには史季たちも苦笑するばかりだった。

「さすがに今年はもう、一年最強決定戦はやらないんじゃないかしら？　去年は入学から半月後くらいに開催されてたけど、今年は一ヶ月半経《た》った今でも噂《うわさ》すら聞かないし」

「確かに、言われてみりゃそうだな」

冬華の推論に千秋が納得したところで、夏凜は話を戻す。

「とにかく、鬼頭センパイは受け継いだ派閥を鬼頭派にしたわけだけど……史季、鬼頭センパイはどうして、女だてらに派閥の頭なんかになったと思う？」

「それは……不良としてのし上がるため、とか？」

「と思うじゃん？　のし上がるはのし上がるでも自分のためじゃなくて、二年遅れて入学してくる弟が、この学園でのし上がるための足場を用意するために、鬼頭センパイは自分の派閥を手に入れたんだよ」

ちょっと言っている言葉の意味がわからなかった史季は、冬華と千秋に物言いたげな視線を送る。

「残念ながら事実よ～。ちょ～っと鬼頭派の女の子と付き合ってた時期があってね～。ベ、ッ、ド、の、上、で、何、も、か、も、包、み、隠、さ、ず、に、語、り、合、っ、て、真偽を確かめたから、今のりんりんの話には一つの間違いもないわよ～」

事実であることもさることながら、ある意味では信頼できる冬華の情報源に、史季の頬は引きつりっぱなしだった。そんな中、千秋が肩をすくめながら補足する。

「おまけにあのパイセン、テストじゃ一〇〇点以外とったことがねぇってくらい頭が良《い》いからな。それなのに弟のためにそこまでするなんて、控えめに言ってイカれてると思わねぇか?」

あんまりにもあんまりな言い草だが、自分の将来など一顧だにしない鬼頭朱久里の在り方が理解不能だった手前、否定したくても否定できない史季だった。

「まー、そういうわけだから、一年の鬼頭は弟の方で間違いねー。でもって千秋が言ったとおり、鬼頭センパイはマジで頭が良い。それこそ史季以上にな。だから、水面下で事を動かすこととか搦《から》め手《て》とかが、メチャクチャ得意なんだよ」

再び話を戻す夏凜に同意するように、千秋は頷《うなず》く。

「実際、堀田派から鬼頭派に変わりたての頃、荒井派がここぞとばかりに潰そうとしたけど、荒井派はただ鬼頭パイセンに振り回されただけの結果に終わったしな」

「これもベッドの上で聞いた話だけど～、こないだのワタシたちに対してやったみたいに、荒井派は色々と汚い手を使おうとしたらしいけど～、鬼頭先輩が全て読み切った上で対策までしてたから、向こうは何もできなかったって話らしいわよ～」

相変わらずな情報源はさておき。「ベッドの上」という単語にでも反応しているのか、春乃《はるの》がいやにモジモジソワソワしていたことには、気づかないフリを決め込む史季だった。

「結局その諍《いさか》いは有耶無耶《うやむや》になって終わったわけだけど、そん時に鬼頭派が荒井派と本気でぶつからなかったのは……史季ならもう大体察しがついてんじゃねーか？」

夏凜の指摘に、史季は疲れた顔をしながら首肯する。

「鬼頭先輩が、弟くんの手で荒井先輩を倒させることで、弟くんの名を上げさせようとしているから……だよね？」

「そういうこった。で、ここからはあたしの勘だけど、今の今まで鬼頭派が静かだったのは、たぶん鬼頭弟を派閥に馴染《なじ》ませるのに時間をかけたからだと思う。その間に史季が荒井を倒したことは、さすがに鬼頭センパイも想定外だっただろうけど、あのセンパイのことだから、むしろこんな風に考えてるかもしれねーな」

「荒井先輩を倒した僕を弟くんに倒させることで、弟くんの名を上げる……だよね？　僕の方が、荒井先輩よりも絶対に倒しやすいし」

遠い目をしながら、夏凜が言わんとしていたことを言い当てる。

もっとも、後半に関しては完全に史季の私見になるが。

「荒井よりも倒しやすいかどうかはウチの目から見ても微妙なとこだと思うけど、さすがに夏凛や斑鳩《いかるが》パイセンに比べたら、折節の方が倒しやすいのは確かだからな。鬼頭派が折節を狙ってくる可能性は高いと思った方がいいだろ」

「やっぱそうだよなー……こうなったらいっそ、あたしが直接鬼頭センパイに話を――」

「ダメよ～、りんりん。腹芸の『は』の字もないりんりんが鬼頭先輩に話をつけに行ったところで、適当に言いくるめられるか、最悪、偽《にせ》情報を摑《つか》まされてこっちが混乱させられるのがオチだもの」

冬華の言うとおりだったのか、夏凛は「んぐっ」と口ごもるだけで反論一つ返さなかった。そんな中、史季はおずおずと手を上げ、先程からこんな風に訊ねてばかりだと思いながらもおずおずと訊ねる。

「結局のところ、鬼頭派がいつ仕掛けてきてもいいように備えるしかない……ってことだよね？」

夏凛と千秋と冬華は顔を見合わせ、

「だな」

「まぁ、そうなるな」

「そうなるわね～」

と、揃《そろ》って頷き合い、

「ケンカレッスンあるのみ！　ということですね！」

正鵠《せいこく》を射た結論で話を締める春乃に、失礼とは思いながらも驚愕《きょうがく》を禁じ得ない史季たちだった。


とはいえ、今日のところはケンカレッスンはお休みなので、いつもよりも早めの解散の後、史季は真《ま》っ直《す》ぐ家に帰ることにする。いくら腕自慢の不良たちといえども、夏凛たちと一緒にいる間はさすがに手出しはしてこないし、彼女たちと別れてからは、コソコソと身を隠して帰れば問題ないだろうと高をくっていたら、

「おい、折節の野郎は見たか？」

「はん、見てねえよ。つうか、見てもてめぇなんぞに教えるかよ」

「んだとぉ⁉　てめえから先にブチ殺すぞ⁉」

通りのど真ん中で、勝手に揉《も》めて勝手にケンカをおっ始める不良たちの様子を路地の陰から覗《のぞ》き見《み》ながら、史季は自分の見立てが甘かったことを思い知る。

このまま通りに出てしまうのは自ら猛獣の檻《おり》に飛び込むのと同義なので、回れ右して路地の奥へ向かい、別ルートから帰途につくことにする。しばらく歩き、そろそろ大丈夫だ

ろうと思って路地を出ようとするも……今日の放課後、体育館裏で史季にケンカを売ろうとしていた不良の一人が通りにいることに気づき、慌てて路地の奥に引き返した。

それから史季は路地をコソコソと移動しては通りに出ようとするも、その度に誰かを捜している不良の存在に気づき、路地の奥に引き返すことを繰り返した。

（学園の外でも多少は狙われることは覚悟してたけど、いくらなんでもこれは多すぎじゃない⁉）

現在位置だけを見れば、自宅までもうあと五分というところまで来ている。

だからこそ、今は一人の不良にも見つかりたくないというのが本音だった。

なぜなら、今ここで不良に見つかってしまった場合、この辺りに史季の自宅があることを不良たちに知られる危険性があるからだ。

（帰るのが遅くなってしまうけど、日が沈むのを待つしかないか……）

怪我《けが》明けということもあって今日はさっさと家に帰って休みたかったけど、こうなってしまった以上はもう仕方ない——と、諦め混じりにため息をついた、その時だった。

「やあ、大変そうだね」

突然背後から声をかけられ、史季は喉元まで出かけた悲鳴を呑《の》み込みながら、恐る恐る振り返る。声をかけてきたのは、上背が一七〇半ばくらいの、聖ルキマンツ学園の男子生徒だった。不良ではなく男子生徒と評したとおり、几帳面《きちょうめん》なまでにきっちりと制服を着こなす彼の出《い》で立《た》ちは、およそヤンチャをするような手合いには見えなかった。

当然、髪を染めるような真似《まね》はしておらず、センターで分けているマッシュヘアは、夜闇を彷彿《ほうふつ》とさせるほどの黒さだった。

穏やかな笑みを湛《たた》えた中性的な容貌は荒事《ケンカ》とは無縁そうな雰囲気を醸《かも》し出《だ》しており、史季が言うのも何だが、およそ聖ルキマンツ学園には似つかわしくないタイプの男子だった。

その男子が、笑みに負けず劣らず穏やかな口調で訊《たず》ねてくる。

「大方、表をうろついてるガラの悪そうな連中に追われてるといったところかい？」

「えっと……まあ……そんなところだけど……」

普通にタメ口で答えてしまったことを、史季は我が事ながら少しだけ意外に思う。

史季は基本、初対面でなおかつパッと見では年齢が判然としない相手に対しては、敬語で応じるようにしている。

その方が相手に失礼がないという理由もあるが、不良に絡《から》まれた際に敬語で応じた方が不興を買うリスクが減るという、なんとも弱者らしい理由によるところが大きかった。

なのに今、自分は自然とタメ口で彼に応じている。

立ち振る舞いだけを見れば、下手な三年生よりも余裕を感じさせる男子を相手に。

（いや、でも、話し方はあんまり年上って感じがしないし……）

などと、意味もなく心の中で言い訳していると、男子がこんな提案をしてくる。

「この辺りの裏道には詳しいんだけど、キミさえ良ければ連中がいないところまで案内しようか？」

渡りに船と言いたいところだが、突然理由もなく親切にされると、かえって警戒心が湧いてしまう。いくら不良には見えないと言っても、目の前にいる男子が、史季自身も通っているあの学園の生徒だからなおさらに。そんな心中が顔に出てしまったのか、男子は穏やかな笑みを深めながらも、史季を助ける理由について語った。

「自分で言うのも何だけど、見てのとおりあの学園に似つかわしくないタイプだから、何かとガラの悪いのに絡まれることが多くてね。ちょっと他人事《ひとごと》とは思えなかっただけさ」

その言葉の全てを鵜呑《うの》みにできるかどうかはともかく、史季自身、目の前にいる男子に対してそういう印象を抱いていた手前、理由としては充分納得できるものだった。

それに、一人勝手に疑心暗鬼になって相手の厚意を無下にするのもどうかと思ったので、ここは素直に彼の言葉に甘えることにした。

「じゃあ、案内してもらってもいいかな？」

「もちろん」

そうして男子は路地の奥へと進んでいき、史季はその後をついて行く。

この辺りの裏道には詳しいという言葉に嘘《うそ》はないようで、史季も知らないような道を迷うことなく突き進んでいく。やがて、表通りと呼ぶには人通りがいやに少ない場所に辿《たど》り着《つ》いたところで、男子はようやく足を止めた。

「ここまで来ればもう大丈夫だと思うよ。まあ、キミの家が、連中がうろついていた場所の近くだった場合は、ちょっと遠回りして帰る必要があるけどね」

史季は周囲を見回し、不良の気配がないことと、知っている建物があることを確認してから答える。

「大丈夫。ここからなら、そこまで遠回りしなくても帰れるから。さすがに不良《あの人》たちも、すぐにはこんなところまで足を伸ばしてこないだろうし」

「そうかい。それはよかった」

笑みを深める男子に、史季は礼を言う。

「ありがとう、おかげで助かったよ。え〜っと……」

「岩谷卓《いわたにすぐる》。それがボクの名前だよ、折節クン」

「⁉　どうして僕の名前を⁉」

　完全に初対面であるにもかかわらずこちらの名前を知っていたことに、史季は再び警戒心を強める。その様子を見て、岩谷は穏やかな笑みを深めたまま、史季の名前を知っている種を明かした。

「どうしても何も、今のキミは学園内においては〝女帝〟並みの有名人だからね。知らない方がどうかしてるよ」

「そんなに有名になってるの⁉」

　思わず、悲鳴じみた声を上げてしまう。荒井にタイマンで勝ったことで注目を浴びるようになったことは受け入れていたつもりだったが、それによって自分の知名度が夏凜《かりん》並みになってしまったことは、史季にとっては少々受け入れがたい事実だった。

「さて、ボクはここらで失礼させてもらうよ。長居しすぎたせいで連中がこっちにまで来てしまったら、折節クンをここまで逃がした甲斐《かい》がなくなってしまうからね」

「そ、そうだね。……岩谷くん、あらためて今日は本当にありがとう」

「二度も礼を言うなんて律儀《りちぎ》だね、折節クンは」

　とは言いながらも、岩谷は素直に礼を受け取り、踵《きびす》を返して史季の前から立ち去っていく。そんな彼の背中を見送っていた史季だったが、不意に「あ……」と声を漏らした。

「そういえば、何年生なのか聞くの忘れてた……」

とはいえ、学年を聞いて態度を変えるというのも、それはそれでいやらしい話なので、むしろ聞かなくて正解だったと自分に言い聞かせる。そもそも学年以前に、岩谷という男子が不良なのか一般生徒《パンピー》なのかも、史季は判じかねていた。

(見たところ不良には見えないけど……なんでだろう？)

なぜか、今日自分を狙ってきた不良たちよりも、油断できなかったというか、緊張したというか……兎《と》にも角《かく》にも、気を許そうという気にはなれない〝何か〟を岩谷から感じた。

「けど、さすがに助けてくれた相手にそれは失礼だよね」

そう独りごちると、最早《もはや》姿が見えなくなった岩谷に今一度心の中で礼を言ってから、コソコソと帰途についた。

◇　◇　◇

先日、史季と荒井がタイマンを張った廃倉庫のすぐ近くにある河川敷《かせんじき》。

そこに架けられている橋を渡り、しばらく進んだ先にある廃病院で、聖ルキマンツ学園の制服に身を包んだ男女が七人、屯《たむろ》していた。

「悪いねアンタたち。こんな辺鄙《へんぴ》なところに呼び出しちまって」

口火を切ったのは、宝塚の男役を彷彿とさせる、ボーイッシュな黒髪がよく似合う色白美女だった。

身長は男子と比べたら見劣りするものの、女子の平均よりは明らかに高く、体つきはスレンダー。制服はきっちりというほどではないが、さりとて着崩しているというほどではなく、彼女を知らない人間に四大派閥の一角を統べる不良に見えるかと訊ねた場合、「YES」と答えられる者はまずいないだろう。

然う。この色白美女こそが、四大派閥の一角を担《にな》う鬼頭《きとう》派の頭《トップ》――鬼頭朱久里《あぐり》。

ケンカの強さだけを見れば、四大派閥の頭の中では紛《まが》うことなく最弱ではあるものの、他の三人には持ち得ない〝強さ〟をもって渡り合う女傑だった。

その朱久里が気《き》っ風《ぷ》の良《い》い物言いで、この場に集まった鬼頭派幹部に訊ねる。

「今日、折節史季《ターゲット》の登校が確認された。そこでアンタたちにもう一度聞いておきたいんだけど、アタシは弟がこの学園の頭《トップ》に立つことを全力で補佐するつもりでいる。そのために、アンタたち派閥のメンバーを使うつもりでいる。それでもまだこのアタシに付いてきてくれる。そう思っていいんだね？」

その問いに対し、男子と同じ数だけ女子も混じっている、六人の幹部が口々に答える。

「今さら水臭いことは言いっこなしだろ」

「そうっすよ。俺たちは姐《あね》さんについてくって決めてんすから」

「それに神輿《みこし》としては、蒼紘《あおい》くんは蒼紘くんで担《かつ》ぎ甲斐《がい》があるしね」

頭《トップ》に対する畏怖と打算で成り立っている荒井派とは違い、鬼頭派のメンバーが心の底から朱久里のことを、その弟である蒼紘のことを慕っていることがよくわかる返答だった。

幹部たちの信頼に胸が熱くなるものを感じながら、朱久里は素直に礼を言う。

「ありがとよアンタたち。そう言ってもらえると、アタシとしても嬉《うれ》しいよ」

笑みを浮かべる朱久里に、誰も彼もが釣られたように笑う。

しかし、和やかだったのはここまでで、朱久里は表情はおろか空気さえも引き締めるような物言いで幹部たちに告げた。

「これからの方針だけど、まずは弟に一年最強という肩書きを手に入れてもらおうと思ってる」

それを聞いて、男子幹部の一人が片眉を上げながら言った。

「なるほど。俺たちを廃病院《ここ》に集合させたのは、そういうことか」

「やるつもりなのね？　一年最強決定戦を？」

女子幹部の問いに、朱久里はニンマリと笑って「そのとおり」と答える。

「とは言っても、堀田《ほった》先輩みたいに時と場所と場面《TPO》を弁《わきま》えずにやらかしたら小日向《こひなた》の嬢ちゃんに邪魔されるだろうし、アタシとしても一般生徒《バンピー》を巻き込むようなやり方は好きじゃないからね」

そう言って、朱久里は両手を横に拡《ひろ》げる。

「だから今年は、廃病院《ここ》を舞台に一年最強決定戦を開催することにした。スペシャルゲスト、スペシャルゲストを用意した上で、ね」

それだけで全てを察した幹部たちが「ああ」「なるほど」「そういうことか」と、口々に得心の声を上げる。

「ターゲットに関してはほっといても斑鳩《いかるが》派の連中か、少しでも名を上げたい連中がちょっかいを出してくれるだろうけど、詰めの交渉を成功させるためにも、もう少し危機感を煽《あお》っておきたい。だから、血の気の多そうな奴《やつ》を見かけたら、適当に煽ってターゲットにぶつけといてくれ。但し……」

「わかってる」

またしても朱久里の言わんとしていることを察した幹部たちが、揃《そろ》って首肯を返す。

「鬼頭派の仕業だということはバレないように――っすね」

「下の連中にも、今しばらくは大人しくするよう言い聞かせておくわ」

朱久里は満足げに頷《うなず》き、話を締めくくる。

「ターゲットの牽制《けんせい》に一年最強決定戦の準備と、やらなきゃならないことは山ほどある。だからこそ言わせてもらうけど……アンタたちの力、精々アテにさせてもらうよ！」

激励にも似た頭《トップ》の言葉に、鬼頭派の幹部たちは揃って応を返した。

◇◇◇

翌日の放課後。

史季は予備品室へ向かう途上、今度は斑鳩派を名乗る不良にタイマンを挑まれた。タイマンには勝てたものの、相手が昨日の不良よりもさらに手強《てごわ》かったせいで倒すのに時間がかかってしまい、そのせいでいつの間にやらタイマン待ちの不良どもが行列をなしていた。

史季に全員を相手にする気概などあるはずもなく。迷うことなく逃げの一手を打ち、どうにかこうにか不良どもを撒《ま》き、やっとの思いで予備品室に辿りついた次第だった。

「で、ここに来るまでに三〇分もかかっちまったってわけか」

夏凛が同情を滲《にじ》ませた声音で言う。予備品室にはすでに千秋、冬華、春乃《はるの》の姿もあり、ケンカレッスンを行う上では主役となる史季だけが遅れてしまった形になっていた。

なお春乃は待ちくたびれてしまったのか、積み上げられた体育用マットに腰掛けた体勢で「すぴー……すぴー……」と気持ちよさそうに船を漕《こ》いでいた。

兎にも角にも遅くなってしまったことを「ご、ごめん……」と謝る史季に、夏凜はパインシガレットを咥《くわ》えながら応じる。

「謝んな謝んな。わりーのは一〇〇パー絡《から》んできた不良《バカ》どもなんだから」

「つうか、よく予備品室《こここ》まで辿り着けたな。そんだけ狙われてたら、人目を盗むのも大変だったろ」

会話に交ざってきた千秋の疑問に、史季は遠い目をしながら答える。

「小日向さんたちにケンカのやり方を教えてもらう前は、不良に絡まれた時は逃げたり隠れたりするしかなかったから、そういうのはすっかり得意になっちゃって……」

考えるだに哀《かな》しい特技の告白に、さしもの千秋もバツが悪そうに「なんか、わりぃ」と謝るしかなかった。

「しかしこうなってくると～、そろそろ基礎的な部分以外のことも教えてあげた方が良さそうよね～」

冬華の言葉に、夏凜は首肯を返す。

「確かに、状況的に基礎だけってわけにはいかなさそうだしな。史季が荒井に勝ったことを知った上で挑んでくるような野郎は、ケンカ慣れしてる奴か、そのレベルに片足突っ込んでる奴が多いだろうし」

「言われてみれば確かに、昨日といい今日といい、絡んできたのは簡単には勝てない人たちばかりだったかも……」

と、言ったところで気づく。

「……え？　それってつまり……僕が倒した人って、ケンカ慣れしてる人だったかもしれないってこと⁉」

「今日絡んできた奴がマジで斑鳩派だったら〝かもしれない〟じゃなくて〝間違いなく〟だけどな。小日向《あたしら》派ほど極端じゃねーってだけで、斑鳩派も大概に少数精鋭だし」

信じられないとばかりに、あんぐりと口を開ける史季に、夏凜は苦笑する。

「別に驚くことでもねーだろ。荒井は確かにクソ野郎だけど、強さに関しちゃケンカ慣れしてるなんてレベルじゃねーからな。その荒井に勝てた時点で、史季にはもうケンカ慣れしてる奴を撃退できるくらいの力はついてんだよ」

「いやいやいや！　何度も言うけど荒井先輩に勝てたのは、本当に奇跡みたいなものだから！　マグレどころの話じゃないから！」

「つってもケンカ慣れしてる奴でも、荒井相手に奇跡を起こせる奴なんてそういねーぞ」

思わず、口ごもる。同時に、気づいてしまう。

自分が不良たちに狙われるようになったのは、だからこそなのだと。

「とにかく、ケンカ慣れしてるような奴が相手だと、蹴り一発で瞬殺なんて真似《まね》はそうそうできねー。かといって相手を倒すのにいちいち時間をかけてると、他の不良に気づかれてまたケンカなんてことになっちまう。今日の史季にみたいにな」

そう前振りした上で、夏凜《かりん》は史季に宣言する。

「つーわけで、今日は史季に初見殺しについて教えようと思う」

ソシャゲ、家庭用《コンシューマー》問わずゲームで遊ぶことが多い史季にとって、馴染《なじ》みのある単語が出てきたことに、つい狐《きつね》につままれたような顔をしてしまう。

「初見殺しって、あの初見殺し？」

「『あの』がどのを指してんのかは知らねーけど、文字どおりの意味での初見殺しだな。例を出すなら、そうだな……史季が荒井とやり合った時に、あの野郎がタフさに物を言わせて相討ち上等で殴ってきたろ。アレも初見殺しの一種だ」

確かにあの時、荒井は史季のローキックをまともにくらったにもかかわらず、平然と殴り返してきた。そのことを全く予想していなかった史季は回避も防御もできず——とはいえ、殴られる瞬間に無意識の内に首を捻《ひね》ってダメージを軽減させていたが——殴り飛ばされてしまった。言われてみれば、初見殺しも甚《はなは》だしいと思う。

「まー、相手の攻撃をわざわざ食らってる時点で、初見殺しとしちゃ下の下だけどな」

荒井のことを心底嫌っているせいか、続けて出てきた言葉は辛辣だった。

「とにかく、ケンカなんて基本同じ相手《おんな》と何度もやることなんてそうそうねー。今の史季の状況だとあんまり当てはまらないかもしれねーけど、いくらこの学園の不良《バカ》どもでも、二～三回くらいやって勝てなかったら、力の差があると判断して手ぇ出すのをやめる程度の頭はある」

咥えていたパインシガレットを摘まみ、煙草《たばこ》の煙を吐き出すかのように口から離してから言葉をつぐ。

「だから、初見殺しを二～三コくらい用意してれば、挑んでくる不良《バカ》どもを楽に処理できるってわけ。で、ぶっちゃけた話、史季は初見殺しそのものは出来てるっちゃ出来てる」

史季の顔に「どういうこと⁉」と書かれていたのか、夏凜は苦笑しながらパインシガレットを咥え直した。

「史季のキック力は、見た目からじゃ想像もつかねーくらいすげーからな。知ってなきゃ大抵の奴は驚くだろうし、モロに決まれば驚く間もなく相手を倒すことができる。だから、史季のキックも初見殺しとしてはけっこう機能してんだよ」

なるほど——と、得心するも、すぐに別の疑問が脳裏に浮かぶ。

「あ、でも、今日僕に絡んできた人たちはみんな、僕のキック力を知っている感じだったような……」

「荒井に勝った時点で、史季がどんなケンカをするかなんて、不良どもの間じゃもうとっくに知れ渡ってるからな。この学園で史季にケンカ売ってくる奴は全員、史季のキック力の凄《すご》さを知ってると思っといた方がいいぞ」

「それってもう初見殺しも何もなくない⁉」

悲鳴じみた声を上げる史季に、夏凜はニンマリと笑った。

「相手にこっちの手札を知られてる。だからこそできる初見殺しがあること、今から教えてやんよ。つーわけだから……」

夏凜は冬華を見やるも、なぜか「う〜ん……」と葛藤を滲ませてからお願いする。

「冬華。史季におまえのアレ、見せてやってくれ」

「しょうがないわね〜」

了承すると同時に自身のスカートの中に手を突っ込み、大事なところを隠すという発想が欠落したランジェリーをするすると脱い——

「「なぁにやっとんじゃ————————っ‼」」

叫び声を重《ハモ》ならせながら、夏凛が扇面《せんめん》で、千秋がハリセンで冬華の頭を叩《はた》く。その結果、下着としての機能を放棄したドスケベランジェリーが膝のあたりまで脱げた状態で止まってしまったものだから、史季からしたら目のやり場に困るどころの騒ぎではない。

手遅れだとわかっていながらも顔を背ける以外に、できることはなかった。

「いった～～～～いっ。二人とも何するのよ～～～～～っ」

「それはこっちの台詞《せりふ》だっ‼」

「つうか、さっさとパンツ穿《は》けっ‼」

夏凛と千秋のあまりの剣幕に、冬華は渋々パンツをずり上げていく。

「アレを見せてやってくれって言ったの、りんりんなのに～」

「今の話の流れでなんでアレがパンツになんだよ⁉　あたしはおまえがたまにやってる学園の不良《バカ》ども用の初見殺しを史季に見せてやってくれって言ってんだよ！」

「は～い」

「それから……」

夏凛はなぜか冬華から視線を逸《そ》らし、やけにゴニョゴニョとした物言いで言葉をつぐ。

「寝技とか、絶対にすんじゃねーぞ」

千秋が「そりゃ当然だろ」と言わんばかりに鼻を鳴らす一方で、冬華はなぜか嬉《うれ》しげに楽しげにニヨニヨしていた。

「つーわけだから史季、今から冬華が仕掛けるから本気で凌《しの》いでみてくれ。最初《はな》からその気はねーだろうけど、反撃はナシでな」

そんなこんなで、夏凛と千秋がいまだ健やかに船を漕いでいる春乃の傍《そば》に移動してから、史季は冬華と対峙《たいじ》する。直前にやらかしたことがことなので、セクハラ的な意味で嫌な予感を募らせていた史季だったが、

「そろそろ、始めていいかしら？」

切れ長の双眸《そうぼう》をわずかに開き、柔道選手さながらに、左肩と左脚を前に出して構える冬華の立ち姿に言いようのない〝圧〟を感じた史季は、すぐさま気を引き締め、首肯を返す。

返事を確認した冬華が、ジリジリと間合いを詰めてくる。

くる――と、直感が告げた刹那、

「⁉」

浅く握られた拳が眼前まで迫っていたことに吃驚《びっくり》しながらも、ギリギリのところで反応した史季は上体を反らすことでかわしてみせる。まさか氷山さんが殴ってくるなんて――などと考える間もなく、いつの間にか視界から冬華が消えていることに再び吃驚する。

（まさか下ッ⁉）

直感に従ってすぐさま視線を落とすも、その時にはもう何もかもが手遅れだった。

冬華の初見殺しを凌げなかったという意味でも。

冬華のマジっぽい雰囲気に、まんまと騙《だま》されたという意味でも。

「えい♥」

無駄に可愛《かわい》らしいかけ声とともに、冬華は史季のズボンを容赦なくずり下げる。

恐ろしいことに、一瞬の内にベルトを外した上で。

「ひゃ～～～～～～～～～ッ!?」

何がとは言わないがナニの形がまあまあわかるボクサーパンツ（高校デビュー）を穿いていた史季は、男らしさなどかなぐり捨てて悲鳴を上げてしまう。

すぐさまズボンを上げようとするも、足元にいる、獲物を見つけた肉食動物のような顔をしている冬華と目が合ってしまい、中途半端《ちゅうとはんぱ》に腰を落とした体勢のまま、蛇に睨《にら》まれた蛙《かえる》のように固まってしまう。

そんな肉食動物なのか蛇なのかよくわからない、性欲の怪物《キメラ》を退治したのは、

「「なぁにやっとんじゃ――――――――っ!!」」

先と同じ叫びをハモらせた夏凜と千秋だった。鉄扇の先端で頭をどつかれ、スタンバトンを最大出力でお見舞いされた冬華は、事切れたようにその場に倒れ伏す。

冬華の呪縛から解放されたところで、史季は今度こそパンツが丸出しになっている下半身を隠すためにズボンに手を伸ばすも……一体ナニに反応したのか。いつの間にやら目を覚ましていた春乃《はるの》が、こちらの股間をガン見していることに気づき、またしても中途半端に腰を落とした体勢で固まってしまう。初めて春乃に恐怖を覚えた瞬間だった。

「つーか、史季もいい加減ズボン上げろよっ！」

髪色よりも顔を赤くした夏凛が、悲鳴に近い声で叫んでくる。

隣にいる千秋も、夏凛ほどではないにしろ頬に赤みを帯びており、頭を抱えるフリをしながらもこちらから視線を逸らしていた。

兎《と》にも角《かく》にも、さっさとズボンを上げた史季は安堵《あんど》の吐息をつき、釣られるようにして夏凛と千秋も安堵の吐息をつく。

しかし、春乃一人だけが「ぁ……」と残念そうな吐息をついていた。

そんなまさかすぎる後輩の反応に、夏凛と千秋はギョッとする。

そしてその瞬間は、彼女にとっては千載一遇の隙《チャンス》だった。

「隙あり♥」

唐突に蘇《よみがえ》った冬華が、倒れ伏していた状態から夏凛のスカートの中に手を伸ばし、真白いパンツを足首のあたりまでずり下げる。

千秋が標的にされなかったのは、ロングスカートとタイツという鉄壁の守りを一瞬で攻略することは、冬華といえども困難だったからということはさておき。例によって手遅れなタイミングで史季が顔を背ける中、夏凛の声にならない悲鳴と、動けない夏凛に代わって千秋にヤキを入れられた冬華の嬌声《きょうせい》じみた悲鳴が、予備品室に響き渡った。

再開初日としては色んな意味で波瀾万丈《はらんばんじょう》だったケンカレッスンを早めに切り上げ、勉強会に移行する。

ケンカと勉強。水と油に等しいこの二つが交わることは決してなく、事実、予備品室で行われるレッスンにおいても、ケンカと勉強が交わることは一度たりともなかった。

しかし今日この日、ケンカと勉強が交わった。

主に、ケンカレッスンで盛大にやらかしてくれた冬華へのお仕置きという意味で。

「あの～……この問題集の量はちょ～っと多すぎると思うんだけど～……」

いったいいつ用意したのか、眼前に積み上げられた問題集の山を前に、冬華は泣き言を漏らす。

「おーい、史季ー。冬華の奴《やつ》、これくらいじゃ足りないってよー」

今回においては冬華の凶行《セクハラ》の最大の被害者である夏凛《かりん》が、容赦のないおかわりを史季に催促する。

「ちょ、ちょ～っと待って、りんりん。これ以上はさすがに――」

という言葉は、史季が追加で積み上げた問題集によって阻《はば》まれた。

「僕は嬉しいよ、氷山さん。これくらいの問題集では足りないって言えるくらい、勉強熱心になってくれて」

頭に暗黒が付く感じの微笑を浮かべながら、史季。史季と夏凛――凶行《セクハラ》の被害者同士、仲良くタッグを組んで冬華を責める形になっていた。

「いや～……だから足りないって言ったのはワタシじゃなくて～……」

という冬華の弁を無視《スルー》して、史季は暗黒な微笑を深める。

「大丈夫、今日一日で全部やれだなんて言わないから。三日以内に終わらせてくれれば、それでいいよ」

「せめて一週間にして～」

という冬華の悲鳴がこだまする中、一年生の日本史の勉強をしていた千秋と春乃が、真剣な表情で意見をかわしていた。

「なぁ、春乃。この『長宗我部元親《ちょうそかべもとちか》』って、めっちゃ名前憶《おぼ》えにくくね？」

「確かに、千秋先輩の言うとおりですね……」

春乃は「むむむ……」と眉根を寄せて考え込んだ後、ある意味ではなんとも彼女らしい、全国の男子の四人に一人は思いついたであろうアレな名前を口走る。

「先輩！『超スケベ元チカン』にしたら憶えやすいと思います！」

「憶えやすいかもしれねぇけど、さすがにそれは長宗我部《ちょうそかべ》さんに失礼だろ⁉」

千秋の意見に同意しつつも、史季は思案する。

憶え方を自分で編み出すのは良《い》いことだが、春乃の場合、テストでも『超スケベ元チカン』と書いて大惨事を引き起こす恐れがあるかもしれない。

なので、とで、今日のところはこのまま自分で勉強させて、最後に日本史の小テストをすることにした。彼女が本当にちゃんと『長宗我部元親』を憶えているのかを確かめることにした。

夏凜と冬華も巻き込んで行《おこな》った小テストにおいて、二人は答えを書けず、ちゃっかり学習していた千秋だけがしっかりと『長宗我部元親』と書いて正解していた。

春乃が書いた答えは、予想どおりであり、予想外なものでもあった。彼女が書いた答えは『超助平元痴漢』。おそらくは『長宗我部元親』という字面《じづら》を薄《うっす》らと憶えていたから、全て漢字で書いたのだろうが。常用漢字すら危うい彼女が『助平』や『痴漢』といった漢字を完璧に記憶していることに、天を仰がずにはいられない史季だった。

勉強会も早めに切り上げた史季たちは、一七時にはもう学園を後にしていた。

史季の快復祝いのために、五人揃《そろ》って繁華街のとある場所を目指して町を歩く中、史季は今日のレッスンのお題となった初見殺しについて思案する。

「初見殺しか……。さすがに氷山さんがやっていることをそっくりそのまま僕が真似《まね》しても、あんまり初見殺しって感じにはならないよね？」

史季の問いに、隣を歩いていた夏凛は首肯を返す。

「組み技が得意な冬華だからこそ突ける死角だからな。キックしか警戒してないマヌケが相手なら、冬華と同じように速さ重視のパンチで崩してハイキックで仕留めるなんてこともできるけど、ケンカ慣れしてる奴だとそうはいかねー。キックを最大限に警戒しつつも、パンチがくることも想定していると思っておいた方がいい」

その場合、相手にとってそれはただのパンチとキックのコンビネーションになってしまう。それ自体は悪くないが、初見殺しとは言い難《がた》い。

「だったら、こういうのはいいんじゃねえか？」

会話に交じってきた千秋に、夏凛は訊《たず》ねる。

「なんか良い初見殺しでも思いついたのかよ？」

「ああ。コイツはこの学園に限れば、大抵の奴なら通じる初見殺しだぜ」

そんな前置きを経て、千秋はドヤ顔で言葉をつぐ。

「折節。今度不良に絡《から》まれた時に『あ、小日向《こひなた》さん』って言いながら、相手の後ろの方を見てみろ。ぜってぇ引っかかるから」

「おまえ、それはさすがに……」

否定しようとしていた夏凛だったが、意外とアリだと思ったのか口ごもってしまう。

千秋のドヤ顔が、ますますドヤっていく。

「ったく、ちょ～っと釈然としねーけど、千秋の案は割とアリだな。本当は斑鳩《いかるが》センパイみてーな、バレてても強力な初見殺しを編み出すのがベストだけど、今の史季の状況を考えると、簡単に実戦投入できるやつもあって損はねーし」

「斑鳩パイセンのって……あぁ、ありゃ確かに初見殺しみてぇなとこあるよな」

同意を求める千秋に、問題集でパンパンになった鞄《かばん》の重量にテンションだだ下がりになっている冬華が、微妙に投げやりな物言いで答えた。

「といっても、わかっていたところでどうしようもないけどね～」

ここで四大派閥の頭《トップ》の名前が出てくるとは思わなかったが、それ以上にこの三人にそこまで言わしめる斑鳩の初見殺しが気になったので、史季は直球で訊ねることにする。

「斑鳩先輩の初見殺しってどういうものなの？」

「そいつは、ウチらでもある程度は説明できっけど……」

「ここは、斑鳩先輩と実際にやり合ったりんりんに答えてもらいましょ。ワタシとちーちゃんじゃ、なんとなくでしか説明できないと思うし」

二人に言われて、夏凛は「しょうがねーな」と言わんばかりの顔をしながら、斑鳩の初見殺しについて語り出した。

「言ってしまえばただ蹴ってるだけなんだけど、その蹴りがクソ速《はえ》ーわ、ノーモーションで蹴ってくる時もあるわ、変幻自在だわで、斑鳩センパイとやり合った奴は初見じゃ何されたかわからずに蹴り倒されてるなんてザラだし、わかっていても捌《さば》き切れるもんでもねー代物なんだよ」

「なるほど……でも、変幻自在なキックって？」

「さすがにカポエラみてーな真似はやってこねーけど、踵落《ネリチャギ》としとか、縦蹴《ブラジリアンキック》りとか、後は蹴りの軌道を途中で変えたりとか、そんな感じだな」

格闘技に疎《うと》い史季には、ネリチャギやブラジリアンキックがどういう代物なのか、さっぱりわからないことはさておき。キックの軌道を途中で変えるという話はにわかには信じられなかったので、さらに質問を重ねることにした。

「キックの途中で軌道を変えるなんて、できるものなの？」

「威力を維持したまま軌道を変えるのは難しいけど、軌道を変化させること自体はけっこう簡単にできっぞ。特にハイキックからローキックに変化させるのは」

「そういうの、口で説明するよりも実際にやってみせた方がいいんじゃないかしら〜？」

「それもそうだな」

何の気なしに返事をかえしていた夏凛だったが、すぐに冬華の罠《わな》に気づき、顔を真っ赤にして怒声じみた声を上げる。

「って、んなことしたらまたパンツ見られちまうだろうがっ‼」

「見られるって誰に〜？」

「そ、そりゃ……史季にだな……」

「あらあら？　どうして、しーくんには見られたくないの〜？」

それは史季が男子だから――という明確な答えがあるにもかかわらず、夏凛は答えに詰まってしまう。まるで、史季に見られることを恥ずかしがっているかのように。

何もかもを承知でニヨニヨしている冬華は別として。女子と接した経験が少ない史季と、察するもへったくれもない春乃が夏凛の心中の変化に気づかない中、千秋一人だけが怪訝《けげん》な顔をしながら、夏凛と史季、ついでに冬華を見比べていた。

　短くない沈黙を経て、夏凛はようやく〝明確な答え〟を冬華に返す。

「……し、史季はこん中で唯一の男子なんだから、見られたくねーのは当然だろうが」

「あらあら～？　りんりんってば、ワタシたちにパンツを見られる度に見せパンだから大丈夫だとかなんとか言ってなかったっけ～？」

「だ、大丈夫とまでは言ってねーっ！　つうか、さっきあたしのパンツずり下げやがったてめーが言うことじゃねーっ！」

「そうですよ！　夏凛先輩のパンツは、ずり下ろしても大丈夫なパンツなんですよ！」

「なんでそうなるっ⁉」

　春乃《はるの》の頓珍漢《とんちんかん》なフォローにツッコみを入れたところで、夏凛は「ぜーはーぜーはー」と荒い吐息をつく。さすがにこのままでは夏凛が居たたまれないので、史季は無理矢理にでも話を戻すことにする。

「と、とにかく、斑鳩先輩のキックは、先輩にとって最大の武器になっていると同時に、初見殺しも兼ねているってことでいいんだよね？」

「そ、そう！　だから斑鳩センパイのは、初見殺しとしちゃ理想的なんだよ！」

　冬華が「つまんな～い」という顔を、千秋が「コイツら、妙に息合ってね？」という顔を、春乃が何も考えていない顔をする中、史季の脳裏で割と切実な疑問が浮かび上がる。

「で、でも、斑鳩派が僕を狙ってるということは、僕よりもよっぽどキックが凄《すご》い斑鳩先輩本人にも狙われてるってことだよね？」

「まー、さすがにキック力は史季に軍配が上がるけどな。あと、斑鳩センパイに狙われるって話ならあんま心配しなくていいぞ。センパイが史季に興味を持ってケンカを売りにくる可能性は確かにあるけど、そん時はちゃんと『嫌だ』って言ったら素直に引き下がってくれっから」

「つっても、パイセン以外の斑鳩派の連中はその限りじゃねぇけどな。昼に夏凜が言ってたとおりパイセンが自由《フリーダム》すぎるせいであそこの派閥は色々と特殊なことになってるし」

「てゆ～か～、キックが得意だったり、女の子に手を上げるのがNGだったり、しーくんと斑鳩先輩って微妙に共通点があるわよね～」

話の流れを無視した冬華の言葉に、史季は「あれ？」と首を傾《かし》げる。

「女の子に手を上げるのがNGって……氷山さん、さっき小日向さんが斑鳩先輩とやり合ったことがあるって言ってなかったっけ？」

「言ったわよ～。ただ、りんりんと斑鳩先輩がケンカになったのは、ちょ～っと不幸な行き違いがあったってゆ～か～……」

「いや、アレはどっちかっつうと、パイセンがアホすぎただけだろ」

辛辣な千秋に、夏凜《かりん》と冬華は「うんうん」と頷《うなず》く。

「史季は斑鳩センパイの渾名《あだな》、知ってっか？」

実のところ、この学園で渾名をつけられているのは夏凜と斑鳩の二人だけしかいない。

そしてそのことは史季も当然知っているので、迷うことなく夏凜に首肯を返した。

「ケンカが好きな人だから、〝ケンカ屋〟って呼ばれていることは」

「じゃ、もう一つの渾名は？」

「もう一つって……斑鳩先輩は二つも渾名をつけられてるの？」

初耳だった史季がちょっと驚きながらも訊ねると、夏凜は笑うのを堪えるような顔をしながら肯定した。

「ああ。それも、ウィットに富んだ不名誉なやつがな」

◇　◇　◇

史季たちがそんな会話をかわしていた頃。

荒井派が根城にしている校舎四階の空き教室は、重苦しい緊張感に包まれていた。

「…………」

史季に敗れて、首に頸椎《けいつい》固定用シーネを巻くハメになった巨漢の不良——荒井亮吾《りょうご》は、窓際《まどぎわ》隅の席に座ったまま、周囲を威圧するように不機嫌を振り撒《ま》いていた。

派閥内においては唯一荒井に意見できるナンバー2の大迫《おおさこ》がいれば、場の空気を和らげるくらいはしてくれたかもしれない。けれど、大迫は大迫で冬華に敗れて病院送りにされてしまったため、今はこの場にはいない。結果、史季に敗れてから今日に至るまで荒井は不機嫌を振り撒き続け、派閥メンバーはこの状況に戦々恐々とすることしかできなかった。

派閥の顔出しを欠席することも、許しもなく勝手に帰ることも、荒井の不興を買うのが恐ろしすぎる手前、できなかった。

ただひたすら荒井が帰るのを待つ……そんな地獄のような時間を打ち破ってくれる救世主はいないのか。この場にいる派閥メンバーの全員がそう思っていたところで、その男はたった一人で荒井派のたまり場に姿を現した。

「うっわ、空気悪《わる》ッ」

第一声からして空気が読めていない男は、某アイドル事務所あたりに顔写真を送ったら一発で採用されそうなほどのイケメンだった。

灰色《アッシュ》が入り混じった黒髪を、ソフトツーブロックと重ためのスパイラルパーマでばっちりキメていたり、女ウケしそうな制服の着崩し方をしているあたり、男が自身の顔の良さに自覚的なのは明白だった。

身長は荒井に比べたら低いものの、それでも一八〇センチは優に超えており、脚の長さに至っては身長差のある荒井とそう変わらないように見えるほど長かった。

不良だらけのこの学園において、同性からの嫉妬のみで連日ケンカを売られそうな外見をした男の名は、斑鳩獅音《いかるがれおん》。

まさしく外見が原因で売られたケンカを喜々として買う、自他ともに認めるケンカ好きゆえに〝ケンカ屋〟の異名で呼ばれている、四大派閥の一つ——斑鳩派の頭《トップ》。

学園の頭を目指す荒井にとっては倒すべき敵の一人である斑鳩の登場に、先程までとは違った緊張感が場を満たした。

「何しに来た？　斑鳩」

露骨に威圧感を滲《にじ》ませながら、荒井は訊《たず》ねる。

「いやな、一週間ぶりに学校《ガッコ》に来てみたら、オマエが聞いたこともねえ奴《やつ》に負けたって聞いてな」

「笑いに来た、とでも言うつもりか？」

怒気を孕《はら》んだ問い。派閥メンバーたちが息を呑《の》む中、斑鳩《いかるが》はあっけらかんと答えた。

「大当たり」

「殺すぞ……！」

当然の帰結とばかりに荒井の双眸《そうぼう》に殺気が宿り、派閥メンバーの多くが必死に悲鳴を噛《か》み殺《ころ》す。その中にあってなお、斑鳩はどこまでも飄々《ひょうひょう》としていた。

「ああ。いつでも殺しに来ていいぜ」

そう言って、ズビシと荒井の首に巻かれたシーネを指でさす。

「但し、その首が治ってからな。やるからにはお互いベストな状態でないと、楽しくねえからな」

荒井の殺気を前に、斑鳩は屈託のない笑みを浮かべる。

これにはさしもの荒井も毒気を抜かれてしまい、怒気を鎮めるように深々と息をつく。

続いて派閥メンバーたちがついた息は、荒井とは比較にならないほどに深々としていた。

「つうか下の者《もん》、いい加減帰してやれよ。オマエが不機嫌振り撒いてるせいで、ビビりまくってて可哀想《かわいそう》なことになってるじゃねえか」

「下の者という概念があるかどうかも怪しい貴様にだけは、とやかく言われたくないな」

荒井の指摘に、斑鳩はおどけたように肩をすくめる。

今の言葉のとおり、斑鳩派には下の者という概念——つまりは派閥内における上下関係があってないような状態になっている。なぜなら斑鳩派は、ケンカで斑鳩に勝ちたい人間と、男女問わずして斑鳩という人間に惚《ほ》れ込んだ人間が集まってできた集団だからだ。

そこに一定の仲間意識は生じても、自ら進んで斑鳩の下についた人間を除けば、派閥内における立場に上も下もない。ただ斑鳩という人間が在るだけでできた派閥が斑鳩派であり、夏凛たちが色々と特殊だの統制もへったくれもないだのと言ったのもそれゆえだった。

「で、どうなんだ？　折節史季ってのは？」

「やはり、興味を持つか」

「そりゃな。この学園でオマエに勝てる奴なんざ、オレと小日向《こひなた》ちゃんくらいだからな」

結局のところ、斑鳩がそれが目的で自分のもとを訪れたことを悟った荒井は、思わずため息をついてしまう。笑いに来たのかという問いに対して「ＹＥＳ」と答えたのも、その方が楽にケンカの約束をとりつけられると思ってのことだったようだ。

「マグレでも俺に勝った以上、雑魚《ざこ》ではないことは認めてやる。だが、それだけだ。くだらん面子《メンツ》にこだわりさえしなければ、俺が奴に負ける要素など一つもなかった」

「オマエそういうとこあるよな。オレと初めてやり合った時も、オレのこと見くびってあっさり負けたし」

「ふん。その次はしっかり俺が勝っただろうが」

「その後はオレの四連勝だけどな」

ドヤ顔を浮かべる斑鳩に、荒井はこめかみに青筋を浮かべる。

「この首、治ったら覚悟しておけよ」

「ああ。首を長くして待ってるぜ」

嬉《うれ》しそうに応じる斑鳩に再び毒気を抜かれた荒井は、舌打ち一つで怒気を鎮《しず》める。

どうにも、この男が相手だと調子を崩されることを自覚しながら。

斑鳩獅音《れおん》は、荒井をして不思議な魅力を感じる男だった。荒井も初めの内は、同学年においては最強と名高かった斑鳩を確実に潰すために、あらゆる手段を講じるつもりでいた。

〝女帝〟一人を呼び出すために、桃園春乃を拉致した時と同じように。

だが――

『聞いたぜ。オマエ強いんだってな。ちょっとそこでオレとケンカしてみねえ？』

弱みや苦手を探る前に、荒井は斑鳩にケンカを売られた。それも、女をナンパするような軽さで。売られたケンカを買わなかった場合、他の不良たちに「ビビった」と思われる恐れがあったという理由もあるが、実際に対峙《たいじ》して「こんな軽そうな奴に俺が負けるわけがない」と決めつけ……ボコボコに蹴り倒された。

その敗戦を機にムキになってしまった荒井は、今度はこちらからケンカを売り、かろうじて勝利を収めることができた。この男を相手に真っ向から勝負し、勝つことができた
——それは荒井にとって、想像していた以上に嬉しいものだった。

だからか、斑鳩に対しては、確実に勝てる手段を講じたり、そのための策を巡らせたりするのが馬鹿らしくなってしまう。馬鹿になって、純粋にケンカを楽しんでしまう。

そんな相手だからか、誠意という自分にとって最も縁遠い言葉を見せたくなってしまう。

「いずれにしろ、折節はオマエの相手になるようなレベルではない。……あくまでも今は、まだ、だがな」

荒井の誠意《ことば》に、斑鳩は「へぇ……」と興味深げな吐息をついた。

「俺の派閥の二年の、川藤を知ってるか？」

「いんや」

と、かぶりを振る斑鳩に、荒井は「だろうな」と返す。

「要するに、貴様が気にも留《と》めない程度の雑魚ということだ。折節はその雑魚に逆らえず、ずっと玩具にされていたという話だ。〝女帝〟に拾われる前まではな」

「小日向ちゃんが男囲ったとか囲ってないとかって話は耳にしてたけど、そういう経緯が

あっての話だったか」

「ああ。いつもの正義気取りの行動の結果だろうな」

「言い方、めっちゃ棘《とげ》あるなぁ」

「気のせいだ」

とは言いながらも〝女帝〟のそういうところがいけ好かないことは荒井も自覚していた。

「ここからは俺の推測だが、折節は〝女帝〟の手解《てほど》きを受けている。そうでなければ、雑魚中の雑魚が、俺にマグレ勝ちするほどにまで強くなれるわけがないからな」

「それもあるだろうが……たぶん、それだけじゃねえだろうな」

斑鳩の言葉に、荒井は片眉を上げる。

「どういう意味だ？」

「小日向ちゃんに手取り足取り教えてもらったからって、一ヶ月やそこら鍛えただけでオマエに勝つってのはさすがに普通じゃねえ。ただ才能があったで済む話でもねえ。強くなれるだけの下地があったと見るべきだろ」

言われてみれば確かにと思わされる推測に、荒井は目を丸くする。

〝女帝〟を筆頭に、この学園にはケンカのことになるとＩＱがブチ上がる不良《やから》は少なからず存在するが、斑鳩はその中でも極めつけだった。

アホすぎる理由で二つ目の渾名がつけられている分、余計に際立《きわだ》っていた。

「川藤に玩具にされたことで、その下地ができたと？」

「そこまではわからねえよ。家庭環境が特殊って線もあるしな……っと、失礼」

断りを入れてから、斑鳩は懐《ふところ》からスマホを取り出して画面を見つめ……だらしなく相《そう》好《ごう》を崩す。それだけで察した荒井は、呆《あき》れたため息をついてから、斑鳩の表情がだらしなくなった理由を言い当てた。

「また女をつくったのか」

「そうなんだよ。みっちゃんって言ってな。これがまたメチャクチャかわいいんだよ」

だらしない笑顔をそのままにスマホを操作し、町中で撮ったと思われる、自分とみっちゃんのツーショット画像を自慢げに見せびらかしてくる。

パッと見は「はいはいごちそうさま」と言いたくなるような微笑《ほほえ》ましい画像だが、

（これ……は……）

Tシャツにショートパンツという、季節的にはまだ肌寒そうな格好をしているみっちゃんの手首、二の腕、太股《ふともも》には、包帯が巻かれていた。

リスカ、アムカ、レグカという言葉があることからもわかるとおり、包帯が巻かれている箇所は自傷行為に走る部位としては定番だった。季節を先取りしたような格好をしている時点で、みっちゃんには包帯が巻かれている箇所を隠す気がないのは明白だった。

（まさか、わざと見せびらかしているのか？）

相手を潰すためには後ろ暗い手段も厭《いと》わないこともあって、荒井は闇が深い人間をそれなり以上に見てきている。その荒井でさえも、この女がどうして自傷行為を隠すために巻いた包帯を見せびらかしているのか、皆目見当がつかなかった。

「……斑鳩。この女は……いや、この女もやばい。悪いことは言わんからやめておけ」

「あ？」

先程までとは打って変わって、ドスの利《き》いた声音が返ってくる。

「オレの彼女にケチつけようってか？　殺すぞ？」

混じりっ気なしの殺気に、荒井は息を呑んでしまう。もっとも息を呑んだ理由の九割は、みっちゃんのやばさに毛ほども気づいていない斑鳩の鈍感《アホ》さにあるが。

「って、んなことしてる場合じゃねえな。みっちゃんからデートのお誘いが来たから、オレはもう行くわ。あと、いい加減マジで下の者《もん》帰してやれよ～」

そう言って、ルンルンとスキップしながら立ち去っていく。

「おい待――」

と言いかけた荒井だったが、今度はデートに行く邪魔をされたことにキレられるだけだと思い直し、制止の言葉を呑み込んだ。

みっちゃんのあまりの闇の深さについ忠告してしまったが、当の斑鳩が聞く耳を持たない以上は気にかけるだけ時間の無駄な上に、気にかけてやる義理もない。

「まったく……つくづく学習能力のない男だ」

荒井の言葉どおり、こと女性関係において、斑鳩は学習能力というものが著しく欠如していた。今まで付き合った彼女が、ヤバい宗教にドハマりしていたり、麻薬中毒者だったり、四股五股が当たり前だったりと、一〇〇パーセント地雷女であったにもかかわらず。

その度に痛い目に遭っているのに、斑鳩は一向に学習しようとしない。

恋は盲目というが、斑鳩の場合は分別がつかないを通り越して、恋する度に頭から脳みそが家出しているとしか思えない有り様になっていた。

そんな、離れたところから薄目で見る分には愉快な恋愛模様から、斑鳩は聖ルキマンツ学園の不良としては異例の、二つ目の渾名《あだな》をつけられるようになった。

そして、その渾名は——

◇　◇　◇

「〝マインスイーパー〟？」

話している間に辿《たど》り着《つ》いた繁華街を歩きながら、史季は、夏凜《かりん》の口から聞かされた斑鳩《いかるが》のもう一つの渾名を疑問符付きで復唱する。

「昔のパソコンに初めから入《プリインストール》ってた《され》ゲームの名前だよね、それ」

「名前はたぶんそこから取られたんだろうけど、意味としてはそのままズバリ〝地雷掃除人〟だけどな」

それだけで察した史季が、頬が引きつりそうになるのを堪《こら》えながら訊《たず》ねる。

「それってつまり、これまでに斑鳩先輩が付き合った彼女が全員地雷だったたってこと？」

「そういうこった。でもって地雷女にばかり惚れるくせに、性懲りもなく女のケツを追いかけ回してることからもわかるとおり、斑鳩センパイはドがつくほどの女好きでな。余程のことがないかぎり、女に手ぇ上げたりしねー」

「じゃ、じゃあ……小日向さんと斑鳩先輩がケンカした時は、余程のことがあったの？」

「正確には、余程のことがあったと斑鳩センパイが勘違いさせられた――だけどな」

その時のことを思い出しているのか、疲れた顔をする夏凜に代わって千秋が話を続ける。

「去年の秋くらいだったか？　斑鳩パイセンは、当時三年生だったパイセンと付き合っててな。そのパイセンもご多分に漏れず地雷女で、斑鳩パイセンの知らねーところで八股してたって話なんだよ」

「八股……⁉」

聞いたこともない股の数に史季は驚愕《きょうがく》するも、千秋ともども真に驚愕させられるのはここからだった。

「あら？　当時その地雷先輩と付き合ってた男の子と突き合ったことがあるけど、実際は一五股してたって話らしいわよ」

勝手に変な渾名をつけたことや、「つきあう」のニュアンスが別の意味に聞こえることはさておき。倍近く股の数が増えたことに、史季と千秋は勿論《もちろん》、話を聞く側に徹していた夏凜までもが言葉を失い、春乃《はるの》一人だけが妙に鼻息を荒くしていた。

聞かなかったことにしたのか、千秋は一五股には一切触れることなく話を続ける。

「と、とにかく、その地雷パイセンは、当時から何かと目立っていた夏凜のことが気に入らなかったらしくてな。わざわざ別の彼氏に自分をボコボコに殴らせてから、夏凜にやられたって斑鳩パイセンに泣きついたんだよ」

「普通そこまでする⁉」

「実際にしちまうような女だから地雷なんだよ」

「さすがにワタシも、地雷先輩とはお近づきになりたいとは思わなかったもの」

冬華すら近寄ろうとしない――その事実だけで、地雷先輩がどれだけやばい地雷女であるのかを史季は理解する。そこに説得力を覚えるのもどうかと思わなくもないが。

「で、彼女がやられたと勘違いした斑鳩パイセンはブチギレて、問答無用で夏凛にケンカを吹っかけてきてな」

千秋は最後の「な」とともに、夏凛に視線を向ける。

夏凛は疲れたため息をついてから、話を引き継いだ。

「斑鳩センパイは一度思い込んだら周りが見えなくなっちまうから、こっちの話は聞かねーわ、マジでつえーからこっちもマジでやらねーとやべーわで、結局マジゲンカになっちまったってわけ」

「後にも先にもその時だけじゃない？　真っ正面からのケンカで、りんりんがあそこまで苦戦したのは」

「クソ親父《おやじ》を除いたら、今までケンカした相手の中じゃ一番だったからな。斑鳩センパイがわりー奴《やつ》じゃないってことも含めて、もう二度とやり合いたくねーのは確かだ」

夏凛にそこまで言わせる斑鳩の強さに、史季は思わず息を呑《の》んでしまう。風邪で弱っているところを狙ってきた荒井とは違って、真っ正面からケンカをしたという話だから、なおさらに。そんな心中が顔に出ていたのか、夏凛は思わずといった風情《ふぜい》で苦笑する。

「そんな心配そうな顔しなくても、さっきも言ったとおり斑鳩センパイは嫌がる相手とはケンカなんてしねーから大丈夫だって。互いにノリ気でないと、楽しいケンカにはならねーからやらねーとか言ってたし。……地雷女が関わらねー限りは」

ちょっと恨みがこもった最後の一言に、史季は悲鳴を上げる。

「そうなることが一番恐《こわ》いんですけど⁉」

「いや、さすがに小日向派相手《あたしら》にはもう、そんなことにはならねーと思うぞ。地雷センパイに嵌《は》められたことを知った後は、土下座で平謝りされたし、やっぱり女に手ぇっつーか脚上げるのは金輪際ごめんだって言ってたし」

「史季先輩は男ですよ！　夏凛先輩！」

春乃がニコニコしながら、絶望的な訂正を付け加えてくる。当人には全く悪気はないことがわかっているからこそ、史季は余計に絶望的な気分になってしまう。

「それに、斑鳩先輩は女の子に夢中になると、ひどい目に遭ったことを綺麗《きれい》さっぱり忘れちゃう節があるしね～」

冬華の追い打ちに、〝的〟を通り越して普通に絶望したくなってくる。

「だ、大丈夫だぞ、史季！　いざって時はあたしがなんとかしてやるから！」

必死に史季を慰める夏凛を、生暖かく見守る冬華と春乃の傍《かたわ》らで、千秋はため息をつく。

「コイツら、当面は鬼頭派の方がやべぇってこと忘れてんじゃねぇだろな？　まぁ、んなこと言っときながら一緒にこんなところに来てる時点で、ウチも人のこた言えねぇけど」

言いながら、道行く先にある目的地《こんなところ》――カラオケ店の看板を見やる。

然う。史季の快復祝いのために向かった場所は、カラオケ店だった。


史季たちが訪れたカラオケ店は、一週間ほど前に開店したばかりの店だった。

日数的に新店という名の御利益《ごりやく》は消えつつあるが、繁華街という立地ゆえになかなかに繁盛《はんじょう》しており、史季たちが店に入った時はもうすでに満室になっていた。

その可能性を考えていなかったせいもあって、史季を除いた全員が落胆しそうになるも、受付の店員が言うには時間延長がなければ一〇分程度で退室する客がいるとのことなので、延長しない可能性に賭けて店内で待つことにした。ちなみに、史季一人だけが落胆しなかった理由は、これまでの人生においてカラオケに行った経験が二回だけしかないせいで無駄に緊張してしまい、落胆できるほどの余裕がないというだけの話だった。

快復祝いを企画してくれたこと自体は素直に嬉《うれ》しいし、夏凛たちとカラオケをしてみたいという気持ちもあるにはあるが、陰キャにして草食動物な史季には、やはりカラオケそのものに対してハードルを感じずにはいられない。そのせいか、いつもよりも妙に近くなってしまった史季は、コソコソと受付の店員に訊ねた。

「あの、すみません……トイレを貸してもらってもいいですか？」

「申し訳ございません。当店では、受付を済ませていない方のお手洗いのご利用は、原則禁止になっておりまして……」

　受付の近くにトイレが見当たらなかったので、その可能性は高いとは思っていたが、それでもつい微妙な顔をしてしまう。その様子を見ていた夏凛は、咥《くわ》えていたパインシガレットを上下にピコピコさせながら提案する。

「近くにコンビニあったし、我慢できそうにねーなら、そっちの方に行けば？」

「大きい方なら急げよぉ～」

　そんな千秋の言葉に、史季は「ち、小さい方だよ！」と言ってから踵《きびす》を返す。

「史季先輩って小さい方なんですか？」

「それは、ワタシの口からは答えられないわね～」

　という春乃と冬華の会話については聞こえなかったフリを決め込んで、史季は店を後にした。夏凛が言っていたコンビニが、カラオケ店から六軒ほど隣にいったところにあることは史季も知っていたので、迷うことなく店へ向かい、店員に一声かけてからトイレを借りて、さっさと小用を済ませる。

個人的にはトイレを借りるだけだと後ろめたいので、何か買っていきたいところだったけれど、夏凛たちを待たせている手前、ぐっと堪《こら》えてコンビニの外に出る。

その直後、

「おいおい、何やってんだよバアさん」

聞くからにガラが悪そうな女子の声が、耳朶《じだ》に触れる。

まさか不良女子が老婆に絡《から》んでいるのではと思い、史季は慌てて声が聞こえた方を見やるも——視界に映ったのは、想像とは真逆の光景だった。

拾っているのだ。スウェットとワイドパンツに身を包んだ、四白眼の目つきからして常時眼《ガン》を飛ばしているようにしか見えない茶髪の女子が、老婆が路上にぶちまけてしまった荷物を拾っているのだ。

「悪いねぇ……お嬢ちゃん」

「お、お嬢ちゃんはやめろって——あぁっ！　それもおれが拾うから、バアさんはじっとしてろ！」

行き交う人々が視線を向けるだけで助けの手を伸ばそうともしない中、女子はガラの悪さをそのままに、老婆がどこぞのドラッグストアで買ったと思われる、薬やらパンやらペ

ットボトル飲料やらを拾っていく。

彼女が本当に不良女子かどうかはともかく、声音だけで老婆に絡んでいると勘違いしかけたことを恥じながらも、史季も路上にぶちまけられた荷物を拾い集めにかかった。

「おや？　あんたも悪いねぇ」

「いえ、こういう時はお互い様ですから」

という老婆と史季のやり取りが聞こえたのか、荷物が散らばる地面に視線を巡らせていた女子が、こちらを見もせずに言ってくる。

「手伝ってくれるってんなら、そっちに転がってったやつ頼むわ」

「うん。任せて」

そうして二人はキビキビと自身の周囲に落ちていた荷物を拾い集め……最後に残った、史季と女子のちょうど間くらいに落ちていた食パンに二人して手を伸ばすも、すぐさま相手の行動に気づき、二人して伸ばした手を中途半端《ちゅうとはんぱ》に止めた。

「ど、どうぞ……」

と譲る史季に、女子は「何の譲り合いだよ」と苦笑しながら食パンを拾う。

そこでようやく女子は、史季が着ている制服に気づいてわずかに目を見開き、続けて史季の顔を見た瞬間——彼女の目が四白眼どころの騒ぎではないほどにまで見開かれた。

「あ、あんたは……」

史季が着ている制服にではなく、史季本人に驚いたような反応を見せると、女子はすぐさま拾い集めた荷物を老婆に渡し、

「じゃ、じゃあな、バアさん！　もう落としたりすんじゃねえぞ！」

老婆の「ありがとうねぇ」という礼の言葉を背中で受けながら、逃げるようにしてこの場から走り去っていった。

（……今の反応、もしかしなくても同校生だよね？）

荒井にタイマンで勝ったことで、不良からケンカを売られるのは勿論勘弁してほしい話だが、今の女子のように露骨に逃げられるのも、それはそれで勘弁してほしいと思わずにはいられない史季だった。

それからどうにかこうにか気を取り直し、拾い集めた荷物を老婆に渡してから、急いでカラオケ店に戻る。

道草を食ったことで夏凛《かりん》たちを待たせてしまっていたらどうしようと思っていたら、どうやら戻ってきたタイミングとしてはちょうど良かったらしく、受付では退室した三人組の女子高生が、今まさに勘定を済ませたところだった。

それからはあれよあれよという間に受付を済ませ、ドリンクバーで飲み物を確保し、カ

ラオケルームに向かう。部屋の広さは五人という人数を考慮したら狭く感じるくらいで、女子の中に男子が一人という状況も相まって、ますます緊張してしまった史季が二の足を踏んでいる間に、千秋、冬華、春乃《はるの》の順で次々と中に入っていく。

「入らねーのかよ?」

手に持ったオレンジジュースをプルプル震えさせて突っ立っている史季のことが気になったのか、後ろにいた夏凛が訊《たず》ねてくる。

「いや……端っこの席に座りたいから、最後に入ろうかなぁって思って」

実際、下手に早めに入ったせいで、夏凛たちに左右から挟まれる形で席に座ることになろうものなら、歌うどころの騒ぎではなくなってしまう。

夏凛たちと一緒にいることに慣れてきたとは言っても、密室で両手に花という状況に耐えられるほど、史季の心の中に棲《す》む草食動物は逞《たくま》しくなかった。

そんな心中が顔に出てしまったのか、夏凛は「そっか」と苦笑してから先に部屋に入り、史季は一度深呼吸してから彼女に続いて中に入る。座る場所は勿論《もちろん》、先の言葉のとおりソファの端っこだ。

なお、ソファはテーブルを挟む形で二つ設置されており、入口の扉から見て右側のソファは千秋、冬華の順に、左側のソファは、春乃、夏凛、史季の順で座る形になっていた。

「いやぁ、《ラウンドテン》以外で歌うのは久しぶりだから、テンション上がるわぁ」

「も〜う、ちーちゃんはしゃぎすぎ〜。ま〜、気持ちはわかるけどね〜」

そんな会話を聞いて、史季は思わず顔を引きつらせる。

「やっぱり、この辺りにあるカラオケ店は全部、聖ルキマンツ学園の生徒はお断りになってるの？」

その問いに、夏凜はうんざりとした物言いで答える。

「学園《うち》の不良《バカ》どもがバカやらかしまくってるせいでな」

「備品を壊したりとか〜、密室なのを良《い》いことにラブホテル代わりに使ったりとかしてるんだもの。そりゃ〜学園丸ごと出禁にされちゃうわよね〜」

「冬華先輩！　ラブホテル代わりにしてたという話について、もっと詳――」

「あ――――――っとっと！」

例によって食いついた春乃の言葉を、千秋が大音声《だいおんじょう》で遮って有耶無耶《うやむや》にする。

「と、とにかくだ！　不良《バカ》どものせいで制服《せーふく》着て入れるカラオケ店が、新しくできたとこしかねぇんだよ！　あと冬華！　ラブホ云々《うんぬん》に関しちゃ、ぜってぇテメェは人に言える立場じゃねぇだろ！」

「失礼ね〜、ちーちゃん。ワタシたちの学園のせいかどうかはわからないけど、この辺りのカラオケ店の部屋には、ぜ〜んぶ防犯カメラが設置されてるから、ラブホテル代わりになんて使わないわよ〜。ハメ撮りプレイの趣味もないし〜」

「いやなんでそんなこと知ってるの⁉」

思わずツッコみを入れる史季に対し、冬華は無駄に上手《うま》い口笛を吹きながら、露骨に視線を逸《そ》らす。その一方で、春乃が熱に浮かされたような顔をしながら、両手で頰を押さえてクネクネと身悶《みもだ》えていた。

様子からして、先程冬華が最後に言った言葉の意味を理解していると見て間違いなさそうだが……史季も、隣で頭を抱えていた夏凜も、努めて考えないようにするばかりだった。

「これ以上アホ話で時間潰すのも勿体《もったい》ねぇし、そろそろ始めっぞ」

そう言って、千秋はスカートのスリットから五本の割箸を取り出す。

箸先にはそれぞれ「1」から「5」の数字が書かれており、その数字が意味するところは最早言《もはやげん》に及ばない。

千秋は箸先を隠す形で五本の割箸を両の掌《てのひら》で挟み、擦り合わせることでシャッフルした後、引き続き箸先を握って数字を隠しながら皆に言った。

「順番はいつもどおり公平にくじ引きだ。ウチは最後に余ったやつにすっから、オマエらは好きな割箸選《やつ》んでいいぞ」

なんとなくそんな予感はしていたけれど、見事「1」を引き当てた史季は、最も避けたかったトップバッターを務めることとなる。

正直な話、最近の歌どころか邦楽・洋楽そのものがそこまで詳しくないし、むしろゲームソングやアニメソングの方が詳しいくらいだけれど。

さすがに女子の中に男子が一人の状況でコッテコテのゲーソン・アニソンを歌う度胸はなかったので、ここは無難に、臆病者《チキン》が一撃くらわせる感じのバンドが、何年か前にアニメの主題歌として歌っていたものを選曲《チョイス》することにした。

前奏が流れ、歌い始めてからほどなくして、史季は場の空気を察する。

自分の歌唱力があまりにも普通すぎて、夏凜たちが微妙に反応に困っていることに。

実のところ、多人数でのカラオケにおいて最も盛り下がるのは、史季のような歌唱力が普通すぎる手合いだった。歌が上手かった場合は言わずもがな、歌が下手な場合でも、当人の羞恥はともかく、場を盛り上げるという点においては前者を超えることも珍しくない。

逆に、ツッコみどころがないほどに歌唱力が普通すぎた場合、歌の上手さに対する歓声も、歌の下手さに対する笑い声も起きないため、ただ淡々と歌と時間が流れていくことになる。あともう少し歌が上手ければ、あるいは下手だったら起きていたであろう反応も、普通すぎる歌の前ではピクリとも起こらない。

これなんて拷問？——と、ちょっと涙目になりかけたその時だった。

「ほい、おまえら」

夏凜が他のみんなに、タンバリンやマラカスを渡したのは。

その後は、盛り上がらないならこっちから盛り上げてやるぜと言わんばかりに、夏凜たちが曲に合わせてタンバリンとマラカスを鳴らし始める。

ちょっとうるさい上に、ちょっと以上に恥ずかしくはあるけれど。夏凜たちと親しくなる前の史季なら、これはこれで拷問だと思っていたかもしれないけれど。

どうせならみんなで楽しくという、夏凜たちの思いが伝わってきたせいか。

そのみんなの中に自分が含まれていることが嬉《うれ》しかったせいか。

段々歌うことが楽しくなってきて、気がついた時にはもう一曲歌い終えていた。

緊張があったことも含めて、思いのほか渇いた喉をオレンジジュースで潤している間に、二番手の千秋がマイクを摑《つか》み、立ち上がる。

紅白歌合戦でも何度か耳にしたことがある、桜の名を冠する演歌の前奏とともに。

予想外すぎる選曲に目を丸くしていると、

「まー、黙って聞いてみなって。色んな意味ですげーから」

そう言った夏凛は勿論、冬華も春乃もタンバリンやマラカスをテーブルに置いて静聴する構えをとっていたので、史季も彼女たちに倣《なら》って千秋の歌を静聴することにする。

そうして始まったのが、惚《ほ》れ惚《ぼ》れするほどに小節のきいた幼女歌声《ロリソング》だった。

歌手から歌の内容に至るまで大人な女性の演歌を、見た目も声も幼女な千秋が完璧に歌ってみせるものだから、聞けば聞くほどに脳がバグっていく錯覚に陥ってしまう。

千秋の熱唱が終わると、自然と動いた両手が惜しみない拍手を送っていた。

同じように夏凛たちからも拍手を送られ、千秋はかつて見たことがないほどのドヤ顔で応じる。あるいは、この表情も含めて一曲なのかもしれないと、史季は小さく苦笑した。

「っと、次はあたしだな」

前奏と呼ぶにはあまりにも短すぎるサウンドが流れると同時に、三番手の夏凛が慌ててマイクを握る。彼女が歌ったのは、史季たちが中学生の頃に流行《はや》った、「うるさい」的なフレーズが印象的なあの曲だったわけだが、

「相変わらず、この絶妙にヘタクソな感じがあざといな」

「ワタシは好きよ〜。このあざとさ」

「はい！　かわいいと思います！」

「てめーらほんとにうっせーわっ‼　あとヘタクソで悪かったなっ‼」

などと怒鳴る夏凛の手前口には出せなかったが、「かわいいと思う」という春乃の言葉に心の中で同意する史季だった。例のフレーズのせいか、夏凛が選曲するという意味ではイメージどおりの歌だとも思いながら。

歌が終わり、夏凛はマイクをテーブルに置きながら意味深な愚痴をこぼす。

「あー、クソ。春乃の前ってのが、またきちーな」

どういう意味なのか訊ねようかどうか迷っている内に、次の歌の前奏が始まる。

友達から呼ばれていた渾名《あだな》をそのまま芸名にした女性シンガーソングライターが歌う、ドラマの主題歌にもなった曲だった。

「あ、わたしですね」

夏凛の言葉どおりに四番手を務める春乃が、両手で握り締めたマイクを顔の近くまで持ち上げる。夏凛が歌っていた時は賑《にぎ》やかだった千秋と冬華が、急に静かになる。

前奏が終わり、可憐《かれん》な唇が開いた瞬間、史季は夏凛の愚痴の意味を理解する。

一聴してわかる美声。その美しさを十全に活《い》かす圧巻の歌唱力。

千秋の演歌はそれはそれで聴き応えがあったが、春乃の歌はそれ以上だった。

両親の血が滲《にじ》んでそうな努力によって身についた応急処置とは違う、紛《まが》うことなく桃園春乃個人の特技に、史季は圧倒されるばかりだった。

やがて、歌詞を間違えるというドジすらやらかすことなく、春乃は歌い終える。

彼女が歌っている間は、魂がどこかに飛んでいってしまっていたかのような、夢と現《うつつ》が曖昧になっていたかのような、不思議な一時《ひととき》だった。

そんな感覚を覚えたのは史季だけではないようで、春乃の歌を聞き慣れている夏凜《かりん》たちでさえも、拍手を送ることすら忘れて余韻に浸っていた。

「ふぅ……次は冬華先輩です――あっ⁉」

春乃が冬華にマイクを渡そうとしたその時、両手からすっぽ抜けたマイクが冬華の額に直撃する。

「あぁん♥」

という喘《あえ》ぎ声をかき消すように、スイッチが切れてなかったマイクと額がぶつかった音が不協和音となって史季たちの耳を圧《お》し、史季たちは両手で耳を押さえて悶絶《もんぜつ》した。

「ごめんなさいごめんなさい！」

平謝りする春乃を見て、今の不協和音を何とも感じてないのだろうか？――と、益体《やくたい》もないことを考えていた史季だったが、直後に流れてきたＢＧＭがあまりにも衝撃的だったせいで疑問も益体もまとめて吹き飛んでしまう。

一巡目の最後《トリ》を飾る冬華が選んだ曲は、史季があえて選ぶのを避けたコテコテのアニソン以上にコッテコテな、自称ネコ型ロボットが登場する国民的アニメの初代主題歌だった。

「それじゃ～お楽しみの時間、始めるわよ～」

マイクをぶつけられて額を赤くした冬華の、艶《なま》めかしい声が部屋に響き渡り、

「楽しみにはしてねーよ」

「楽しみにしてたまるか」

「わたしは楽しみです！」

夏凛たちが言いたい放題に返す中、始まる。全年齢対象の国民的子供向けアニメの主題歌が、大人向けの卑猥《ひわい》な歌にしか聞こえなくなってしまう、悪夢のような一時《ひととき》が。

冬華の歌い方は、扇情的の一語に尽きるものだった。

だったから、「こんなこと」が「あんなこと」にしか聞こえなかった。

「できたらいいな」も、赤ちゃん的な意味にしか聞こえなかった。

夢を歌われても、頭に「淫《みだ》らな」が付くものしか想像できなかった。

サビに至っては、もう完全にただの喘ぎ声だった。

かつて、これほどまでに国民的アニメの主題歌を冒瀆《ぼうとく》した歌い方をした人間がいただろうか？　いや、いない――そう確信した史季は、夏凛と千秋と同じように、何とも言えな

い複雑な表情を浮かべていた。

春乃《はるの》一人だけが、純粋な子供のように目をキラキラさせながら鼻息を荒くしていた。

最近になるまで、春乃がアッチに興味津々《きょうみしんしん》であることを夏凛たちが知らなかったことからもわかるとおり、以前はもう少しアッチ絡《がら》みの興味を隠すようにしていたような気がするけれど。なんかもういよいよ隠す気というものが感じられなくなった春乃に、思わず遠い目をしてしまう史季だった。

◇◇◇

（……んだよ、これ）

夏凛は自分が今置かれている状況に、なぜか妙にらしくない自分自身に、困惑していた。

事の発端は、歌う順番がきっかり二巡した後。

皆のコップが空《から》になっていることに気づいた春乃が、「ここは一番年下のわたしがいってきます！」と意気込みながら、ドリンクの補充に向かったことだった。

心遣いは嬉しいが、ドジな春乃一人を行かせるのは危険極まりないので夏凛が付き添おうとするも、冬華が「ま～ま～」となぜか満面の笑みでこちらを押し止め、代わりに春乃の付き添いを買って出たのだ。なぜか、千秋も道連れにして。

なぜか、夏凛と史季には荷物を見ているよう言いつけて。

その時は「まー、春乃が盛大にやらかした時は二人くらいいた方がいいか」などと軽く考えていたが……密室で史季と二人きりでいるという事実に気づいた途端、なぜか、急に、彼とどう接すればいいのかわからなくなってしまった。

（しかも距離近《ちけ》ーし……って、あーもう！　らしくねー！）

もともと史季の隣に座っていたので、このカラオケルームに入ってからずっと彼との距離は近いままだったのに、先程まではそのことを全然気にしてなかったのに、今はもう気になって気になって仕方なくなっていた。

かといって、今さら離れるというのも変な話だし、史季のことを避けているみたいになってしまうのが嫌だったので、動くに動けない状況に陥っていた。

（つーか、今まで史季とこんな距離でいることなんて何度もあったたし、腕にくっついたり抱きついたりもしてるし……）

などと考えていたところで気づく。自分が今まで史季を相手になかなかに大胆なスキンシップをとっていた事実に。なんだか無性に頰が熱くなってきた夏凛は、懐《ふところ》から鉄扇を取り出し、全力で自身の顔を扇《あお》ぎ始める。

そして、今さらながら史季の様子が気になったので、

「な、なんかちょっと暑くなってきたなー」

棒読み気味に言い訳しながら、隣に座る史季の様子を横目で確かめる。

どうやら史季も、密室で異性と二人きりになっているという状況を意識してしまったらしく、微妙に頰を赤くしながらカチンコチンに固まっていた。そんな様子を目の当《ま》たりにしてしまったせいで、夏凛はますます二人きりという状況を意識してしまう。

(なんだよこれなんだよこれなんだよこれ⁉　なんであたし、今さら史季のことこんなに意識してんだよ⁉)

……いや。思い返してみれば、今さらというわけではない。この二日間、自分が事あるごとに史季を意識していたことに、それこそ今さらながらに気づいてしまう。

昨日史季が久しぶりに登校し、不良にケンカを売られている彼を助け、手を引いてその場を離れた時は、今みたいに顔が熱くなっていくのを感じた。

荒井派との抗争に巻き込んでしまったことを春乃に謝った際は、「小日向《こひなた》さんは何も悪くない」と「悪いのは荒井派の人たちだ」と言ってくれた史季のことが、いつもよりもかっこよく見えた。

冬華の初見殺しを史季に体感してもらう話になった際、彼女に寝技を含めたセクハラは

絶対にしないよう念を押すのは当然の話なのに、いつもよりも強めに念を押してしまった。

なぜか、無性に、史季が冬華にくっつかれることが嫌だと思ってしまったから。

……いや。よくよく思い返してみれば、冬華が史季にくっついたりするのが嫌だと思ったのは、その時だけではない。史季が荒井とのタイマンに勝利してみんなと合流した後、冬華がご褒美《ほうび》とばかりに史季にくっつこうとした時も、どうしようもないほどに嫌だと思ってしまった。思ってしまったからつい、冬華の制服の裾を引っ張って制止してしまった。

（つーか……どう考えても、そこからだよな？）

荒井を倒した時の史季はかっこわるいところもあったけれど、それ以上に、最高に、かっこよかった。

（だからまー……男としてっつーか……芸能人《げーのーじん》のイケメン見たらかっこいいなーとかみたいな感じで……史季のことを意識しちまうのは……まー……しょうがねーよな……うん……しょうがねー……）

などと納得しているように見せかけて。

好きという感情を否定したがる小学生のように、史季のことを好きになったかもしれないという可能性については考えようともしない夏凜だった。

「も、桃園さんたち遅いね」

沈黙に耐えられなかったのか、ここでようやく史季が口を開く。

「そ、そうだな。たぶん、春乃がドジやらかしたとか、そんなとこだろ」

なんだかんだで沈黙が堪《こた》えていた夏凛は、当たり障《さわ》りのない史季の会話に乗っかることにする。もっとも、乗っかった話はそこで途絶えてしまい、再び沈黙が下りてしまったが。

（なんでそこで話止めんだよ――――っ‼）

心の中で、なんともらしくない悲鳴を上げてしまう。

史季が黙っているなら自分で話を振ればいいだけの話なのに、普段の夏凛なら造作も無い話なのに、今の夏凛はそんなこともできないほどに日和《ひよ》っていた。

そこからまた沈黙が続いたせいか、ますます頬が熱くなってきた気がした夏凛は、ますます全力で自身の顔を鉄扇で扇いでいく。が、いつの間にやら掻《か》いていた手汗のせいで掌中の鉄扇がすっぽ抜けてしまい、放物線を描いて史季の頭上を越え、入口の扉手前の床に落ちてしまった。

「あ、わりっ！」

「ぼ、僕が取るよッ！」

半ば反射的に夏凛は身を乗り出し、ソファの端っこにいる史季が座ったままの体勢で床の鉄扇に手を伸ばし……二人仲良く床に落ちてしまう。

受け身をとろうとしたのか、史季が身を捻《ひね》って背中から落ちる中、このままでは彼を下敷きにしてしまうと思った夏凛は、史季の顔を避ける形で床に両手を、体を避ける形で床に両膝をつくことで、かろうじて難を逃れる。

しかしそのせいで夏凛が史季を押し倒したような格好になってしまい、二人揃《そろ》って瞬間湯沸かし器さながらに顔を真紅に染め上げた。

結果、色々と限界を迎えた夏凛と史季は二人仲良く頭がショートしてしまい、体勢をそのままに彫像のように固まってしまったのであった。

◇◇◇

「夏凛先輩がジンジャエールで……史季先輩がグレープジュースで……」

ドリンクディスペンサーの前で右往左往する春乃を、少し離れたところから見守っていた千秋が、隣にいる冬華に藪《やぶ》から棒に訊《たず》ねる。

「冬華……あの二人、そういうことなのか？」

「そ～ゆ～ことって、ど～ゆ～ことかしら～？」

「すっとぼけるなら、ウチの分のメロンソーダ確保してさっさと部屋に戻んぞコラ」

「あ〜ん、ウソウソ。そ・れ・に〜、折角はるのんがワタシたちの分まで用意するって言ってるんだから、ちゃ〜んと待っててあげないと〜」

「待ってる間に、夏凛《かりん》と折節がおもしれぇことになってるかもしれねぇからか？」

それが答えだと言わんばかりに、冬華はニンマリと笑う。

夏凛と史季が両片思いかもしれない——冬華がそう睨《にら》んでいることを確信した千秋は、どう反応《リアクション》をとればいいのかわからずポリポリと頬を掻いた。

「折節の奴《やつ》は夏凛に惚《ほ》れる要素満載だったし、最初《はな》から夏凛にばっか目ぇ行ってたから、まぁそうだろうなってくらいにしか思わねぇけど……夏凛の方は、さすがにちょっと信じらんねぇなぁ」

「それだけ、荒井先輩を倒した時のしーくんがカッコよかったってことでしょ〜ね〜」

「って断言してるってことは、夏凛の野郎が折節に惚れたのはそん時ってわけか」

「惚れたって言い切るには、まだちょ〜っと微妙だけどね〜。りんりんってば、経験豊富そうに見られるのは好きなくせに、その辺りの経験は皆無だから、しーくんに対して抱いてる感情がなんなのかもわかってなさそうだし。ま〜、そういう意味ではしーくんも似たり寄ったりかもだけど〜」

「そうか……ふ〜ん……そうか……」

千秋は何気ない風を装《よそお》いながらも、色恋とは縁遠かった友人に春が来つつあることに、驚きと照れくささとなんとなく先を越されたような気分を覚える。

そんな心中を見透かしたのか、冬華がニヨニヨと笑いながら言う。

「経験が皆無って意味じゃ～、ちーちゃんも同じよね～」

「バ……っ！　か、夏凛よりは余裕であるっつうのっ！」

などと、願望混じりに怒鳴り返す千秋は気づいていないが、小さな顔が見事なまでに赤くなっているため、冬華からしたら友人のかわいらしい有り様にニヨニヨ笑いが止まらない思いだった。

「な、何笑ってんだよ！」

でしッと力なく冬華の腕を叩《はた》く。

「べっつに～」

ますますニヨニヨ笑う彼女を見て、自分の顔が赤くなっていることにようやく気づいた千秋は、拗《す》ねるようにしてそっぽを向いた。

「つうか、これ以上ここで時間潰すのはそれはそれで勿体《もったい》ねぇから、そろそろ戻ん――」

「ああっ⁉　千秋先輩のメロンソーダにコーヒー入れちゃったっ⁉」

そんな春乃の悲鳴を聞いて、千秋も、冬華さえも沈黙してしまう。

「……冬華」

「わかってるわ、ちーちゃん」

そのやり取りだけで意思疎通を完了させた二人は、敢然とした足取りで春乃《はるの》の手助けに向かった。

◇　◇　◇

一体全体何がどうなってこんなことになってしまったのか。夏凛に床に押し倒されたような格好になってから二分が経過してようやく、史季はそんなことを考え始める。

自分の顔は今、絶対に真っ赤になっている。それだけは断言できる。

女の子に押し倒された経験なんてないという当たり前の理由も大きいが、押し倒してきた女の子が夏凛だという事実が、どうしようもないほどに顔を熱くさせていた。

そして何よりも顔を熱くさせている理由が、押し倒した夏凛までもが顔を真っ赤にしていることだった。あれだけ心臓に悪いスキンシップをしてきた彼女が、今の状況が恥ずかしくて恥ずかしくて堪《たま》らないと言わんばかりに顔を真っ赤にしている。

状況のせいかもしれないけれど、少なくとも夏凛がこちらのことを異性として意識してくれている事実が、嬉《うれ》しくて、こそばゆくて、堪《たま》らない。

もっともそこで調子に乗れるような史季ではなく、あくまでも意識されているというだけで、小日向さんが僕に惚れるなんてあり得ないなどと考えているところが、折節史季《おりふししき》が草食動物たる所以《ゆえん》だった。

「えっと……」

押し倒されてから三分が過ぎようとしていたところで、ようやく夏凛が口を開く。

互いの顔の距離が遠いようで近いせいか、言葉とともに顔の表面を撫《な》でた吐息が、ただでさえ賑《にぎ》やかになっていた心臓をさらに賑やかにさせる。

「ど、どいてもいい……よな？」

夏凛は夏凛で相当に混乱《テンパっ》しているのか、よくわからない断りを入れてくる。

兎《と》にも角《かく》にもここは「どうぞ」とかえす以外にあり得ないわけだが、なぜか、すぐに返事をかえすことができなかった。

もしかしたら、まだもう少しだけ、このままでいたいと思っている自分がいるのかもしれない。だって、こんなにも顔が赤くなっている小日向さんと、僕のことを意識してくれている小日向さんと見つめ合う機会なんて、たぶん今後一生ないと思――

「――うぶッ⁉」

突然開いた扉が頭にぶつかり、思わず珍妙な悲鳴を上げてしまう。

「わわっ⁉　どうして開かないんですかっ⁉」

続けて、春乃の焦《あせ》り声が扉の向こうから聞こえてくる。

史季が夏凛に押し倒された場所は、入口の扉の手前。だから、部屋に戻ってきた春乃たちが扉を開けたら、夏凛よりも上背がある史季の頭に扉がぶつかるのは必然であり、みんなが戻ってきたことで史季も夏凛も慌てふためいてしまうこともまた必然だった。

「ここ小日向《こひなた》さん……！」

小声で焦りを吐き出す史季に、夏凛も小声で焦りを吐き出し返す。

「わわわわかってる……！」

夏凛は鉄扇を回収してから自分が座っていた位置に戻り、史季が春乃に返事をかえす。

「ご、ごめん！　鞄《かばん》が落ちて拾いにいったら入口を塞ぐ形になっちゃって……！」

咄嗟《とっさ》に出た言い訳にしては、なかなかに上出来だった。

事実、夏凛も「ナイス」と言わんばかりに一瞬だけ親指を立ててくれた。

「こ、こちらこそごめんなさい！　……もう開けてもいいですか？」

「あ！　僕が開けるよ！」

答えながらも、冷汗が頬を伝っていくのを感じる。受け答えしてくれているのが春乃だけで、千秋と冬華が何の反応も示さないことが不気味に思えてならなかった。

史季が扉を開くと、自分の物と思《おぼ》しき紅茶の入ったカップを持った春乃が部屋に入り、続けて千秋と冬華が中に入ってくる。

二人の両手にはそれぞれ自分のドリンクに加えて、史季と夏凛のドリンクも握られており、だからこそ扉の開け閉めは片手が空いている春乃に任せたのだろうと史季は推測する。

ドリンクをトレイでまとめて運んでこなかった理由は、「一番年下の自分が」と意気込んでいた春乃が、自分がトレイを運ぶと強弁するのは想像に難《かた》くなく、だからこそ危険だと判断し、各々《おのおの》が直接手に持っていく形にしたといったところだろう。

史季と夏凛は、三人がドリンクをテーブルに並べていくのを、無駄にドキドキしながら見守る。ドリンクが行き渡ったところで席につく三人を見て、史季と夏凛が揃って安堵《あんど》の吐息をつこうとした時、案の定というべきか彼女がぶっ込んできた。

「あらあら～？　りんりんもしーくんも、ちょ～っとばかし服が乱れてるけど、いったいナニをしていたのかしらね～？」

史季と夏凛が揃ってドキーンとする中、冬華の隣にいる千秋が「いくらなんでも、それはねぇだろ」と言いたげな顔をしながらメロンソーダを飲――

「そそそれって事後ってことですかっ⁉」

盛大に食いついた春乃の一言で、飲みかけのメロンソーダを「ブーッ‼」と噴き出してしまう。千秋がケホケホと咽《む》せる中、夏凛のツッコミが響き渡る。

「春乃おまえマジで隠さなくなってきたなっ⁉」

「いや〜それほどでも〜」

「褒めてねーっ‼　つーかいくらなんでも、んな早く終わるわけねーだろっ‼」

「あら？　その気になれば終わらせることもできるわよ？」

冬華のまさかの発言に、場が一瞬にして凍りついてしまう。彼女が五人の中で、その手の経験がダントツで豊富な分、誰も異論を挟むことができなかった。

「さ、さ〜て、次はこの曲でも歌おうかな〜……」

色んな意味で耐えられなかった史季は無理矢理にでも場の空気を変えるために、聖ルキマンツ学園の校歌を歌うという暴挙に出る。

いったいなぜカラオケに学園の校歌が入っているのかは、謎を通り越して不気味ですらあるが。学園の創設者――ホワード・ルキマンツを、ただひたすらに讃《たた》えるだけの校歌は、不良《ヤンキー》、一般生徒《パンピー》問わず、一〇〇人中一〇〇人が一度でも聞いたらもう二度と聞きたくないと言わしめるほどにアレでソレな代物だった。

そんな校歌《もの》を聴かされたせいか、冬華はお経を聞かされた悪霊《あくりょう》のように「これは……

枯れるわね……」と項垂《うなだ》れていき、春乃も憑《つ》き物《もの》が落ちたように大人しくなっていった。

◇◇◇

「いいからいいから、今回は史季の快復祝いっ言《つ》ったろ」

「つうわけだから、大人しく奢《おご》られとけ」

「そうよ～、しーく～ん。男の子なら、ちゃんと女の子の顔を立てることも覚えないと」

「い、いや、僕も払うよ！」

ハプニングも含めて時間いっぱいまでカラオケを楽しんだ後、受付の前で奢る奢らないで揉《も》める先輩たちを、春乃はニコニコと笑顔で眺めていた。

実のところ、今回は春乃も一緒に奢られることになっており、史季がまだ学校を休んでいた時にその話をされた際は、今の彼と同じように春乃も遠慮したものだが、

『ばーか。年下が遠慮すんなっての』

『ウチらとオマエの仲だろうが』

『そうよ～、はるの～ん。ここはちゃんと先輩の顔を立ててあげないと』

冬華だけが、なんか微妙に同じようなことを言っていることはさておき。

憧れの先輩たちが今日もかっこよくて素敵なことが嬉しくて、そんな先輩たちと今日は目いっぱい遊ぶことができて、春乃はもうニッコニコだった。

「……むむ？」

不意にスマホが振動したので、懐《ふところ》から取り出して画面を確認する。

ロック画面上には、春乃のクラス――一年一組のグループＬＩＮＥのメッセージが届いていることが通知されていた。

荒井派に拉致られた一件で、クラスメイトから腫れ物扱いされているとはいっても、クラスのグループＬＩＮＥから疎外《ハブ》られたわけではない。

ゆえに、メッセージが来たこと自体は特段驚くような話ではなかったが、その内容は、春乃以外の聖ルキマンツ学園の生徒ならば、大なり小なり驚かされるものだった。

『一年最強決定戦の開催を決定！』

何とも簡潔なメッセージに、春乃は目をパチクリさせる。メッセージの下部には、一年最強決定戦用のＬＩＮＥアカウントの招待リンクが貼り付けられていた。

（そういえば先輩たち、一年最強決定戦？……のことを気にしてたような……）

他に客がいないせいもあってか、いまだに奢る奢らないで揉めている先輩たちを一瞥《いちべつ》してから、春乃はフンスと鼻息を吐いて決断する。

大好きな先輩たちのために、一年最強決定戦の情報を収集することを。

そうと決まれば善は急げなので、リンクをタップし、アカウントを友達追加する。

続けて、アカウントのプロフィールから一年最強決定戦の主催が鬼頭派であることを知り、イベント機能による告知から決定戦開催日が半月後であることを知った春乃は、再び満足げにフンスと鼻息を吐いた。

(これだけ調べれば、先輩たちもきっと褒めてくれるよね!)

史季が根負けして、ようやく会計に移る先輩たちに調べたことを報告しようとするも、ふと画面に映るイベントの参加者欄が目に止まってしまい、そこにエントリーされていた見覚えのある名前とアイコンを見て、春乃は動きそのものを止めてしまう。

すでにけっこうな数の参加者に交じっていた、春乃の動きを止めた彼女の名は、三浦美久《みうらみく》。

先日の小日向派と荒井派の抗争において春乃が拉致された際に、荒井派の不良に脅されて春乃を呼び出し、その一件以降は学校に来なくなった、春乃の友達の名前だった。

第二章　取引

『俺たちは別に、あんたに何かしようって気はねんだよ』

『おたくのお友達の春乃《はるの》ちゃんを、ちょ〜っと呼び出してくれって頼んでるだけなんだ』

『はぁ？　友達《ダチ》は売れねえだぁ？』

『女だからって下手に出てりゃ調子に乗りやがってッ！』

「…………………………………っっ‼‼」

悪夢から逃げるようにして目を覚ました三浦美久は、飛び起きんばかりの勢いで上体を跳ね起こした。

背中にかかるほどに長い、ボサついた茶髪を寝汗まみれの頬に張り付けたまま、睨《にら》んでいるようにしか見えない四白眼で周囲に視線を巡らせる。

自分が寝ていた布団《ふとん》、ろくに使っていない学習机、娯楽らしい娯楽はろくに置いていない殺風景な和室……間違いなくここが自分の部屋であることを確認した美久は、漏れかけた安堵の吐息の代わりに、悔しげに悪態をついた。

「くそっ……くそっ！」

美久が聖ルキマンツ学園に入学したのは、あのクソ野郎を叩《たた》きのめすため。だから、ダチなんてできなくてもいいと思っていたし、実際目つきの悪さのせいでダチ以前に人が寄りつかなかったけど、

『美久ちゃんって、かわいい名前だよね！』

春乃一人だけは、自分を恐れることなく話しかけてきた。というか、恐れなさすぎて、しれっと美久が気にしてることを初手からぶっ込んできやがった。

だから『ぶっ殺されてえのか？』と、こっちもぶっ込んでやったのに、その気がないことを見透かされたのか、それとも単に天然なだけなのか、春乃は少しも怖《お》じ気《け》づくことなく引き続き話しかけてきた。それ以降も度々話すようになって、気がつけば彼女のことをダチだと思っている自分がいて……

「なのに、おれは……！」

左頬に手を当て、悔恨を吐き出す。自分は、脅してきた不良に左頬を一発張られただけで、折《ビビ》れてしまった。それも自分と同学年で、なおかつあのクソ野郎の下《した》っ端《ぱ》を相手に。

そして言われたとおりに春乃を呼び出し……彼女は拉致られてしまった。

幸い春乃の先輩が——先日美久が凶器《ドーグ》の物色のために繁華街に赴いた際に、うっかり遭遇してしまった折節史季という名の先輩が、あのクソ野郎を打ち倒してくれたおかげで大事には至らなかったが、そんなものはただの結果論にすぎない。

ケジメをつけなければならない——そう自分に言い聞かせると、枕元に置いていたスマホを摑《つか》み、操作して、一年最強決定戦用のＬＩＮＥアカウントを、イベントの参加者欄を睨みつける。そこに載っていたのは、美久の頰を張って春乃を呼び出させた、あのクソ野郎の下っ端の名前だった。

一年最強決定戦という、一年生不良にとっては晴れの舞台でその下っ端を叩きのめすと同時に、ビンタ一発でビビった美久を相手に負けるという屈辱を奴《やつ》に刻みつける。それこそが、美久なりのケジメの付け方だった。

自分で自分のことを、雑魚《ざこ》だと認めるのは業腹《ごうはら》であることはさておいて。

「そもそも、下っ端如《ごと》きに勝てねえようじゃ、あのクソ野郎を叩きのめすなんて夢のまた夢だ。やってやる……やってやるよ……！」

そう言って握り込んだ拳は、美久自身は気づいているのかいないのか、注視しなければわからないほど小刻みに震えていた。

◇◇◇

下校時に狙われたということは、登校時も狙われるかもしれない。

だから史季は、自分を狙う腕自慢の不良の目から逃れるために、いつもよりも早起きした上で迂回《うかい》ルートで登校してみたら、

「やあ、折節クン。随分とお早い登校だね」

偶然道端で、ランニングジャージに身を包んだ岩谷と遭遇し、史季は目を丸くする。

こちらの視線の意味に気づいた岩谷は、ジャージの胸の辺りを軽く摘まみながら聞かれてもいない疑問に答えた。

「毎朝のジョギングは、ボクの日課でね」

「ということは、いつもこの辺りを？」

「いや、いつもは違うコースを走ってるんだけど、毎日同じコースというのも飽きてくるからね。だから今日は気分を変えて、ここまで足を伸ばしてみたら……まさか、折節クンとばったり出くわすことになるとは思わなかったよ」

そう言って、岩谷は肩をすくめる。仕草自体は涼しげだが、額には汗が滲《にじ》んでおり、息

もわずかながら切れている様子だった。

（早く出たから時間的には全然余裕があるし、確かもう少し進んだところに自販機があったはずだから……）

そんなことを考えながら、史季は道行く先を見やり、記憶していたとおりの場所にあった自販機を指差しながら岩谷に提案する。

「こないだ助けてもらったお礼としてはちょっと安いかもだけど、何か飲む？」

「そうだね……折角だから、お言葉に甘えさせてもらうとするよ」

そうして史季は岩谷と一緒に自販機へ向かい、彼のご要望どおりに缶の清涼飲料を奢る。

自分だけ飲まないというのもなんとなく気まずいので、史季も缶のオレンジジュースを買うと、近くにあったベンチに二人揃《そろ》って腰掛けた。

とはいえ、仲良く隣に並んでというわけにはいかず、自然、二人の間に人一人が座れる程度の隙間が空く。その隙間こそが、いまだ払拭《ふっしょく》しきれていない岩谷に対する警戒心の表れだったが……そんな史季の心中を知ってか知らずか、岩谷はその隙間を飛び越えるように、持っていた缶をこちらに近づけてくる。

意図を察した史季は、苦笑しながらも自分の缶を彼の缶と打ち合わせて乾杯した。

史季は軽く一口、岩谷は一気に半分ほど飲んでから、缶から口を離す。

その飲みっぷりを見て、史季は何とはなしに訊《たず》ねた。

「岩谷くんは、どうして毎朝ジョギングを？」

「一応健康のためという理由もあるけど、一番の理由はガラの悪い連中に絡《から》まれた時の対策のためだね」

「対策って、もしかして……」

岩谷は首肯を返すと、自身の太股《ふともも》を軽く叩いてから答える。

「三十六計逃げるにしかずってやつさ」

筋力を鍛えている不良はそれなりにいるだろうが、体力を鍛えている不良は、少なくとも史季は寡聞にして知らない。逃げるにしても体力勝負に持ち込むという岩谷の考えには、史季も「なるほど」と得心できるものがあった、が、同時に別の疑問が浮かんでしまう。

（本当に、岩谷くんはどうして聖ルキマンツ学園に入学したんだろう？）

例によって自分のことは棚上げすることになるが、岩谷のことを、つくづく聖ルキマンツ学園に似つかわしくないタイプの人間だと思う。

とはいえ、今も含めてまだ二回程度しか会っていない相手に「どうしてこの学園に入学したの？」などと踏み込んだ質問を性根が草食動物な史季にできるわけもなく。

いまだ岩谷の学年すら確かめられていないことも含めて、モダモダと考えていると、

「ボクからも一つ訊《き》いてもいいかい？」

「え？　あ……うん」

我に返った史季が慌てて了承すると、岩谷はこちらと違って派手に踏み込んだ質問を微《み》塵《じん》の躊躇《ちゅうちょ》もなくぶっ込んでくる。

「どうして折節クンは、不良でもないのに荒井クンとタイマンを張るなんて無茶をやらかしたんだい？」

まさかの質問に、史季は思わず口ごもってしまう。

「ど、どうしてそんな質問を？」

「前にも言ったとおり、今のキミは〝女帝〟並みの有名人だからね。だから今の質問についても、学園の人間の大半は気になっていると思うし、実際ボクも気になってる」

と、ここまでは好奇心を露《あら》わにしていた岩谷だったが、

「けど、答えられないなら、それならそれで構わないよ。桃園サン……だったっけ？　その娘《こ》が荒井派に拉致られたという話はボクも聞き及んでいるからね。話せない話もあるだろうから、折節クンが嫌なら無理に答える必要はないよ」

そんな岩谷の言葉に、史季は再び目を丸くする。

好奇心は抑えられない。が、だからといって、自分本位に走るような人間でもない。

岩谷に対しては、今もなお気を許そうという気にはなれない〝何か〟を感じているけれど、それを差し引いても、嫌いにはなれないタイプの人間だと史季は思う。

思ったから、彼の質問には答えてあげたいとも思った。

岩谷の言うとおり、学園内では噂《うわさ》にすらなっていない強姦《ごうかん》未遂など、話せない話も確かにあるので、史季は慎重に言葉を選んでから彼の質問に答えた。

「僕なんかが、彼女を相手にこんなことを言うのは烏滸《おこ》がましいけど……僕にだって、この身に代えても守りたいものがある……」

「だから、荒井クンとタイマンを張ったと？」

首肯を返すと、岩谷は相好を崩すようにして穏やかな笑みを深めた。

「いいね。かっこいいじゃないか」

ともすれば揶揄《やゆ》とも取れる言葉だが、岩谷の目にはそういった類の感情は欠片《かけら》ほども映っていなかった。そのことに気づいた史季はなんとなく照れくささを覚えてしまい、視線を明後日《あさって》の方向に向けながらもグビグビと缶ジュースを飲み干す。

そんな史季の反応に満足したのか、それとも単純に質問に答えてもらえたからか、岩谷も缶に残っていた清涼飲料を一息に飲み干し、立ち上がる。

「ボクはそろそろ家に戻ることにするよ。これ以上のんびりしていると、遅刻してしまうかもしれないからね」

史季は首肯を返しながらも、遅刻を気にしているあたり、やはり岩谷は聖ルキマンツ学園に似つかわしくないタイプの人間だとあらためて思う。

「それじゃ、折節クン。今日はごちそうさま」

岩谷は持っていた空き缶をプラプラと振ってみせると、近くのゴミ箱に捨ててから、それこそジョギングの速度で走り去っていった。

彼の姿が完全に見えなくなったところで、史季は深々と息をつく。

先程岩谷のことを、嫌いになれないタイプの人間だと思った時とは逆説じみた話になるが、彼に関しては、嫌いになれないと思った上でもなお、気を許そうという気にはなれない〝何か〟を感じる。そのせいで気が張ってしまい、ただ飲み物を飲んで話をしていただけなのに、妙に気疲れしてしまった。

そしてその気疲れが、史季に致命的な過失《ミス》をもたらしてしまう。

「お〜りふしくん見〜つけた〜」

一聴してイっちゃってると確信できる男の声が、横合いから聞こえてくる。

恐る恐る声がした方に視線を向けると……そこには、不良に対しては常に最悪を想定して行動している史季ですらも想定しえなかった〝最悪〟が、ゆっくりとこちらに歩み寄ってくる姿が見て取れた。

その〝最悪〟は、無闇矢鱈《むやみやたら》にカラフルな色彩をしたモヒカンが否《いや》が応《おう》でも目を引く、なんか微妙に顔がイっちゃってる感じの不良だった。

手には金属バットをぶら下げており、一歩一歩こちらに近づく度に、バットの先端が地面に擦れてカラカラと音を立てていた。当然他校生ではなく、着崩しているどころか半分脱いでいるような有り様の制服は、間違いなく聖ルキマンツ学園のそれだった。

かつてこれほどまでにお近づきになりたくない不良がいただろうかと思いながら、史季はすぐにでも逃げられるよう立ち上がり、とりあえず敬語で訊ねてみることにする。

「あのぉ……僕に何かご用でしょうか?」

「別にたいした用じゃねえんだけどさ～。〝女帝〟と〝ケンカ屋〟以外で荒井に勝つような奴が、いったいどんな脳みそしてんのか、ちょ～っとこの目で見てみたくなってな～」

イっちゃった顔。手に持ったバット。そして、脳みそが見たいという発言。

それだけでモヒカンの目的を察してしまった史季は、悲鳴じみた声を上げて逃げ出した。

「謹んでお断りします――――――――ッ‼」

ガン逃げする史季に即応したモヒカンが、バットを振り上げながら追いかけてくる。

「遠慮すんなって～！　別に減るもんでもね～だろ～！」

「減りますよッ！　一番減ったらまずい命《もの》が減りますよッ！」

若干涙目になりながら、全力で逃走する。長物《バット》相手にどうケンカすればいいかわからないという理由も勿論《もちろん》あるが、退学していないどころか俗世間《シャバ》にいること自体が不思議なレベルの人間が相手では、誰だって逃げるしかないよねと思いながら全力で逃走する。

（というかこの人、足速くない⁉）

バットを振り上げたままという、無駄に空気抵抗が大きい体勢で走っているにもかかわらず、着実にこちらとの距離を詰めてくる。振り返って様子を確認した限りだとイっちゃった顔からは疲労の色は見受けられず、呼吸に至っては史季よりもはるかに乱れていない。

なんかもう色々と理不尽な気もするが、走力のみならず体力も向こうの方が上のようだ。

モヒカンの異常っぷりを見て町の人が通報してくれるとは思うが、このままではお巡りさんの到着よりも早くに、モヒカンのバットが史季の頭に到着するのは目に見えている。

（要するに迎え撃つしかないってこと⁉　あんな躊躇なく人の頭をカチ割りそうな人を相手に⁉）

強くなったという自覚も自負もあるが、それでも、イっちゃってる感じでバットを振り上げる人間を相手にまともにやり合って勝てると思えるほど史季は自惚《うぬぼ》れていない。

というか、勝ち負け関係なくケンカをすることは今でも恐《こわ》いので、自惚れられる要素が一つもない。かといって、このまま逃げ続けたところで、追いつかれるのは時間の問題だ。

（一か八かになるけど、こうなったらアレで……！）

覚悟を決めた史季は、振り返りながらも立ち止まる。

「そうかそうか～！　俺に脳みそ見せてくれるか～！」

もうほんと言っていることが恐すぎて泣きたいくらいだけど、どうにかこうにか堪《こら》えてモヒカンの後方を見やり、全身全霊の演技をもって知り合いを見つけたような顔をする。

そして紡《つむ》ぐ。千秋発案の初見殺しの言葉を。

「あ、小日向《こひなた》さん」

直後のモヒカンの反応は劇的だった。過去に夏凛《かりん》にヤキを入れられたことがあったのか、イっちゃった顔を微妙に青くしながら、モヒカンは急ブレーキをかけるように立ち止まる。

「なんだ～〝女帝〟‼　やんのか～⁉」

渾身《こんしん》の虚勢を張りながら、勢いよく背後を振り返るも……〝女帝〟の姿など影も形もないことに気づき、「は？」と間の抜けた吐息を漏らした。

度《ど》し難《がた》いほどの隙。

それをつくることを狙っていた以上、当然見逃すような真似《まね》をするはずもなく、

「ごめんなさい！」

ちょっと卑怯《ひきょう》かなと思いながらも、無防備を晒《さら》すモヒカンの後頭部目がけてハイキックを叩《たた》き込んだ。


「ほぉら言っただろ」

その日の放課後、予備品室でモヒカン襲撃事件の顚末《てんまつ》を聞いた千秋は、自分が教えた初見殺しが役に立ったことにこれ以上ないほどのドヤ顔を浮かべていた。

話を聞く限りだと、どう考えてもイっちゃってるとしか思えない人間にまで通用したことが信じられないのか、夏凛はどこか釈然としないご様子だった。

「つっても、初見殺しのネタとしてはマジでしょうもねーからな。一回上手《うま》くいったからって過信はすんなよ。実際、初見殺しを過信するのはマジで危険だし」

「おい夏凛テメェ。さらっとウチのネタ侮蔑《ディス》ってんじゃねぇよ」

「わかってるよ、小日向さん。僕としても、こんなコントみたいなネタにはあまり頼りたくないし」

「折節。オマエはオマエで急に刺してくる時あるよな」

「ちなみに〜、ワタシは挿すよりも挿されたい派〜」

「テメェ絶対違う字ぃ当ててるだろ⁉」

という千秋のツッコミをBGMに、史季は夏凛と話を続ける。

「過信すると危険っていうのは、具体的にはどういう風に？」

「初見殺しを成功させればさせるほど、知らず知らずの内にこう思っちまうようになんだよ。この初見殺しを見切れる奴《やつ》はいない――ってな」

「それって……」

皆まで言わずとも顔に出てしまっていたのか、夏凛は史季が思っていたとおりの答えを返してくる。

「見切られないって思い込んでる奴が、実際に見切られた後のことなんざ考えてるわけがねーからな。そんなんでマジで初見殺しを見切られちまった場合、まー、アホほど隙を晒すことになるのは確かだな」

「だから〜、初見殺しを使う時は、決まればラッキーってくらいのノリでやるのがオススメってわけ」

珍しくためになるアドバイスをしてくる冬華に内心驚きながらも、史季は「なるほど」

と得心する。

「だから、斑鳩《いかるが》先輩のように得意な攻撃手段がそのまま初見殺しになるのが理想なんだ」

「『初見殺ししてやるぞ』ってノリでやるよりも、『あ、上手いこと初見殺しになったわ』ってノリでやった方が、過信して隙を晒すなんて真似はしねーからな」

言いながら夏凛は懐《ふところ》からパインシガレットを取り出し、一本咥《くわ》えてから言葉をつぐ。

「で、だ。こっからは相手の方が『初見殺ししてやるぞ』ってノリで仕掛けてきた時の話になるけど、そいつを上手く見切ることができりゃ、勝ち確ってくらいの隙を突くことができる。ケンカの状況《シチュ》としちゃけっこうあるあるだから、憶《おぼ》えておいて損はねーぞ」

「確かに損はなさそうだけど……初見殺しなんて、どうやって見切ればいいの？」

不意に、沈黙が下りる。夏凛と千秋と冬華は顔を見合わせると、

「相手の目線やら重心やらの動きで」

「勘」

「ヤられる前にヤる～」

「いやみんな言ってることバラバラなんだけど!?」

悲鳴じみた声を上げる史季に、三人を代表して夏凛が答えた。

「つっても、初見殺しの対策としちゃ、どれも間違ってねーけどな。あたしみたいに初動

を見切ってもいいし、千秋みたいに勘を働かせてもいいし、冬華みたいにやられる前にやるのもいい。何だったら、この三つを状況に応じて使い分けるってのもいい」

明確な正解があるわけではない。だからこそ三人の答えがバラバラであることを理解した史季は、再び「なるほど」と得心した。

「にしても、凶器《ドーグ》持ち出すような不良《バカ》まで現れるとはな。こうなってくると初見殺しと一緒に、長物対策もしといた方がいいかもしれねーな」

顎に手を当てて神妙に考え込む夏凜に、千秋が同意する。

「かもな。新年度が始まってまだ二ヶ月も経《た》ってねぇこと考えると、一年坊主《ぼうず》の中から光り物を持ち出してくる奴も出てくるかもしれねぇから、ついでにそっちの対策もしといた方がよさそうだし」

「光り物って……もしかしてナイフのこと⁉」

悲鳴じみた声を上げる史季に、千秋は首肯を返す。

「退学なんて屁《へ》とも思ってねぇ頭のネジが外れた奴でも、入学して二ヶ月も経たないうちにってのは、そうそういねぇからな。でもってそういう奴の中には、人を刺すことを屁とも思ってねぇ奴がけっこうな確率で交じってる」

「今の状況がヒートアップしてくると、そういう子たちの中からナイフでしーくんを……」

なんて子が出てきても、不思議ではないわね」

普段はおちゃらけている冬華が常よりも真剣な声音で言うものだから、自然、史季の顔色は青くなってしまう。

「こりゃ決まりだな」

という夏凛の結論に、コクコクと首を縦に振って全力で同意する史季を尻目に、千秋はスカートのスリットに手を突っ込む。

「言《つ》っても、さすがにナイフの代わりになりそうな物《もん》は今は持ってねぇからな。今日のところはこっちで勘弁してくれ」

そう言って、千秋は棒状の物体をスカートの中から取り出した。

その物体は、竹刀に似た形状の、素材は空気の入ったゴムでできている、スポーツチャンバラに使われているエアーソフト剣だった。

「いやなんでそんな物がスッと出てくるの？」

思わず史季も冷静にツッコんでしまう。

「どうしよう、ちーちゃん……剣《それ》見てると、なんだかムラムラしてきちゃった♥」

「すんな！」

冬華は冬華で別の意味で突っ込むことを妄想してしまったらしく、うっかり意味を理解してしまった千秋が、微妙に顔を赤くしながらエアーソフト剣で彼女の頭を叩《はた》いた。

「ったく、今日は春乃《はるの》が来てなくてよかったわ……」

うっかり意味を理解してしまったのは千秋だけではなく、夏凛も少しだけ赤くなった顔を鉄扇で扇《あお》ぎながら、ため息混じりに独りごちる。

然う。今日の放課後は、春乃は友達と遊ぶ約束があるということで、ケンカレッスンも勉強会も欠席していた。

春乃が荒井派に拉致られた原因は、まさしく荒井派の不良に脅された友達に呼び出されたせいにあるため、史季たちも本音を言えば止めたいところだったけれど。

まさしく拉致られたことが原因で、クラスメイトから腫れ物扱いされている春乃が友達と遊ぶ約束を取りつけたというのに、そこで史季たちが止めてしまったら、春乃とクラスメイトとの間に決定的な溝ができてしまうかもしれない。過保護になりすぎた結果、彼女の交友関係を台無しにするのは、史季たちも望むところではなかった。

それに抗争以降、小日向派全員でスマホの位置情報を共有することにしたため、いざという時はいつでも助けに行ける備えはできているので、ここは経緯を見守るという意味でも春乃の欠席を了承した次第だった。

兎《と》にも角《かく》にも、エアーソフト剣を使って対長物のレッスンを行うことになったわけだが、

「なんで持って来たウチが折節の相手しちゃいけねぇんだよ⁉」

エアーソフト剣をブンブン振り回しながら抗議する千秋に、夏凛と冬華が正論を返す。

「今回は凶器相手に慣れるって主旨のレッスンだってのに、ちっちぇー千秋とやってもしょうがねーだろが」

「そ～そ～。この学園のどこを探しても、ちーちゃんよりちっちゃい子なんていないんだから」

「ちっちゃいちっちゃい言《ゆ》うな！　あと、一年だったらウチよりもちっちゃい奴いるかもしれねぇだろ！」

最後の言葉は、魂の叫びに等しかった。

「あら？　一年生の中にも、ちーちゃんよりもちっちゃい子はいないわよ」

「冬華、テメェ何を根拠に断言してやが――……」

言いかけて、何かに気づいたように口ごもる。やがて、この世の全てに絶望したような顔になった千秋は、先程言わんとしていたこととは明らかに違う言葉を冬華に投げかけた。

「ちゃっかり一年全員物色してんじゃねぇよ……」

冬華の守備範囲の広さと性欲絡《がら》みの行動力は、彼女をよく知る夏凛と千秋ですらもドン引きするレベルだった。

そんな二人以上に史季もドン引きしていたが、どうにかこうにか頭を切り替えて真面目に訊《たず》ねる。

「氷山さん。今の話が本当なら、鬼頭先輩の弟くんについても？」

「勿論《もちろん》、物色済みよ」

「そこはせめて『調査済み』って言っとけ」

堪《たま》らずといった風情《ふぜい》で、夏凜《かりん》がツッコみを入れる。

「いいじゃな～い。鬼頭先輩と姉弟なだけあって、なかなかそそられる感じの美形だったから、本気で味見しようか迷っちゃったくらいだもの」

「いや、頼むからマジで味見すんなよ」

「しないわよ～。無理矢理するのは好きじゃないし、それ以前に無理矢理できるような相手でもなさそうだしね～」

後半の言葉に、夏凜はわずかに眉をひそめる。

「もしかして、鬼頭弟は鬼頭センパイよりもつえーのか？」

「少なくとも、鬼頭派のメンバーはそう思ってると見て間違いなさそうね～。実際、蒼絃《あおい》くん――って弟くんのことなんだけど、中学生の頃は〝鬼剣〟って渾名《あだな》で恐れられてたみたいだし」

「〝キケン〟？」

夏凛が小首を傾《かし》げる中、史季は〝キケン〟に当てはまる漢字を推測する。

「〝キ〟は鬼頭派の〝鬼〟として……〝ケン〟は〝拳〟とか？」

「あらあら惜しいわね～。正解は〝鬼〟の〝キ〟に、〝剣〟の〝ケン〟よ。ちなみに、危ないって意味での〝危険〟ともかけてるって話らしいわよ～」

「うわー……クソダセー……」

遠い目をしながら、夏凛。彼女自身「ダッサい渾名」と称している〝女帝〟なんて呼ばれ方をされているからか、どうにも他人事《ひとごと》には聞こえなかったようだ。

「それよりも氷山さん、渾名に〝剣〟が入ってるということは……」

「ご想像どおり、いつも竹刀袋を持ち歩いてるバリバリの木刀系男子よ～。それも、けっこうガチ目に剣道囓《かじ》ってる感じの」

そこまでの情報がわかれば、不良ならば蒼絋の顔《ツラ》を確認しに行くことを考える場面なのかもしれないけれど、

（……よし、竹刀袋を持ち歩いている不良には、絶対に近づかないようにしよう）

一般生徒《パンピー》全開どころか草食動物全開な史季は、真逆のことを考えながら「それがいいそうしよう」と堅く心に誓うのであった。

そんな弱気な考えが顔に出てしまったのか、

「心配すんな、折節」

項垂《うなだ》れていたはずの千秋が、頼もしさすら感じる物言いで声をかけてくる。

冬華の情報によってもたらされた学園一背が低いという現実から、どうやら立ち直ることができたようだ。

「夏凛は親父《おやじ》さんに古武術叩《たた》き込まれただけあって、剣道の真似事《まねごと》ぐらいなら余裕《よゆー》でこなせるからな。まぁ、ウチも一応は剣道の真似事くらいはできっけど、なんせちっちゃいからな。こんなちっちゃい奴《やつ》に長物振り回される経験なんて、この学園じゃぜってぇありえねぇからな」

……やっぱり立ち直ってなかった。しかも、「ちっちゃい」と言う度に拗《す》ねていってるご様子だった。そのせいで、今の千秋は見た目どおりに子供っぽく見えてしまっているわけだが……そのことを指摘する愚を犯す人間は、この場には一人もいなかった。

「ち、ちーちゃん……確かにワタシは一年生みんなを物色したけど、もしかしたら、ほら、ワタシの記憶違いで、ちーちゃんよりもちっちゃい子がいるかもしれないし～……」

さすがに責任を感じたのか、冬華が珍しくも必死に千秋を慰める。

千秋の性格上、慰めるにしても寄ってたかってとなるとかえって臍《へそ》を曲げる恐れがあるので、彼女のことは冬華に任せて、史季と夏凛は対長物のレッスンを始めることにした。

いつもやっているスパーリングごっこと似たような位置取りで対峙《たいじ》したところで、夏凛がその手に持ったエアーソフト剣の先をこちらに向けてくる。

「とりま、不良らしい荒っぽい感じからいってみるか？」

鬼頭弟が剣道を齧っているという話を聞いた手前、ちゃんとした剣道から体感したいという気持ちはどうしても湧いてしまう。けれど、当座の脅威は隙さえあればケンカを売ってくる不良たちなので、史季はわずかな逡巡《しゅんじゅん》を挟んでから首肯を返した。

「形式としては、スパーリングごっこと同じ感じでいいんだよね？」

「いや、最初は剣に慣れてもらいてーから反撃のタッチはなしで。防御と回避に専念してくれ」

「うん。わかった」

「んじゃ、早速始めるぞ」

言い終わるや否《いな》や、夏凛は一足で間合いを潰し、こちらの左肩目がけてソフト剣を袈裟《けさ》懸《が》けに振り下ろしてくる。史季はそれを反射的に両手を交差させて受け止めるも、だからこそ「あ……」と間の抜けた声を漏らした。

「あたしの動きにここまでついて来れるようになったのは感慨深《ぶか》ーけど、真っ向から受け止めるってのはさすがにアウトだな」

「思わずやっちゃったけど、これが金属バットとかだったら、最悪腕の骨が折れてるところだよね……」

「そういうこった。長物っつうか、凶器《ドーグ》を持ってる奴を相手にする時は原則回避で。けど、それ以上に大切なのはビビらずに前に出る気合だから、そこはしっかり肝に銘じとけよ。長物相手にどうしても回避できねー瞬間とか、前に出て長物の根元を受け止める形で防御することでダメージを最小限に抑えることができるし、そもそもリーチで負けてるから自分から前に出ねーと話にならねーし」

確かに——と史季は頷《うなず》く。

それが再開の合図だと言わんばかりに、夏凜はソフト剣を構え直す。

「長物っ言《つ》っても、振るうのはあくまでも二本の腕だからな。あたしが持ってる剣だけじゃなくて、持ち手となっている腕の動きも同時に見るよう意識しとけ。それができるのとできないのとじゃ、マジで全然違うから」

力強く首肯を返したところで、夏凜がソフト剣で攻撃を仕掛けてくる。

その剣筋は確かに不良《シロウト》を思わせるほどに無茶苦茶なものだったけれど、夏凜のスピードが図抜けているせいもあって、対凶器レッスンの初日は、これが木刀だったら全身複雑骨折していると思わされるほどポッコポコに叩かれた。

◇◇◇

史季が長物のレッスンに勤《いそ》しんでいた頃。鬼頭派の頭《トップ》である朱久里《あぐり》は、閑静な住宅街にある珈琲《コーヒー》店のテーブル席で、弟の蒼紘が来るのを待っていた。

この珈琲店は上品かつ大人な雰囲気の店構えをしているため、下品かつ幼稚な学園の不良が寄りつくことはなく、誰かと密談する際にはよく利用する店だった。

そして今回の利用目的もまた密談であり、スマホの画面に映る『面白い客を連れてくるからいつもの店で待っててくれ』という弟からのＬＩＮＥを確認しながら、注文していたコーヒーを優雅に嗜《たしな》む。

渋みを感じさせる壮年の店主《マスター》が手ずから挽《ひ》いた、深みのある味わいに酔いしれていると、背後――店の入口から、カランカランとドアベルが鳴る音が聞こえてくる。

弟が来たかもしれないと思った朱久里は、優雅にコーヒーを味わいながら振り返り……蒼紘ではなく、一年生女子の鬼頭派メンバーが、いやに申し訳なさそうな顔をしながら店に入ってきたことに眉根を寄せる。そして、女子に遅れて店に入ってきた桃園春乃を見た瞬間、朱久里は思わず「ブーッ‼」とコーヒーを噴き出した。

喜劇じみた反応《リアクション》を前に、春乃《はるの》が頭上に「？」を浮かべて小首を傾げる中、朱久里は女子に向かってチョイチョイと手招きする。

何を言われるのか予想がついているのか、女子はますます申し訳なさそうな顔をしながら、朱久里のいるテーブルへ向かった。

次の瞬間、朱久里は女子の首に腕を回し、もろとも春乃から背を向けて小声で訊ねる。

「蒼紘に頼まれて、桃園春乃を連れてきたのかい？」

女子は、心底恐縮そうに「はい……」と答える。

「で、事と場合によっちゃ、計画がガタガタになっちまうようなバカをやらかした弟は、桃園の嬢ちゃんについてなんて言ってたんだい？」

「あ、蒼紘くんが言うには、桃園さんは、一年最強決定戦に出ようとしている友達を止めるために、決定戦を運営する鬼頭派の頭《トップ》に会わせてほしいと言って、蒼紘くんに接触してきたという話らしいです」

「要するに桃園の嬢ちゃんは、友達のためにアタシに直談判《じかだんぱん》しに来たってわけかい。……他には、何か言ってなかったかい？」

「も、桃園さんはこないだの荒井派との抗争で、小日向《こひなた》派の先輩たちに迷惑をかけたばかりだから自分だけでどうにかしようと思って単独で動いているから、今のところは、小日向派は桃園さんの行動を関知していないと思っていいとも言ってました」

「アタシの弟ながら、そういうところは抜かりないねぇ。……他には？」

「も、桃園さんの熱意があまりにも凄《すご》かったから、彼女のお願いをつい了承してしまったと……」

「……他には？」

と、ひたすら問い続ける派閥頭《トップ》の〝圧〟に負けたのか、女子は観念したように答えた。

「あ、蒼紘くんは、なんだか面白いことになりそうだから、姉さんのところに連れていってあげてと言ってました……」

朱久里は深々とため息をつき、「そんなこったろうと思ったよ」と漏らす。

自分で呼び出しておきながら、鬼頭派メンバーの女子に春乃を珈琲店《ここ》まで連れて来させたのも、姉の大目玉を食《く》らう程度にはやらかしている自覚があっての行動だろう。

（ま、大目玉は後でしっかり食らわせてやるとして……ったく、ほんとしょうがない子だねぇ）

怒っているように見えてその実、ヤンチャがすぎる弟を微笑《ほほえ》ましく思いながら、朱久里は女子の首から腕を離す。

「弟の無茶ぶりに付き合わせて悪かったね。後はアタシがやっとくから、アンタはもう戻っていいよ」

女子が「は、はい！」と恐縮しながら店から出て行ったところで、ほけ〜っと待ちぼうけている春乃を見やる。

（こうなってしまった以上はもう追い返すわけにもいかないし、話を聞くだけ聞いてみるとするかね。それに、もしかしたら使えるかもしれないしねぇ）

そんな打算をおくびにも出さずに、「待たせて悪かったね」と言いながら対面の席に座るよう春乃を促す。彼女が椅子に腰掛けたところで、朱久里は出し抜けに話を切り出した。

「それで、アンタは、鬼頭派の頭《トップ》であるアタシに何をしてほしいんだい？」

気後れしているのか、それとも考えをまとめているのか、春乃はわずかな沈黙を挟んでから真剣な表情で訊《たず》ねてくる。

「わたしの友達……三浦美久《みく》ちゃんって言うんですけど……鬼頭先輩の力で、美久ちゃんの一年最強決定戦の参加を取りやめにすることはできませんか？」

春乃の口から出てきた名前に、朱久里は片眉を上げる。

朱久里は鬼頭派のメンバーを使って、学園の内外問わず常日頃から様々な情報を集めている。だからこそ、先日の小日向派と荒井派の抗争において、ある意味では発端となったとも言える人物――三浦美久については、それこそ春乃以上に知っていた。

知っていたから、多少以上に興味をそそられた。

（これじゃ、蒼絃《あおい》のことをとやかく言えないね）

内心の苦笑を隠しながら、朱久里は言う。

「先に結論から言うけど、一年最強決定戦を運営する身としては決定戦にエントリーした一年坊をこっちの権限で勝手に排除することはできない。運営が恣意的に参加者を選んでいるなんて思われちまったら、一年最強決定戦というブランドに傷がついちまうからね」

もっともらしい理由をつけて断ると、春乃は「そうですか……」と露骨にションボリとした表情を見せる。

「そんな顔しないどくれよ。派閥の頭としてはアンタの頼みは聞けなくても、アタシ個人としてはアンタの力になれることもあるかもしれない。だからまずは詳しい話、聞かせてくれるかい？」

美久については春乃以上に知っている。が、春乃が美久のことをどこまで知っているのかは、朱久里といえども知りようがない。それを確かめると同時に、春乃がどこまで本気なのかを確かめるために、朱久里は彼女に詳しく話すよう要求したのだ。

（ま、拉致の件について話さなかった場合は、覚悟なしと見なして追い返させてもらうけ

どねぇ)

そんな思惑はおくびにも出さずに、店に配慮して二人分のコーヒーを注文してから、朱久里は春乃に語らせた。というか、春乃の方から勝手に語ったと言った方が正しかった。

自分が助けようとしている友達が、自分を嵌《は》めた相手であることを包み隠さず話したのは言わずもがな。

自分のケンカの弱さのみならず、友達のケンカの弱さまで包み隠さず話し、だからこそ一年最強決定戦になんて出たら怪我《けが》だけじゃ済まないかもしれないと訴え。

そこからなぜか盛大に脱線して小日向派の先輩たちの格好良さやら素敵さやらについて熱弁し始めたところで、朱久里は堪《たま》らず待ったをかけた。

「わかった! アンタが小日向の嬢ちゃんたちのことが大好きだってことは、よ〜くわかったから!」

ガラにもなく必死に春乃を制止してから、思案する。

(まさか知っていること全てどころか、それ以上のことまで喋《しゃべ》ってくるとはね。それだけ本気なのか、それともただの天然なのかは微妙なとこだけど……思ったとおり、三浦美久について〝全て〟を知っているわけじゃなさそうだ)

その〝全て〟を知っているからこそ、朱久里は試すように春乃に訊ねる。

「ちなみにだけど、アンタが三浦の嬢ちゃんを止めるためにこれまでにやったことは？」

「美久ちゃんは最近学校に来てないから、ＬＩＮＥを送ったり電話してみたりしたんですけど、全然反応がなくて……」

ＬＩＮＥは既読はつくんですけどね——と、弱々しく笑う春乃に、意地が悪いことを承知した上で試すような質問を重ねた。

「直接家には行かなかったのかい？」

「そ、それは……わたしと美久ちゃんは間違いなく友達なんですけど、まだわたしも美久ちゃんも、お互いの家を知らなくて……先生に聞いても教えてくれなくて……」

だろうねぇ——と思いながら、朱久里はさらに意地の悪い言葉を春乃にぶつける。

「要するに、アンタにとって三浦の嬢ちゃんは、お互いの家も知らないような浅い間柄で、おまけに自分を嵌めた相手でもあるってわけかい。こう言っちゃなんだけど、話を聞いた限りだと、そんな必死になって助けるほどの相手とは思えないけどねぇ」

その言葉を前に、春乃はキョトンとする。

「いや、だって友達ですよ？」

だから助けるのは当たり前——そう言わんばかりの物言いだった。

これには朱久里も、少しだけ虚を衝かれてしまう。

（……ったく、仲間想《おも》いというか友達想いというか。こういうところは先輩譲りと言ったところかねぇ）

美学と呼ぶほど大袈裟《おおげさ》なものではないが、朱久里は「一般生徒《パンピー》には極力迷惑をかけない」というルールを己に課している。

それゆえに、春乃のような見るからに一般生徒《パンピー》な娘《こ》を巻き込むのは良しとしていないが、覚悟を持って巻き込まれてきた相手に関してはその限りではない。

春乃がただ状況を理解していないという線も捨てきれないが、友達のためならばどんな無茶をやらかすことも厭《いと》わない覚悟を持っていることは充分に伝わった。

だから、

（しょうがない……協力してやるか。こういう何しでかすかわからないタイプは、いっそ引き込んだ方が御しやすいし、詰めの交渉にも使えるかもしれないからね）

打算半分言い訳半分に自分に言い聞かせてから、朱久里は言う。

「話はだいたいわかった。その上でもう一度言わせてもらうけど、一年最強決定戦を運営する立場だからこそ、アンタの友達のエントリーを取り消すことはできない。だからここは提案なんだけど……」

これ見よがしに溜《た》めをつくり、吊《つ》り上《あ》げるような笑みを浮かべてから言葉をつぐ。

「アンタが一年最強決定戦に参加して、直接友達を止めるっていうのはどうだい？」

さすがにこの提案には春乃も驚いたらしく、「ええっ⁉」と素っ頓狂な声を上げた。

「わ、わたしがですか⁉」

「そう、アンタがだよ。まだ口外するわけにはいかないから詳しい説明は省くけど、今回の一年最強決定戦のルール上、アンタが直接友達を説得してリタイアさせるってことも不可能じゃないからねぇ」

後半の言葉に心惹《ひ》かれるものがあったのか、春乃は「むむ……」と考え込む。

「一年坊の最強を決める戦い《ケンカ》である以上、どうしても危険は付きまとう。自分で自分のことを弱いと言ってるアンタの場合はなおさらだ。それでもなお飛び込む覚悟があるってんなら、アタシがアンタのことを一年最強決定戦で戦える程度には鍛えてやるよ」

「ほんとですか⁉」

身を乗り出して食いついてくる、春乃。やはりというべきか、小日向派で唯一の弱者ゆえに、「戦える程度には鍛えてやる」という言葉は何よりも魅力的に聞こえたようだ。

「ほんともほんとさね。こっちとしても、今のまま嬢ちゃんを一年最強決定戦に参加させるのは、危なっかしいなんてもんじゃないからねぇ。だからアタシがアンタのこと、しっかり鍛えてやるよ」

「はい！　よろしくお願いします！」

頭を下げる春乃《はるの》を見て、話がついたと思った朱久里《あぐり》は微笑を浮かべる。

これもまた今の段階では口外できる話ではないが、鬼頭派の幹部と話し合った結果、一年最強決定戦においては凶器《ドーグ》の持ち込みに制限を設けないことに決定している。

だから、春乃に適した凶器《ドーグ》を見繕った上で扱い方を叩《たた》き込んでやれば、少なくとも自分の身を守れる程度の強さくらいは身につくはず。

この際だから、春乃のことをこっちに投げっぱなしにしている弟にも手伝ってもらおう――いや、無理矢理にでも手伝わせてやると心に決める。

などと、脳内で諸々《もろもろ》の算段を整えたところで、朱久里は春乃に訊ねる。

「今日のところは、このまま場所を移して特訓をつけてあげるけど……アンタ、基本的に放課後はいつも小日向《こひなた》の嬢ちゃんとツルんでるだろ？」

「はい！」

嬉《うれ》しげに元気よく肯定する春乃に微苦笑を浮かべながら、彼女に言いつける。

「今回は何て言い訳してきたのかは知らないけど、そう何度も使える手とは思えないからね。明日以降の特訓は、アンタが家に帰ってから行うことにする。だからアンタは放課後、いつもどおり小日向の嬢ちゃんたちとよろしくやっといてくれ」

「そう、ですね……わたしと鬼頭先輩のこと、先輩たちに知られちゃったら、すっごい怒られちゃいそうですし」

当然と言えば当然の話だが、それでも、こちらから忠告するまでもなく春乃が今回の件を夏凛《かりん》たちに黙っておく必要があると認識していたことを、朱久里は少しだけ意外に思う。

「先輩たちとさよならした後は、鬼頭先輩のところへ行くってことでいいんですか？」

「いや、アンタはそのまま真《ま》っ直《す》ぐ家に帰っとくれ。アタシが直接アンタの家に迎えに行くから。多少遅い時間になっても、鬼頭の名前を出せば親御さんもとやかく言っては来ないだろうしね」

さすがに後半の言葉の意味はわからなかったらしく、春乃の頭上には「？」が浮かんでいた。そんな彼女を見て、朱久里は唯一手の打ちようがない懸念《けねん》について思案する。

（問題は、この子が腹芸のできるタイプには見えないことだけど……）

夏凛たちに勘づかれてしまった場合、それこそ蒼絃の代わりに春乃を連れてきた一年生女子にも言ったとおり、計画がガタガタになるのは必至だろう。

（そうならないようにするための対策も、立てておくとするかねぇ）

そんなことを考えながらも、朱久里はすっかり冷めてしまったコーヒーを飲み干した。

◇　◇　◇

史季が対凶器のレッスンを受けるようになってから、四日の時が過ぎた頃。

「よーっす。史季」

「や、やあ……小日向さん」

放課後、終礼のホームルームが終わってすぐに、教室に迎えに来てくれた夏凛に、史季はぎこちない返事をかえした。

史季を狙う不良の数は増加の一途を辿《たど》っており、放課後のレッスンのために予備品室に向かうのも難儀する有り様になりつつあったので、二日ほど前から、予備品室へ向かう際は直接夏凛に迎えに来てもらうことになったわけだが、

「おい、また〝女帝〟が迎えに来たぞ」

「いったいどうなってやがる？」

「まさか〝女帝〟のやつ、マジで折節のこと囲ってやがるのか？」

〝女帝〟自ら史季を迎えに来る様を何度も見せられては、不良であろうがなかろうが気になるのは道理であり、クラス全員の注目を集めることもまた道理。

注目を浴びるのが苦手な史季からしたら、勘弁してほしいと言いたいところだけれど。

夏凜がわざわざ迎えに来るようになったのは、史季一人では絡《から》んでくる不良に対処しきれないことが起因している。

勘弁してほしいと思う気持ちよりも、申し訳ないという気持ちの方がはるかに強かった。

それに一人の男として、夏凜にここまでしてもらって何も嬉しくないと言えば嘘《うそ》になる。

だから注目を浴びるくらい安いものだ――そう自分に言い聞かせて、クラスメイトたちの注目を一身に集めながらも夏凜とともに教室を後にした。

経験豊富そうとか、遊び慣れてるとか、とにかく悪ぶっている感じに見られることを好む夏凜が、「男を囲っているのでは？」と思われていることに何の反応も示さない不自然さにも、いつかと同じように彼女の耳が少しだけ赤くなっていることにも気づかずに。

「しかし、まー、アレだな……やっぱチラチラ見てきやがる奴《やつ》が多いな」

まだ始まってもいない会話の話題を変えるように、夏凜。

この場合の視線が、先程クラスメイトたちが史季に向けていた好奇の視線ではなく、史季とタイマンを張りたい、史季を倒して名を上げたいと思っている不良どもの、敵意に満ちた視線を指しているのは言《げん》に及ばない。

「これ、僕一人だけだったら入れ食いになってたパターンだよね……」

「だろうな。けどまー、そういう血の気が多い奴は、あたしが一年の頃に大体わからせてやったから――」

会話しながら、廊下の曲がり角を曲がったその時だった。

待ち伏せしていた不良が、突然殴りかかってきたのは。

「死ねや折節《おりふ》――ッ!?」

史季が反射的に身構える中、夏凜はいつの間にやら取り出した鉄扇を弧を描くようにして振り抜き、パンチを繰り出そうとしていた不良の顎を横合いから殴打《おうだ》する。

盛大に脳を揺らされた不良が白目を剝《む》いて倒れる中、ついぞ相手に一瞥《いちべつ》もくれなかった夏凜は平然と話を続けた。

「――今の奴みてーなアホでもないかぎり、あたしの目の前で史季に手ぇ出すような不良《バカ》はそうそう出てこねーよ」

まさしくその言葉のとおり、史季のことをチラチラ見ていた不良たちがたじろぐ気配を感じる。あまりにも頼もしすぎる夏凜に、史季は「ははは……」と笑うしかなかった。

「つーか、今日はどのルートで行くよ？　こうもチラチラ見られてるとなると、誰にも見られずに予備品室まで辿り着くのはけっこう骨だぞ」

声を落として訊《たず》ねてくる夏凜に、史季も小声で応じる。

「一階の職員トイレの抜け道を使わせてもらおう。あそこなら、不良たちもおいそれとは近づかないだろうし」

抜け道といえば聞こえはいいが、頭のおかしい施設に定評がある聖ルキマンツ学園においてそれは、隠し通路と呼んでも過言ではない代物だった。

男性用の職員トイレに辿り着いた二人は、周囲に人がいないことを確認してから中に入り、一番奥にある個室の扉の、当たり前のように埋め込まれた電子パネルに暗証番号を打ち込んで鍵を開ける。扉の先は、史季が言っていたとおりの抜け道に繋《つな》がっており、二人は慣れた足取りで薄暗い通路を進んでいく。

しばらく歩いた先にある、幾筋もの通路が合流する地点を通り抜け、さらにしばらく歩いた先にある扉を抜けると、体育館の舞台脇にある職員用の控え室に辿り着いた。

「抜け道使う時はいつも思うけど、校舎《ここ》は忍者屋敷《やしき》かっての」

という夏凜のツッコミどおり、校舎内には忍者屋敷さながらに抜け道が複数存在しているおかげで、史季たちは不良たちの目に留まることなく予備品室の行き来ができていた。

もっとも、抜け道は抜け道で教職員と鉢合わせになる危険《リスク》があるため、今日のように人目を盗んで体育館に向かうのが厳しい時以外は、極力使わないようにしているが。

そこからはいつもどおりに舞台裏の隠し扉を抜け、ようやく予備品室に到着する。

部屋にはもう千秋と冬華、春乃の全員が揃《そろ》っており、無駄話もそこそこに対凶器のケンカレッスンを開始する。

もっとも今回は対長物ではなく、対ナイフのレッスンになるが。

例によってスパーリングごっこと似たような位置取りで、千秋が用意してくれたゴム製のダミーナイフを手にした夏凛と対峙《たいじ》する。

「よっと」

そんな軽い一言とともに、冗談のような速さで繰り出された刺突を、史季は半身になることで紙一重でかわした。

実のところ、対ナイフのレッスンをするのは今回で二回目なので、いくらか手加減されている夏凛の攻撃をかわすことくらいはできるようになったが、

「どうした史季！　手ぇ出さねーと勝てるもんも勝てねーぞ！」

ごもっともすぎる言葉以上に厳しく攻め立ててくる彼女の猛攻を、史季は「ひぃひぃ」言いながらかわし続ける。ナイフそのものはゴム製だが、当たり所次第ではそれなりに痛いし、見た目も本物にそっくりなものだから、それこそエアーソフト剣で対長物のレッスンをしている時以上に必死だった。

レッスンの形式自体はスパーリングごっこと同じなので、タッチによる反撃を許されて

いるが、抑えてなおダミーナイフを振るう夏凛のスピードが尋常ではないせいで、本当にもうかわすだけで精一杯な有り様になっていた。

それからひたすら必死にかわし続け……夏凛がこれ見よがしに刺突を放とうとしていることに気づいた瞬間、

（今……！）

迫り来る切っ先を半身になってかわすと同時に、刺突を放ったことで無防備になった夏凛の右肩をタッチする。

「よし。上出来だ」

涼しげに構えを解く夏凛とは対照的に、史季は膝に両手をついて荒い呼吸を繰り返す。

一撃でもまともにくらったら終わり――そのつもりで対ナイフのスパーリングごっこに臨んだ結果、普段とは比べものにならないほどにまで疲弊してしまったのだ。

「そんだけ緊張感をもってやれてるのはいいことだけど、対ナイフに関してはマジで〝ごっこ〟の域は出ねーってこと、忘れんなよ」

どうにかこうにか首肯を返す史季を見て、無理に話させるのは悪いと思ったのか、夏凛はレッスン内容についてはこれ以上何も言わずに、ダミーナイフを持ち主に返す。

そして一分程度の休憩を挟んだ後、

「そんじゃ今日も、左のキックの練習といきますか」

ニンマリと笑う夏凛に、史季は再び首肯を返した。

然う。史季はこの四日間、対凶器のスパーリングごっこと並行して、左脚でのキックの練習も行《おこな》っていた。この左のキックこそが、夏凛が考えてくれた、こちらの手の内を知っている相手専用の初見殺しだった。

夏凛たちのケンカレッスンを受けるようになってから、まだ二ヶ月も経《た》っていない史季は、利《き》き脚とは逆の左脚でキックを打つことができない。

そして、連日のようにタイマンを挑まれ、返り討ちにする史季を見て、不良たちの中にもそろそろ気づき始めている者もいるだろう。史季が右脚でしかキックが打てないことに。

その気づきを逆手にとりつつも、左脚でもキックを打てるようにする。

史季にとっては、まさしく一石二鳥のレッスンだった。

サンドバッグを用意したところで、史季は左脚のキックの練習を開始する。最初の内は形《かた》すらままならなかったキックも、今ではそこそこに見られるくらいにはなったが、

「なんつうか、まだまだしょっぺぇな」

「右脚に比べると、明らかに迫力不足よね～」

「でも、昨日よりはサンドバッグが揺れてると思います！」

千秋たちの忌憚《きたん》のない意見に、史季は何とも言えない微妙な表情になってしまう。

「利き手利き脚の反対側を使った時あるあるだけど、やっぱまだ全身の動きが上手《うま》く連動してねー感じだな。今度は、腰の捻《ひね》りと軸足をもうちょい意識して蹴ってみてくれ」

夏凛《かりん》に向かって首肯を返すと、言われたとおりに腰の捻りと軸足を意識しながら、サンドバッグに向かって左のキックを繰り出した。

史季を狙う不良が、いつ行為をエスカレートさせるかわからない。だからこそ、レッスンが過密気味になってしまうのは避けられない。

だが、そのせいで史季が疲弊してしまい、弱ったところを不良に襲われたら元も子もないので、そこそこのところでケンカレッスンを切り上げ、勉強会《スタディレッスン》に移行する。

「今日は何の科目ですか！　史季先輩！」

ばっちこいと言わんばかりにやる気を漲《みなぎ》らせる春乃《はるの》に、史季は嬉《うれ》しさ混じりの苦笑を浮かべる。先日友達と遊んだ際に良《い》いことでもあったのか、ここ最近の春乃は、ただでさえ元気溌剌《はつらつ》だったところがさらに精力的《エネルギッシュ》になっていた。

「まさかたぁ思うが、春乃の言ってる友達《ダチ》って男じゃねぇだろな？」

他の人間には聞こえないよう小声で話す千秋に、冬華も小声で応じる。

「はるのんに春が来たなら、それはそれで喜ばしいことだけど～……ま～、違うわね。恋よりも行為に興味津々《きょうみしんしん》なところは変わってないもの」

「上手いこと言ったって顔してんじゃねぇよ」

「ちなみに～、ワタシの見立てだと、はるのんが精力的になったのは～、夜の一人遊び用の玩具をゲットして精力を発散《はっさ》――」

「お～い折節～。冬華の奴、こないだの問題集だけじゃ足りないってよ～」

「ちょっとちーちゃんっ⁉」

珍しくも焦燥を露《あら》わにする冬華の期待（？）に応えるように、史季は鞄《かばん》から取り出した問題集の数々を、トランプさながらに片手で扇状に拡《ひろ》げてみせる。

直後、「いや～～～んっ」という、悲鳴なんだか嬌声《きょうせい》なんだかよくわからない声が予備品室にこだました。

一週間後。

その日の放課後は、春乃は友達と遊ぶ約束をしたということで欠席となり、今日も今日とて史季は対凶器と左キックのケンカレッスンを行《おこな》った。そしてその後は一年生《春乃》がいないのを良いことに、たまには難度を上げて勉強会を行ってみたが、

「因数分解って何だよ……あんなもんいったい何の役に立つんだよ……」

「やめろ夏凛。名前聞いただけで頭が痛くなる」

「てゆ～か、頭がおかしくなりそ～」

「『お前はもとからおかしいだろ』」

「や～ん、りんりんとちーちゃんがいじめる～」

すっかり憔悴《しょうすい》した三人は、余裕があるのかないのかよくわからない会話を繰り広げていた。そんな彼女らを見て、史季は苦笑する。

（いくらこの学園でも三年生になったら因数分解くらいはやるだろうと思って、先にやらせてみたけど……ちょっと失敗だったかな？）

そんな史季の独白どおり、聖ルキマンツ学園の教科書には、少なくとも二年生でやる範囲には因数分解の「因」の字も見当たらない。なので、史季の方で参考書を用意してやらせてみたわけだが、夏凛たちの憔悴っぷりを見るに、少し性急すぎたと反省する。

余談だが、願書さえ出せば入学試験が通ると噂《うわさ》されるほどにアホ校な聖ルキマンツ学園において、三年生の教科書でも因数分解の「因」の字もないのは言うまでもなかった。

その後、遊ぶ気力すらなくなった夏凛たちと別れ、史季は一人慎重に帰途につく。

この一週間、登下校時においては、タイマンを挑まれては逃げ回ったり返り討ちにしたりするという流れを、それこそ嫌になるほどに繰り返していた。

その中で、凶器を持ち出して襲ってきたのは二人。

片やバット、片や鉄パイプと、絶賛レッスン中の長物が相手だったこともあって、どうにか怪我《けが》を負うことなく撃退することができた。

レッスンの成果が現れているのは良いことだが、ここ最近はタイマンを挑むというよりも、ただの襲撃としか言えないようなノリで襲ってくる不良まで出始めているのは、悪いことどころの騒ぎではなかった。

しかしそのことを夏凛たちに言ったら、それこそ登下校時も一緒にと言い出すのがわかりきっているので、史季は黙っていることにした。

今の時点でも大概に夏凛たちに負担をかけているのに、これ以上余計な負担はかけたくない。だから、タイマンを挑んでくる不良の数が増加の一途を辿《たど》ろうが、凶器を持ち出されようが、襲撃を受けようが、黙って自力で対処すると心に決めていた。

とはいえ、堂々と下校するような真似《まね》は勿論《もちろん》せず、自宅の位置を不良たちに知られないよう迂回《うかい》したり、人通りの多い道を選んだりと、可能な限り不良に絡《から》まれずに済むよう気をつけながら帰途につく。普段ならば、そこまでしてなお絡まれていたのだが、

（……あれ？　今日はまだ誰にも絡まれずに済んでる？）

夏凛たちと別れてからすでに一〇分以上経過しているにもかかわらず、今日はまだ一度も不良に絡まれていない。それだけ時間が経っていれば、少なくとも一度、多い時は三度くらいは絡まれていてもおかしくないのに。

そんな状況に、安堵《あんど》よりも先に疑問が立ってしまう。不良か一般生徒《パンピー》かは定《さだ》かではないが、今日の家路はいつも以上に学園の制服を着た男女を見かけるものだから、なおさらに。

何かがおかしい。だけど、その理由がわからない。そんなモヤモヤを抱えたまま、史季はついぞ不良に絡まれることなく、自宅のマンションに辿り着く。

中に入って階段を上がり、自分の部屋がある階まで来たところで、ここに来るまでに一度も不良に絡まれずに済んだ理由を嫌というほどに理解する。

史季の部屋の前には、聖ルキマンツ学園の制服を着た、一人の女子生徒が待ち構えていた。ボーイッシュな黒髪と色白の肌、美少女というよりは美女と呼んだ方がふさわしい顔立ちをした、聖ルキマンツ学園においては〝女帝〟の次に有名な不良女子だった。

「遅かったじゃないかい。折節史季」

まるで友人に会うような気安さで、女子生徒が名前を呼んでくる。

そんな彼女とは裏腹に、史季はこの日一番の緊張感をもって名前を呼び返した。

「遅いと思ったのなら、僕のことなんて待たずに帰っててくれてもよかったんですよ。鬼、頭、朱、久、里、先、輩」

女子であること以前に、鬼頭派の頭《トップ》である朱久里を家に招き入れる度胸なんて史季にはなかったので、ここは無難にマンションの地下にある駐車場で話をすることにする。

「どうして、僕の家の場所がわかったんですか?」

「アンタが登下校時に正門から出入りしてることは把握済みだったからね。そこに学校の敷地《しきち》外でのアンタの目撃情報を加えれば、ある程度は自宅《ヤサ》の位置を推測することができる。あとはアタシんとこの派閥の情報網を駆使すれば、ご覧の通りってわけさ」

事もなげに言ってのける朱久里に、同じ四大派閥の頭《トップ》である荒井とは別種の脅威を覚えながら質問を重ねる。

「もしかして、小日向《こひなた》さんたちの家の場所も?」

「勿論特定済みさね。けど、勘違いすんじゃないよ。アタシんとこの派閥は、荒井んとこや他のろくでなしどもと違って、自宅《ヤサ》を襲うなんてくだらない真似は絶対にしない。鬼頭派の名誉にかけて、それだけは断言させてもらうよ」

朱久里の返答を少し意外に思った史季は、目を丸くする。

あるいはそんな人間だからこそ、夏凛たちは彼女のことを「センパイ」呼びしているのかもしれない。などと考えていると、不意に朱久里がクスリと笑う。

「アンタ、人から顔に出やすいタイプだって言われないかい？　『ちょっと意外だった』って思いっきり顔に書いてるよ」

図星を突かれた史季は口ごもりかけるも、ここで引いたら会話以外の主導権もとられるような気がしたので、できる限り毅然《きぜん》とするよう心がけながら朱久里に応じた。

「自覚はしてますよ。それよりも、僕にいったい何の用ですか？」

「なぁに、アンタが今、名を上げたい奴《やつ》や腕比べをしたい奴に毎日のように絡まれて、困ってるって聞いたもんでねぇ」

「……それ、あなたが仕向けたことじゃないんですか？」

あえて、カマをかけてみる。

斑鳩《いかるが》派までもが絡んでいる以上、その全てを鬼頭派が仕向けたと言い切るのは暴論だということは重々に承知している。その一方で、鬼頭派が一枚噛《か》んでいても不思議ではないとも思っている。それゆえのカマかけだった。

「まさか。今言ったような連中にしろ、斑鳩派の連中にしろ、コントロールなんてできる手合いじゃないからね。手を焼かされてるって意味じゃアタシらも同じさ」

返ってきた答えは、「確かに」と思わされるものだった。だったから、史季は警戒を強めた。油断したが最後、良いように言いくるめられる予感がしてならなかったから。

ゆえに史季は、手を緩めることなく追及する。

「だったら、どうしてあなたが現れた今日に限って、僕は一度も絡まれることなく家に辿り着けたのですか？」

「それは、アタシが鬼頭派のメンバーを使って、アンタが帰り道に使いそうなルートを全て押さえておいたからだよ。斑鳩派の連中といえども、アタシらんとこのメンバーがうろちょろしてる場所で下手な真似はできないし、派閥に属してない連中にしても徒党を組んでない分、数の力に弱い。そんな中でアンタにケンカを売る奴なんざ、まだ学園に残ってるのが不思議なレベルでイカれてる奴くらいのものさね」

またしても事もなげに言う朱久里に、史季は警戒を強めたそばからさらに警戒を強めた。

史季は、その日の気分で無作為に登下校のルートを変えている。

つまりは、その日ごとに史季にしかわからないルートを通っているのだ。

それゆえに、史季の登下校ルートを特定するのは推測頼みになってしまうわけだが……

先程の朱久里の言葉は、その全てのルートを特定したと言っているも同然の内容だった。

にわかには信じられない話だが、今日の下校時に限ってやけに見かけた同校生の男女が、全て鬼頭派のメンバーだったと考えれば辻褄《つじつま》が合う。夏凛は朱久里のことを史季以上に頭が良いと言っていたが、〝以上〟程度では済まないかもしれないと史季は思う。

「どうやら、アタシの話を信じてくれたみたいだね」

例によって顔に出ていたのか、内心を見透かされたことに呻《うめ》きそうになりながら答える。

「全てというわけではありませんが」

「それで構わないよ。他の不良《やつら》とは頭のデキが違うアンタなら、アタシの話に嘘《うそ》がないってことはわかってるだろうしねぇ」

「あなたに言われても嫌味にしか聞こえませんけどね。それに、あなたの言葉の全てに嘘はないとは思っていませんから」

その指摘に対し、朱久里は興味深げに「へぇ……」と漏らした。

「どうして、そう思ったんだい？」

「真実の中に少しだけ混ぜ込んだ嘘ほど、見破るのが困難なものはないことくらいは知ってますから。仮にあなたが一つの嘘もついていなかったとしても、本当のことを言っていないという可能性もありますし」

「……どうやらアタシの見立て以上に、他の奴らとは頭のデキが違うようだねぇ」

あるいは、この言葉が契機だったのかもしれない。朱久里が攻め方を変えてきたのは。

「アンタならもうわかってるだろ？　アタシらの派閥の長所《ストロングポイント》が統率力と数の力にあるってことを。そしてそれは、小日向派にはない力だってことも」

　まさしくその通りだったので、史季は首肯を返すしかなかった。

「だからアタシらの派閥なら、今日だけでなく明日以降もアンタに絡んでくる不良どもを遠ざけることくらい、造作もないってことも理解している」

　これも、首肯を返すしかなかった。

「アタシらにはアンタの悩みを解決するだけの力がある。その上でアンタと取引したいことがあるんだけど……話、聞いてくれるかい？」

　そうしなければ話が進まないので、史季は三度《みたび》首肯を返した。

「鬼頭派の前身が、一年最強決定戦を運営していた堀田《ほった》派だってことは、アンタも知ってるだろ？」

　それだけで察した史季は、わずかに目を見開く。

「まさかやるつもりなんですか？　一年最強決定戦を？」

「やるつもりどころか、もうとっくに動き出してるんだけどね。勿論、時と場所と場面《TPO》はちゃんと弁《わきま》えるつもりだから、去年みたいな無茶苦茶なことにはならないことはアタシが保証するよ」

　去年の一年最強決定戦において、授業中だろうがお構いなしにケンカが勃発した様は史季もこの目で見た——というか、軽く巻き込まれて殴られたことがあった手前、史季は思わず安堵の吐息をつく。

「一年最強決定戦の開催は、四日後の一八時。郊外にある廃病院を舞台に、バトルロイヤル形式で行うつもりでいるんだけど……普通にやってもつまらないから、決定戦を盛り上げる余興として強者の賞金首を用意しようと思ってねぇ」

「その賞金首役を、僕にやれってことですか？」

「ああ。引き受けてくれた場合は、鬼頭派《アタシら》の力で、アンタに絡んでくる不良どもをなんとかすることを約束するよ」

「……断った場合は？」

「どうもしないさ。ただ、今の状況が長引けば、アンタを狙う不良どものやり口が段々エスカレートするなんてことも充分あり得る。そうなっちまったら、小日向の嬢ちゃんたちに余計な迷惑をかけることになるけど、それはアンタも望むところじゃないだろう？」

　これ以上夏凜《かりん》たちに負担をかけたくない——そんな史季の心中を見透かしたような言葉だった。

「ま、すぐに答えが出せる話でもないからね。一時間でも二時間でも付き合ってあげるから、じっくり考えるとい――」

「いえ、その必要はないです」

すでに腹を決めていた史季が言葉を遮ると、朱久里は心底意外そうに目を丸くした。

すぐに返事がかえってくるとは思っていなかったのか、それとも史季のことを、相手の言葉を遮ってまで我《が》を通すタイプではないと思っていたのかは定かではないが、ここにきて初めて、朱久里の想定を上回れたような気がした。

「その顔……賞金首役を引き受けてくれると思っていいんだね？」

「はい。ケンカ自慢の人たちに何かと絡《から》まれるようになったことは、あくまでも僕個人の問題ですから。小日向さんたちを巻き込まずに済むなら、それに越したことはない」

言い回しとしては回りくどいが、この先輩が相手なら皆まで言わなくても伝わると確信した上での返答だった。

事実、朱久里は余すことなくこちらの意図を汲《く》み取《と》ってくれた。

「つまりはそれが、取引に応じる条件ってわけかい？」

はい――と、決然と答える。ここからもう少し、取引の主導権を握ることができればと内心で意気込むも、朱久里が「まさか、こんな切り方になっちまうとはね」とため息混じりに呟《つぶや》いてから返してきた切札《ことば》に、史季は吃驚《びっくり》させられることとなる。

「悪いけどその条件、全てを呑《の》むことはできないよ。なにせすでに、桃園の嬢ちゃんが一年最強決定戦にエントリーしちまってるからねぇ」

口から飛び出したかけた驚愕《きょうがく》をかろうじて嚥下《えんか》し、努めて平静に否定する。

「……俄《にわか》には、信じられない話ですね」

「だろうね。あの子がアタシのところに来た時は、さすがにアタシも驚かされたよ」

言いながら朱久里《あぐり》は懐《ふところ》から取り出したスマホを操作し、画面をこちらに見せつけてくる。

そこには、一年最強決定戦用のＬＩＮＥアカウントのイベントページが映し出されており、参加者欄には春乃《はるの》の名前と見覚えのあるアイコンが、つまりは春乃が決定戦にエントリーしているという確たる証拠が、しっかりと表示されていた。

ＬＩＮＥを使ったエントリー方式に加えて、ここ数日の春乃の様子を鑑《かんが》みると、彼女が強制的に決定戦に参加させられたという線は薄い。

だからこそなおさら、史季は目の前の現実をすぐには呑み込むことができなかった。

「どうして桃園さんが……」

「理由については、アタシの口から話すってのも筋が違うからね。嬢ちゃんは後でこの店に寄ることになってるから、直接訊《たず》ねてみるといい」

そう言って渡してきた名刺には、珈琲《コーヒー》店の名前に住所と電話番号、簡素な地図《アクセスマップ》が印刷されていた。

受け取りながら、史季は理解する。

春乃が友達に会いに行くと言っていたのは、朱久里と会うための方便であったことを。

意外を通り越して驚愕を禁じ得ない話だが、春乃が今の今までそのことをおくびにも出さずに、史季のみならず夏凜たちの目までも欺きとおしていたことを。

「言っとくけど、桃園の嬢ちゃんから話を聞く分には構わないけど、嬢ちゃんが決定戦に参加するのはこちらとしても決定事項になってるから、参加を断念させるような真似《まね》は絶対にするんじゃないよ」

朱久里の忠告に、史季は苦々しい顔をする。

「結局のところ、僕は賞金首を引き受けるしかなかったというわけですか」

「そんな顔しないどくれよ。桃園の嬢ちゃん以外の小日向《こひなた》派に関しては、アタシの方でも巻き込まないよう手を尽くすことを約束するからさ。ただ、アンタもわかってるだろうけど、『絶対に』とは約束できないけどね」

「わかってます。僕と桃園さんが一年最強決定戦に出るなんて知ったら、間違いなく小日向さんたちの方から関わってくるでしょうから」

そしてそれは、朱久里以上に史季の望むところではなかった。

こうなってしまった以上はもう春乃が巻き込まれるのは受け入れるしかないが、夏凛たちまで巻き込んでしまい、今以上の迷惑をかけてしまうのは史季としても絶対に避けたい。

それに甘い見立てかもしれないけど、賞金首役をたいした怪我《けが》も負わずに務めきって、その上で朱久里がちゃんと約束を果たしてくれれば、夏凛たちに余計な心配も負担もかけることなく、腕自慢の不良たちに狙われ続ける問題を解決できるかもしれない。

夏凛たちが「センパイ」と呼ぶ程度には認めている相手であることを鑑みるに、約束を守らないなんて不義理な真似をされる心配もしなくていいだろう。

「だから、僕の方でも小日向さんたちにバレないよう善処はするつもりです」

「そうしてくれると、こちらとしても助かる。決定戦の詳細はＬＩＮＥのアカウントに後日公表することになってるから、後でちゃんとフォローなり友達追加なりしといとくれ」

そう言って朱久里は踵《きびす》を返し、

「それじゃ、四日後を楽しみにしてるよ」

この言葉を最後に、史季の前から立ち去っていった。

朱久里が地下駐車場から出ていったところで、史季は深々と息を吐く。

荒井のような威圧的な恐《こわ》さはなかったが、常に相手の術中に嵌《は》まっているような恐さがあったせいで、体以上に心が疲弊していた。

正直な話、今のやり取りにおいて、どこからどこまでが朱久里の術中だったのかは、史季でも見当がつかない。強いて一つ、わかっていることを挙げるなら、

（一年最強決定戦ということは、間違いなく鬼頭先輩の弟くんも出てくる。僕を倒した上で一年最強決定戦を勝ち抜かせることで、先輩は弟くんに箔《はく》を付けさせるつもりだ）

とはいえ、今はこれ以上考えても仕方がないし、優先すべきことは他にある。そう思った史季は地下駐車場を後にして、朱久里から受け取った名刺の珈琲店に向かった。

◇　◇　◇

史季と別れた朱久里は、そのままマンションを離れ、歩きながらスマホを操作して一年最強決定戦用のＬＩＮＥアカウントのイベントページを表示し、管理者権限で参加者欄にある春乃のアカウントのエントリーを取り消しにする。

春乃が一年最強決定戦に参加する証拠として見せるために、今日の内に春乃にエントリーさせた。だが、何かの間違いで小日向派の誰かが決定戦用のアカウントに辿《たど》り着《つ》き、イベントページの参加者欄を見られた場合、先程成功させた史季との交渉はおろか、計画そ

のものが台無しになってしまう恐れがある。

ゆえに、可及的速やかに、LINE上における春乃のエントリーを取り消しにした次第だった。

そこからさらにスマホを操作し、実のところ史季と話していた時にはもう届いていた、弟——蒼絃《あおい》からのLINEのメッセージを確認する。

『どうだった姉さん？　折節くんは』

概《おお》ね予想どおりだったメッセージに苦笑しながらも、道行く先にコンビニを発見した朱久里は、店前にあるガードパイプに腰掛けてから蒼絃にメッセージを送る。

『どうもこうもないよ。まさかああもパンピー全開だったとは思わなかったよ。おかげで後ろめたいの何の』

後ろめたいと表したのは、春乃をも利用して史季に一年最強決定戦の賞金首をやらせるよう仕向けたことは勿論《もちろん》のこと、史季に指摘されたとおり、本当は裏で鬼頭派のメンバーを使って血の気の多そうな不良を焚《た》きつけて彼にぶつけるよう仕向けていたことを、知らぬ存ぜぬで押し通したことを指していた。

危機感を煽《あお》って取引に応じる以外に道はないと史季に思い込ませ、一年最強決定戦に賞金首として参加させることで、学園の頭《トップ》を目指す弟の踏み台にする。

全てはそのために必要だと思ってやったことなので、後ろめたいとは思えども、後悔なんてしないし、する気もないが、他の不良みたいに露骨に敵意を向けられた方がよっぽどやりやすかったと朱久里は思う。

そうこうしている内に、蒼紘からのメッセージが届いたので確認してみると、

『だけど本当にただのパンピーというわけじゃない。そうだろう？』

まるで、史季との会話を聞いていたかのような内容だった。

それを見て、朱久里は再び苦笑しながらメッセージを打ち込む。

『まあね。パンピー全開でこれっぽっちも不良には見えないというだけで折節の坊やの目は一端《いっぱし》の男のそれだったからね。で、坊やが男の目を見せたのは賞金首役を引き受けると言った時と、小日向の嬢ちゃんたちを巻き込みたくないという意思を示した時。自分絡《がら》みのことだと我《が》なんてろくに持ち合わせていなさそうなのに親しい人間絡みだと途端に我《が》が強くなる。そういう奴《やつ》の〝芯〟ってのは大抵馬鹿みたいに太いから……ま、荒井に勝った時点でわかりきっていたことだけど間違いなく強敵だよ。あの坊やは』

ここまで打ち込んだところで、これならもう電話で済ませた方がいいのではと思いかけるも、折角打ち込んだ長文を破棄するのも癪《しゃく》なので、結局このままメッセージを送信することにした。

『間違いなく強敵か。いいね。それでこそ倒しがいがあるというものだよ』

なんとも勇ましい弟のメッセージに、朱久里は少しだけ表情を曇らせる。

蒼紘は、相手が強ければ強いほど、勝負がギリギリになればなるほど燃え上がる性格をしている。

派閥の頭としては頼もしい限りだと言いたいところだが、一人の姉としては、できれば弟には、怪我もしないくらいに圧勝を収めてほしいと願わずにはいられなかった。

弟が不良として名を上げることを願っている以上、それを止めるような真似をするつもりは毛頭ない。弟が自分の力で勝つと言っている以上、鬼頭派のメンバーを使って標的《ターゲット》を削るような真似もするつもりはない。が、やはり一人の姉として、弟には余計な怪我を負ってほしくないというのが嘘《うそ》偽りのない本音だった。

だから朱久里は、弟といえども今のところはまだ勝機が薄い〝女帝〟と〝ケンカ屋〟ではなく、当初の標的だった荒井を倒した史季に狙いを定めた。

その史季を、一年最強決定戦の賞金首として参加させる策にしても、彼とのタイマンを望む弟のために舞台を整えてやりたいという思いとは別に、弟とやり合う前に、史季が他の一年に削られてくれればという期待があって練ったものだった。

もっともその場合、蒼紘も他の一年とやり合ったことで削られるか、最悪倒されてしまう危険性も孕《はら》んでいるわけだが、何気に姉バカが入っている朱久里は、弟が一年如《ごと》きにやられるわけがないと一顧だにもしていなかった。

正直、姉としては心配は尽きない。けれど、弟の前で心配《それ》を見せることを良しとはしていないので、あくまでも強気なメッセージを蒼紘に返した。

『それでこそアタシの弟だ。この一年最強決定戦はアンタが聖ルキマンツ学園の頭《トップ》になるための第一歩になる。いきなり躓《つまず》いたりなんかするんじゃないよ？』

『大丈夫。ボクは負けないよ。折節くんは勿論〝女帝〟や〝ケンカ屋〟が相手であろうとね』

だからその二人とやり合うのはまだ早い——などと返すのは、今この時においては無粋の極みなので、ただ一言『その意気だよ』と、弟を鼓舞するメッセージを返した。

これで話は終わりだろうと思ってガードパイプから腰を上げるも、予想に反して弟から返ってきたメッセージを、朱久里は片眉を上げながら確認する。

『それはそうと姉さん。桃園さんのことは折節さんに話したのかい？』

『そりゃ勿論。桃園の嬢ちゃんの存在は、折節の坊やに賞金首役をバックレるのは許されないと思い込ませるための枷《かせ》になるからね』

本当は、坊やに賞金首をやらせる切札《きりふだ》でもあったんだけどねぇ——とは思いながらも、わざわざメッセージに打ち込むような話でもないので、心の内に留《とど》めておくことにする。

『話したこと自体はいいけど桃園さんを鍛えること折節くんに丸投げするつもりだろ？』

そんな蒼紘の指摘を、朱久里は既読スルーする。

脳裏に去来するのは、凶器《ドーグ》を使わせたらなぜか一〇〇パーセントの確率で手からすっぽ抜ける春乃《はるの》の姿と、すっぽ抜けて宙を舞った凶器《ドーグ》がなぜか一〇〇パーセントの確率で春乃の頭に降ってくる瞬間、その凶器《ドーグ》全てをすんでの所でキャッチする、春乃の特訓に付き合わせた弟の姿だった。

メリケンサックとか、何をどうしたらすっぽ抜けて頭上にかっ飛んでいくのか……最早《もはや》超常現象レベルの春乃のドジっぷりに、朱久里《あぐり》は本気で世界の広さというものを痛感させられた。

史季との取引の際、蒼紘の指摘どおりに春乃を鍛えることを彼にお願いしなかったのも、その話をしている時の自分が、いったいどんな顔になっているのか想像もつかなかったからに他ならなかった。

一つわかっていることは、春乃のドジっぷりを目の当《ま》たりにした際、こちらの顔を見た蒼紘が、掌《てのひら》で口を押さえて笑うのを堪《こら》える程度には愉快な有り様になっているということだけだった。

そんな顔では交渉もへったくれもない。だから、春乃を鍛えることを史季にお願いするタイミングは、彼が春乃と合流するのを見計らってからにしよう。

そう思った朱久里の目は、この場に蒼絃がいたら掌で口を押さえて笑うのを堪えていたと断言できるほどに遠いものになっていた。

◇　◇　◇

名刺の珈琲《コーヒー》店に辿り着いた史季は、上品かつ大人な雰囲気の店構えに盛大に気後れしながらも、入口となるアンティーク調の木製扉を恐る恐る開ける。

カランカランと音を立てるドアベルにビクッとしながら店に入り、視線を巡らせ、壁際《かべぎわ》のテーブル席で食い入るようにスマホを睨《にら》んでいる春乃を発見する。スマホに集中しているせいかこちらに気づいた様子はなく、こんな落ち着いた雰囲気の店で声を上げて呼ぶのもどうかと思った史季は、春乃のいるテーブル席に歩み寄ることにする。

近くまで来てなおこちらに気づかない春乃に苦笑しながら、横合いから彼女の肩を叩《たた》こうとした瞬間――スマホの画面に映る、年齢制限的な意味で高校生が見たらいけない感じの画像が目に飛び込んできて、史季は思わず大声でツッコみを入れた。

「こんなところでなんてもの見てるの桃園さんッ⁉」

春乃は「ふえ？」と気の抜けた声を漏らし、顔を上げる。

直後、史季に負けず劣らず大声が、可憐《かれん》な唇から飛び出した。

「史季先輩⁉　どうしてここに⁉」

驚きはすれども、スマホに映る画像を見られて恥じらうことすらしなくなった春乃に、史季が思わず遠い目になってしまったことはさておき。

壮年の店主《マスター》に「他のお客様もいらっしゃいますので」とやんわりと注意されてしまい、史季と春乃は揃《そろ》って平謝りしてから、コーヒーを注文――春乃は追加の注文になるが――した。

史季は、ラーメン一杯分よりも高いコーヒーを一口啜《すす》り、コンビニのコーヒーとの違いがまるでわからない自分のバカ舌っぷりに哀《かな》しくなりながら単刀直入に言う。

「鬼頭先輩から話は聞いたよ、桃園さん」

「ていうことは……わたしが一年最強決定戦に出ることも？」

恐る恐る訊《たず》ねる春乃に、史季は首肯を返す。

「どうして、一年最強決定戦になんて参加するの？」

「それは……」

言い淀《いよど》み、散々悩んだ末に、春乃はこちらに向かって合掌して頭を下げる。

「ごめんなさい……！　わたし、どうしても友達を助けたくて……！」

注意された手前、押し殺した声音で白状する。見たことがないほど必死に。見たことがないほど真剣に。謝りはすれども、決して譲らないという覚悟を滲《にじ》ませて。

そんな彼女を前にして史季が言える言葉は、最早一つしかなかった。

「……詳しい話、聞かせてくれる？」

春乃は頭を上げ、太陽のように表情を輝かせながら元気よく「はい！」と答えた。

「わたしの友達、三浦美久《みく》ちゃんって言うんですけど……」

言いながらスマホを操作し、テーブルの上に置いて画面をこちらに見せてくる。

そこに映っていたのは、春乃が自撮りに巻き込む形で撮ったと思われる、美久と思《おぼ》しき女の子とのツーショット写真だった。

その写真を見て、史季は思わず目を丸くしてしまう。

睨んでいるようにしか見えないほどに目つきがきつい四白眼に、背中にかかる程度の長さのボサついた茶髪。

写真に写っている女の子は、先日カラオケに行った際に史季が出会った、路上に荷物をぶちまけた老婆を助けた女の子そのものだった。

「この子が？」

どうにかこうにか動揺を押し殺しながら訊ねると、春乃はコクリと首肯を返した。

「美久ちゃんは、こないだわたしが荒井派の人たちに捕まった時に、脅されてわたしのことを呼び出した子なんです。たぶんそのせいだと思うんですけど、その日以降美久ちゃんは学校に来なくなって、家を知らないからどうすることもできなくて……かと思ったら、いつの間にか一年最強決定戦にエントリーしてて……」

ここまで「ふんふん」と話を聞いていた史季は、ふと「ん？」と片眉を上げる。

（……あれ？　今、桃園さんが言ってたことって……）

今一度話の内容を反芻《はんすう》し、史季はかろうじて押し殺した声音で驚愕《きょうがく》を吐き出した。

「友達ってその時の友達だったの……⁉」

「そうですけど？」

自分の言っていることのどこに問題があるのかわかっていないのか、キョトンとする春乃に、史季は閉口する。

春乃が荒井派に拉致られた件は、一歩間違えなくても、トラウマになってもおかしくない出来事だった。いくら脅されてやったこととは言っても、何のわだかまりもなく友達のままでいられるとは思えない。少なくとも美久の方は、学校に来なくなっている時点でそう考えているはずだ。なのに春乃は、美久のことを、一年最強決定戦に参加するという無茶をやらかしてまで助けようとしている。

（友達を助ける理由については、聞いたところで「友達だから」の一言で済まされるんだろうなぁ……）

心の内で苦笑する。

医者の娘ということもあってか、春乃は、誰かを助けるという行為が当たり前のように心と体に染《し》みついている。事実、川藤から春乃を助けた際、窮地に陥った史季のために夏《か》凛《りん》を呼んでくれたのも、川藤に殴られた史季の顔を見て迷うことなく応急処置を施してくれたのも、他ならぬ春乃本人だった。

その上彼女は、友達《ダチ》のために体を張る夏凛たちの背中を見てきている。

最早友達を助ける理由について追及すること自体が野暮だと思った史季は、代わりにこの質問を春乃に投げかけた。

「桃園さんが一年最強決定戦に参加するのは、三浦さんを止めるためってことでいいんだよね？」

「はい。美久ちゃんってたぶん、クラスの中じゃわたしの次か、その次くらいにケンカがダメダメだから、一年最強決定戦になんて出たら危ないと思って……」

「ふんふん」

と話を聞いていた史季は、再び「ん？」と片眉を上げる。

「桃園さんの次か、その次くらいにケンカがダメダメ？」

独り言じみた問いに、春乃は無駄に元気に「はい！」と答えた。

「体育でも、わたしの次くらいにダメダメでした！」

「桃園さん、声はもっと小さく……！　というかあの見た目でダメダメなの……⁉」

「ダメダメですっ。美久ちゃんはあんまり認めようとはしないですけどっ」

言われたとおりに小声で力説され、史季は再び閉口してしまう。

美久の印象が不良然《ふりょうぜん》としていたせいもあって、少なくとも史季の目には運動神経が良さそうな女の子に見えたが、実際はその逆だったようだ。

（桃園さんが三浦さんと友達になった経緯、なんとなく想像ついたかも……）

ここは聞かぬが花だろうと思った史季は、遠い目をしながら、ちょっと温《ぬる》くなったコーヒーを啜った。

「けど美久ちゃん、ケンカがダメダメなのに、事あるごとに荒井先輩の悪口言ったり、いつか絶対この手で叩きのめすとか言ったりしてて……その荒井先輩の派閥の人たちに脅されてわたしを呼び出したことで、思い詰めてるんじゃないかって心配で……」

（三浦さんが、荒井先輩のことを目の敵にしてる？）

そのことに少しだけ引っかかりを覚えるも、春乃を拉致したことも含めた悪辣なやり口を考えると、荒井という人間があらゆる方面から恨みを買っていたとしても、そう不思議な話ではない。なので史季は、特段気にすることなく話を続けた。

「ちなみにだけど、三浦さんが一年最強決定戦に参加する理由、心当たりある？」

春乃はフルフルとかぶりを振る。

「本当は朱久里先輩に、美久ちゃんの参加を取りやめにしてもらいたかったんですけど……できないから、一年最強決定戦に参加して直接美久ちゃんを止めればいいって提案されて……」

史季は思わず、苦い顔をしそうになる。予想はしていたが、春乃に一年最強決定戦に参加することを提案したのが朱久里であることがわかったから。

同時に、下の名前で呼ぶ程度には、春乃が朱久里に気を許していることがわかったから。

荒井派よりも、色々な意味でやりにくい相手だということがわかったから。

そして、狙っていたようなタイミングで、テーブルの上に置かれていた春乃のスマホが震え出す。画面には「朱久里先輩」の五文字が表示されていた。

史季は春乃に向かって一つ頷《うなず》き、それだけで察した彼女は電話に出る。

「もしもし春乃です。…………はい？　はい、わかりました」

短い会話を終えた春乃が、こちらに向かってスマホを差し出してくる。

「朱久里《あぐり》先輩が、史季先輩に話があるって」

なんとなくを通り越して、猛烈に嫌な予感を覚えながらスマホを受け取り、応答する。

「……代わりました」

『悪いね、折節の坊や。さっきちょっと、坊やにお願いし忘れたことがあってねぇ』

ますます嫌な予感を募らせながら「お願いってなんですか？」と返すと、

『桃園の嬢ちゃんのことなんだけど、一年最強決定戦までにアンタの方で鍛えてやってくれないかい？』

ちょっと何を言っているのかわからず「はい？」と返す史季をよそに、朱久里は勝手に話を進めていく。

『アタシたちの方でも手は尽くしたんだけど、嬢ちゃんときたら何をやってもダメダメでねぇ。ああ、凶器《ドーグ》の類《たぐい》は間違っても持たすんじゃないよ？　今度こそマジで嬢ちゃんが死んじまうかもしれないから』

なんか氷山さんも似たようなこと言ってた気がする――と、三度《みたび》遠い目をする史季をよそに、電話口の朱久里は『任せたよ』と言い残して、プツリと通話を切る。

任されたというか丸投げされた史季の目は、ほんの数分前の朱久里と同じように、ますます遠いものになっていた。

珈琲店《コーヒー》を出ると外はもうすっかり暗くなっており、史季は街灯に照らされた夜道を進みながら、隣を歩く春乃《はるの》に訊ねる。

「遅くなっちゃったけど、家の人には連絡しなくていいの？」

「はい！　もともと朱久里先輩と会うつもりだったから、帰りが遅くなることはお父さんにもお母さんにも伝えてます！」

それならよかった――と、言いたいところだが、しれっと朱久里が春乃の両親の信頼まで勝ち得ていることに、最早《もはや》驚く気すら失《う》せてしまった史季だった。

（それにしても、僕が桃園さんを鍛えるだなんて……）

正直、現在進行形で夏凛たちに鍛えてもらっている立場の自分には、荷が重い話だと言わざるを得なかった。

そもそも春乃が、鍛えて強くなるくらいなら夏凛たちがとっくの昔にやっている――というか、やった上で諦めた節があるし、丸投げしてきた朱久里は言わずもがなだ。

やる前からすでにもう、手詰まりな状態になっている。

（でも……）

隣を歩く、やる気を張らせた春乃を横目で一瞥《いちべつ》する。

朱久里との取引がなければ、今すぐにでも春乃に一年最強決定戦の参加を諦めさせたいというのが、史季の本音だった。普通に考えれば、賞金首として一年最強決定戦に参加する自分が、春乃に代わって美久を助けるのが最善手だからだ。

だけど、その想《おも》いと同じくらいに、春乃の力になってあげたいという気持ちがあることも否定できなかった。

自分の弱さを承知した上で誰かを助けたいという気持ちは、史季にもわかるから。

同時に、己の弱さも顧みずに誰かを助けようとする行為の愚かしさも、史季はそれこそ痛いほど理解している。

（桃園さんにそんな思いをさせないためにも、できる限りのことはしないと……！）

小日向《こひなた》さんたちでもできなかったのに、僕が桃園さんを強くすることなんてできるとは思えない。だから、僕にしか教えられないことを桃園さんに教えよう――そう思って向かった場所は、珈琲店と同様、閑静な住宅街の中にある公園だった。

公園の敷地《しきち》面積はかなりのものだが、滑り台にロープネット、クライミングウォールで構成された大きなアスレチック遊具を筆頭に、いくつもの遊具が設置されている上に、そこかしこに常緑樹が植えられているせいで、印象としては手狭に感じる。

それゆえに死角が多く、日が沈んだ後に子供を遊ばせるのは親としては抵抗を覚えるような公園で、事実公園内を見渡しても、史季たち以外の人間を認めることはできなかった。

だからこそ打ってつけだった。春乃に一年最強決定戦を生き残る術を教える場としては。

「史季先輩はわたしに何を教えてくれるんですか⁉」

朱久里との会話の内容は当然春乃にも伝えており、だからこそフンスと鼻息を吐いて意気込む彼女を前に、史季はここに来るまでの道中に買った缶ジュースを一口飲んでから、話を切り出す。

「桃園さん……正直に答えてほしいんだけど、今日まで鬼頭先輩に鍛えてもらって、ちょっとでも強くなったという実感はある？」

「ないです！」

朱久里の苦労が偲《しの》ばれるほどに、微塵《みじん》の迷いもない即答だった。

「桃園さんが一年最強決定戦に参加する目的は、三浦さんを直接説得してリタイアさせること……でいいんだよね？」

「はい！」

「だったら別に、決定戦に参加する他の一年生とは戦わなくてもいいと思わない？」

こちらの言わんとしていることを理解していないのか、春乃の首が斜めに傾く。さっさと結論を言った方が早いと思った史季は、缶ジュースを飲み干してから彼女に告げた。

「一年最強決定戦は、廃病院を舞台に、バトルロイヤル形式で行うと鬼頭先輩は言っていた。つまりは必ずしも戦う必要はなく、決定戦中は逃げたり隠れたりしても何ら問題はないことになる」

後日公表される決定戦の詳細次第では、逃げ隠れすることに何かしらの制限を設けてくる可能性はないとは言い切れないが、今は考えないことにする。

どのみち廃病院という舞台でやる以上、逃げる隠れるの線引きが難しい場面が必ず出てくるので、完全に禁止される可能性はないと断言していい。

これから春乃に教えることが無駄になることは、まずないはずだ。

「だから僕は桃園さんに、人の目を盗んで移動する——つまりは、一年最強決定戦で不良たちに見つからないよう三浦さんを捜す特訓をさせようと思っている」

ここまで聞いてようやく理解できたのか、春乃はハッとした表情を浮かべる。

「わかりました！　段ボールに隠れて移動する特訓をするんですね！」

思わずズッコケそうになる。

「しないよ！　というか現実でやったらバレバレなやつだから、廃病院に段ボール箱があっても絶対にやっちゃ駄目だからね⁉」

「ダメなんですか……」

露骨に残念そうな顔をする春乃に脱力しながら、史季は話を戻す。

「僕が教えるのは、相手に見つからずに移動するコツみたいなものだよ。そして、そのコツを体で覚える上で打ってつけの遊びがある」

そう言って史季は、空になった缶を足元に立てた。

「桃園さん。僕と二人で缶蹴りをしよう。形式としては僕がずっと鬼。範囲はこの公園全体。それから、僕に見つかった時点で桃園さんの負け、という形でね」

こうして史季は春乃を相手に、夜の公園で一対一の変則缶蹴りを行うことにした。

従来どおりに子役の春乃に缶を蹴らせるのは、なんだか無性に嫌な予感がするのでやめにして、鬼役の史季が缶の傍《そば》で目を瞑《つぶ》って三〇秒数え、その間に春乃が隠れるという形式で缶蹴りを開始する。

三〇秒数え終えた史季は、周囲に視線を巡らせ……初手から春乃の姿が見えていないことに安堵《あんど》する。

春乃の場合、本人が隠れているつもりでも、こちらから見たらモロバレだったということくらいはやらかすかもしれないと危惧していたが、どうやら杞憂《きゆう》に終わったようだ。

あくまでもメインは春乃の特訓。だからこそ、あえて缶から離れて春乃を捜すことにした史季は、まずはアスレチック遊具の辺りから攻めようとするも、

「史季せんぱ～い。助けてくださ～い」

まさしくアスレチック遊具の、史季から見て裏側にあたる位置から、春乃の情けない声が聞こえてくる。

声が聞こえた位置には、アスレチック遊具の高台に登るために設けられたロープネットがあることを記憶していた史季は、嫌な予感を募らせながら裏側へ回り……その予感すらも凌駕《りょうが》する光景に、思わず顔を背けてしまう。

案の定というべきか、春乃はロープネットに絡《から》まっていた。

いったい全体何がどうなってこんなことになってしまったのか、春乃はなぜか逆さまになっており、制服が重力によってずり下ろされたことによって、パンツはおろかブラジャーまでもがモロ見えな有り様になっていた。

「動けないんです～。助けてくださ～い」

涙目になりながら今一度助けを請《こ》う、春乃。

しかし、パンツはおろかブラジャーまでもが頭に「紐《ひも》」がつく感じになっていたり、透

け感のあるレース生地だったり、色が紫色だったりと、およそ高校一年生が着けていいものとは思えないセクシーなランジェリーを史季が直視できるわけもなく。

そのせいで救助が難航してしまった結果、始めた時間が遅かったせいもあって、今日のところは特訓らしい特訓もできないまま解散するハメになってしまったのであった。

翌日の放課後。

今日も今日とて、史季が夏凜《かりん》と一緒に予備品室へ向かっていた時のことだった。史季のクラス——二年二組の教室を出てからほどなくして、夏凜が怪訝《けげん》な表情を浮かべたのは。

「んん……？」

「ど、どうしたの？　小日向さん」

「いや、なんか……昨日までと比べて、史季のことをチラチラ見てくる不良《バカ》どもが少ないなーって思ってな」

「そ、そうかな……？」

「代わりに鬼頭派っぽい連中を妙に見かける気がするけど……あー、だから不良《バカ》どもが少なくなってるのかもしれねーな」

「そ、そうかもね……」

心の中でドキーンとしながらも、当《あ》たり障《さわ》りのない返事をかえす。

昨日、朱久里と取引をかわしたことで、史季は登校時においても一度も不良に絡まれることなく、学園に辿《たど》り着《つ》くことができた。

その際も、今と同じように鬼頭派と思《おぼ》しき生徒たちをチラホラと見かけた。ちゃんと取引の対価を払っていることを、こちらに知らしめるように。

「史季にちょっかいかける不良《バカ》どもが減るのはけっこうなことだけど、鬼頭派が動きを見せ始めたってのは嫌な感じだな」

鬼頭派絡《がら》みで突っ込んだ会話をするのは避けたいところだけど、だからといってここで黙《だん》まりを決め込んだら、かえって夏凜に怪しまれるかもしれない。

だから史季は、極力動揺を顔に出さないよう意識しながら会話に応じた。

「それって、近いうちに鬼頭派が仕掛けてくるかもしれないってこと?」

「そこまではまだわかんねーけど、不良《バカ》どもにケンカ売られる以上に、警戒しておいた方がいいってのは確かだな」

「う、うん。わかった……」

と返しながら、史季は胃に、痛みにも似た疼《うず》きが生じていることを自覚する。

取引のこともそうだが、今日以降もレッスン終了後に公園で春乃の特訓をつけることも含めて、残りの三日間、夏凛たちを欺き続けなければならないことに、どうしても罪悪感を覚えてしまう。が、朱久里《あぐり》との取引に応じ、一年最強決定戦の賞金首役を務めることに決めたのは、現在自分を取り巻いている状況を、これ以上夏凛たちに負担をかけることなく解決するため。

その決断自体に春乃《はるの》の件は関係なく、だからこそ、どれほど後ろめたさを覚えようがやりきるしかない。

(僕一人でなんとかできるなら、それに越したことはないから……)

そんな決意を胸に刻む史季を見て、夏凛は先程と同じように「んん……?」と怪訝な表情を浮かべながら小首を傾《かし》げた。

◇◇◇

校舎の屋上。それは不良たちにとって格好のたまり場であり、事実、聖ルキマンツ学園においても屋上を縄張りにするために派閥同士で熾烈《しれつ》な争いが繰り広げられた。

その争いを制し、見事屋上というたまり場をゲットしたのが斑鳩《いかるが》派であり、昼休みや放

課後にもなると頭《トップ》の斑鳩を筆頭に、派閥のメンバーがその日の気分で集まってくるはずなのだが、

「今日はアンタ一人だけかい」

斑鳩派のたまり場に単身で訪れた、鬼頭派の頭――朱久里は、屋上の隅で三角座りで黄昏《たそが》れている斑鳩の背中に呆《あき》れた声を投げかけた。

「アイツら……漢字はろくに読めねえくせに空気は読めやがるからな……。オレの様子を見て……即行で逃げていきやがった……」

わかりやすいほどに落ち込んだ声音で、ここにはいない派閥メンバーに恨み節を吐く。

それだけで全てを察した朱久里は、ますます呆れた声を斑鳩の背中に投げかけた。

「なんだい、もうフラれちまったのかい」

「フラれてねえよ……色々あってオレの方から離れたんだよ……」

聞いているだけで気が滅入《めい》ってくる声音に、朱久里は思わずため息をついてしまう。

朱久里がわざわざ屋上まで足を運んだのは、斑鳩派が、まだ大人しいうちに頭である斑鳩と交渉するためだったわけだが、その相手がこうも落ち込んでいては交渉も何もあったものではない。まずはまともに会話ができるようにするためにも、朱久里は斑鳩に提案する。

「アタシでいいなら、話を聞いてやってもいいけど？」

「聞いてくれんのか⁉」

勢いよく振り返ってくる斑鳩に、朱久里は頬が引きつるのを堪《こら》えながらも「ああ」と答えた。付き合う女の地雷率一〇〇パーセントな斑鳩の別れ話は、今の斑鳩の様子以上に気が滅入る内容がほとんどだ。だからこそ今日に限って斑鳩派のメンバーが屋上に寄りつかず、おかげさまで斑鳩と一対一《サシ》で話ができているわけだが……それが良《い》いことなのか悪いことなのかは、朱久里でさえも判断がつかなかった。

「オレが付き合ってたみっちゃんはな、ちょ～っと自分のことを傷つけるきらいがある娘《こ》でな」

「……まさかとは思うけど、リストカットとかやらかしてる子じゃないだろうね？」

斑鳩が「いんや」とかぶりを振るのを見て、不覚にも安堵しかけるも、

「リストカットだけじゃなくて、アームカットもレッグカットもやってる」

安堵しかけたことが本当に不覚に思える返答に、朱久里は思わず頭を抱えそうになる。

「そのみっちゃんがな、オレのことも傷つけ《カットし》てあげるって言ってきたんだよ」

「いや、美容院みたいなノリで言うんじゃないよ」

「さすがにオレも、それだけは勘弁だったからな。つい断っちまったんだよ」

「そりゃ普通は断るだろ」

「だよな。だって、みっちゃんがオレのこと切っちまったら傷害になっちまう。さすがに、みっちゃんが豚箱に入るとこなんざ見たくねえよな」

「って、そういう意味かいっ⁉」

思わずツッコみを入れる朱久里を尻目に、斑鳩はさめざめと締めくくる。

「だからオレは決意したんだよ……みっちゃんと別れることを……」

最早《もはや》堪える気が失《う》せていた朱久里の頬は、盛大に引きつっていた。これだけでもう斑鳩と一対一《サシ》で話ができたことを悪いこと認定していいくらいに、ろくでもない別れ話だった。

「……次はアタシの話、してもいいかい？」

段々頭が痛くなってきたせいか、朱久里にしては珍しくも雑に話を振る。

「まあ、色々と吐き出したら楽になったからな。オレと付き合ってほしいとか、そういう話じゃなきゃ聞いてやってもいいぜ」

「誰がするかそんな話」

「そりゃよかった。鬼頭はよお、小日向《こひなた》ちゃんたちと同じで顔はいいけど、なんつうかキュンとこねえのよ。キュンと」

そのキュンときた女全員地雷だっただろうが――というツッコみは、喉元まで来たところでかろうじて呑《の》み込んだ。

「話ってのは、折節の坊やのことだよ」

「ああ、それならオレは今のところ手ぇ出す気はねえぞ」

「アンタにはなくても、アンタんとこの派閥メンバーはそうじゃないだろ」

それだけで察した斑鳩が、露骨に嫌そうな顔をする。

「まさかたぁ思うが、折節に手ぇ出さねえよう、オレにアイツらを抑えろって言う気じゃねえだろうな？」

「そのまさかさね」

「無理無理。オレも人のこた言えねえけど、アイツらも大概に血が滾《たぎ》ったら止まらねえからな。違う餌でも用意してくれねえ限りは、抑えるなんてできやしねえよ」

「餌ってほどじゃないけど、アンタも、アンタんとこのメンバーも食いつくような、面白い見世物を用意できるってんならどうだい？」

途端、斑鳩の双眸《そうぼう》に好奇の光が宿る。

「聞かせろよ」

という返事を聞いた瞬間、交渉の成功を確信した朱久里はニヤリと笑った。

「今日より三日後、鬼頭派主催のもと一年最強決定戦を行うって話は耳にしてるかい？」

「そりゃもう。斑鳩派《うち》の中でも一人、参加する気マンマンの奴《やつ》がいるからな」

心当たりがあった朱久里は、片眉を上げる。

「あぁ、あの子のことかい」

「さすがに把握済みか。つうか、一年最強決定戦の話が出たってこたぁ、何かしらの形で折節を決定戦に絡《から》ませる気だな？」

「小日向の嬢ちゃんもそうだけど、アンタも大概に勘がいいね」

朱久里は思わず、呆れた声音で言ってしまう。

「で、どんな風に絡ませるつもりなんだ？」

「決定戦は廃病院を舞台に、バトルロイヤル形式で行うことになってる。そして折節の坊やにはスペシャルゲストとして、賞金首という形で決定戦に絡んでもらうことになってるってわけさ」

「ソイツは確かに面白そうだが……それ、斑鳩《オレら》派の中で楽しめるの、それこそ決定戦に参加するアイツくらいだろ。さすがにこれ以上スペシャルゲストを増やしたら、決定戦そのものが台無しになっちまうし、廃病院を使ったバトルロイヤル形式となると間近で観戦ってわけにもいかねえしな」

「間近とまではいかないけど、リアルタイムで観戦できるって言ったら？」

再び、斑鳩の双眸に好奇の光が宿る。

「いいね。それならオレも他の連中も楽しめそうだ。ちなみに、どうやって観戦させてくれんだ？」

「廃病院内にカメラを設置して、動画サイトに限定公開で生配信する」

「なぁる。そこにオレらを招待してくれるってわけか」

「そういうことだよ。で、この話……ノるのかい？　ノらないのかい？」

わかりきった問いを投げかける朱久里に、斑鳩は笑みを深めながらも短く答えた。

「ノった」

そうして交渉を成功させた朱久里は斑鳩と別れ、校舎に戻って階段を下りていると、

「おやまぁ、奇遇だねぇ」

偶然屋上へ続く階段の前を通りかかった、首に頚椎《けいつい》固定用シーネを巻いた荒井を見て、朱久里は目を細める。その声音は斑鳩と話していた時に比べて、やや剣呑《けんのん》としていた。

「鬼頭か。大方、斑鳩を悪巧みに利用してきたといったところか」

「人聞きが悪いねぇ。ちょっと取引をしてきただけさね」

「それを悪巧みと言っている」

束《つか》の間《ま》、二人の間に不可視の火花が散る。

「折節の坊やの次はアンタだ。それまでにその首、しっかり治しとくんだよ。万全な状態

じゃないアンタが相手じゃ、弟の勝利に味噌《みそ》がついちまうからね」

「その心配は無用だ。貴様の弟が俺に勝つなど天地がひっくり返ってもあり得んからな」

「これはまた、随分と軽い天地もあったものだねぇ」

さらに不可視の火花を散らしたところで、荒井は「ふん」と鼻を鳴らし、これ以上話すことはないと言わんばかりに歩き出す。相手が斑鳩でない限り、荒井は基本的に勝てるケンカしかしないことは、朱久里《あぐり》も熟知している。だから、言われるまでもなく首の怪我《けが》が治るまで荒井が大人しくしていることは、断言できるレベルで朱久里は読み切っていた。

とはいえ、荒井に関しては一点だけ読み切れない部分があったので、「あぁ、そうそう」とわざとらしく声を上げて、彼の足を止めてから話を切り出す。

「近い内に鬼頭派《アタシら》主催で一年最強決定戦をやるって話はアンタの耳にも入ってるかい？」

「ふん。知らんな」

一年生《ザコ》に興味はないと言わんばかりの返答に、朱久里は満足げな微笑を漏らす。

小中高問わず、学校内における噂《うわさ》の流行は学年間で大きな隔たりがある。

そして朱久里は一年最強決定戦の情報について、二年生と三年生には露骨になりすぎない程度に流す情報量を絞っていた。

あまり露骨に情報量を絞ると、夏凜《かりん》のような勘の鋭い人間が、今年の一年最強決定戦は

〝何か〟あると勘づく恐れがある。つまりは小日向派に、史季と春乃が一年最強決定戦に巻き込まれていることに勘づかれる恐れが出てくる。

主催が鬼頭派であることも含め、あえて情報をオープンにすることで作為的な気配を消すと同時に、二年生のみならず三年生に対しても情報を絞ることで、小日向派に一年最強決定戦について必要以上に情報も興味も持たせないようにする。

その成果を計る指標の一つとして、荒井の反応は、朱久里を満足させるには充分なものだった。

「その一年最強決定戦にアンタんとこの身内がエントリーしてるんだけど、そのことで後で揉《も》めるってのもつまらないからね。アンタとしてはその辺、どう思ってるんだい？」

「どうもこうもない。身内といっても所詮は雑魚《ざこ》だからな。無様に敗北したとしても、俺の名に泥を塗るほどの影響力はない」

「要は知ったこっちゃないってことかい？」

「そういうことだ」

もう本当にこれ以上話すことはないと言わんばかりに、荒井は立ち去っていく。

そんな彼の背中を見つめながら、朱久里は同情混じりに独りごちた。

「身内だってのに、ものの見事に興味も関心もないねぇ。お可哀想《かわいそう》に」

第三章　一年最強決定戦

一年最強決定戦当日を迎えるまでの三日間、史季はできる限りいつもどおりに過ごすよう努めた。とはいえ、史季自身も自覚しているほどに感情が顔に出やすいタイプなので、努めたところで違和感が生じるのは避けられない。

だからこそ史季は、あらかじめ夏凜たちにこう伝えることにした。

三日後、出張で近くまで来る父親が家に泊まりに来るから、その日のケンカレッスンと勉強会は休みにしてほしい――と。

父親の出張云々《うんぬん》は当然嘘《うそ》で、あらかじめこのように言っておけば、この三日間は多少挙動不審になっても「父親が来るから」と思ってもらえる上に、決定戦当日の放課後は大手を振って夏凜たちと別行動がとれる、一石二鳥の策だった。

いや、史季が父親を理由に二つのレッスンを休みにすることで、春乃《はるの》が違和感なく友達と遊ぶ約束を取りつけることができるので、一石三鳥と言っても過言ではなかった。

そして三日後の放課後。

夏凜たちに一声かけてから帰宅した史季は、荷物とともにスマホを家に置いて、一年最強決定戦の舞台となる町外れの廃病院へ向かうことにする。

荷物のみならずスマホまでも家に置いていくのは、一年最強決定戦のルールとは関係なしに、朱久里に〝お願い〟されたからに他ならなかった。

おそらくは、小日向派同士で位置情報を共有していることを予測してのことだろう。

事実朱久里は、史季のみならず春乃にも同じ〝お願い〟をしていた。

つくづく抜かりがない。だからこそ気を引き締め直した史季は、決然とした足取りで歩いていく。史季の後ろを、付かず離れずの距離を保ってついて来る、鬼頭派メンバーと思《おぼ》しき男子とともに。

このようにして鬼頭派が目を光らせてくれたおかげで、この三日間の登下校時はついぞ不良に絡まれることはなかった。今この時も、一年最強決定戦前に史季が不良に絡まれないよう目を光らせてくれてはいるが、今日に限って言えば、こちらがちゃんと廃病院に行くのを見届ける、監視の意味もあるだろうと史季は思う。

春乃に関しては別の意味でちゃんと廃病院に行けるかどうか心配だが、夏凛たちに悟られる危険《リスク》を考慮してか、これまた朱久里から、当日廃病院へ向かう際は史季と春乃は別々で行動するよう〝お願い〟されているため、春乃と一緒に廃病院へ向かうことはできなかった。だから、とある助言も含めて、彼女には早めに廃病院へ向かうように言っておいた。

だが、春乃がスマホなしで目的地に辿《たど》り着《つ》けるとはどうしても思えないので、おそらくは、こちらと同じように彼女を監視しているであろう鬼頭派メンバーが、廃病院まで案内する流れになるだろうと苦笑まじりに推測する。

（それよりも……）

二日前に一年最強決定戦用のＬＩＮＥアカウントに公表された、一年最強決定戦の詳細について思い返す。

舞台となる廃病院の建物の外に出たら自動的にリタイアになるなど、大雑把なルールについては書かれていたが、危惧していた、逃げる隠れるについての制限は何も書かれていなかった。おかげで、この四日間の缶蹴りの特訓で春乃に叩《たた》き込んだ、逃げる隠れるの手練手管が無駄にならずに済んだのは、史季にとっては吉報だった。

しかし、決定戦の詳細に、凶器《ドーグ》の持ち込みを制限する文言が何一つ書かれていなかったことは、史季にとっては凶報以外の何ものでもなかった。

なぜなら、制限がないことは、ナイフの持ち込みを許していることと同義になるから。対策はしてきた。が、本物のナイフを前にしてケンカレッスンの時と同じように動けるとはどうしても思えない。

ゆえに、一年生の誰かがナイフを持ち込まないことを、ただただ祈るばかりだった。

そんなことをグルグル考えながら歩き続け……いよいよ廃病院が見えてくる。

大病院と比べたら見劣りするというだけで、敷地《しきち》面積はかなりの広さを誇っており、老朽化していることに目を瞑《つぶ》れば建物も相応に立派だった。確かにこれは、バトルロイヤル形式でのケンカの舞台には打ってつけかもしれないと史季は思う。

（でもこれって……鬼頭先輩、小日向《こひなた》さんが幽霊とかが苦手なこと、絶対把握してるよね？）

廃病院なだけあって、まだ日が沈んでいないにもかかわらず、建物からはいかにも出そうな雰囲気が漂っていた。これでは、仮に夏凛が決定戦のことを聞きつけて廃病院に駆けつけたとしても、中に入るのに五の足くらいは踏むだろう。

その様子をつい想像してしまった史季は、苦笑を漏らしながら敷地を囲うコンクリート塀に沿って歩いていき、廃病院の入口に到着する。

常ならば閉め切っているであろう大型の引戸門扉《もんぴ》は開け放たれており、鬼頭派と思しき不良男子が三人、門番さながらに油断なく周囲を警戒していた。

こちらに気づいた門番たちが、当然のように道を空ける。人生史上最も嬉《うれ》しくない顔パスになんとも言えない気持ちになりながら、廃病院の敷地に――一年最強決定戦の舞台に足を踏み入れると、史季の後ろをついて来ていた鬼頭派男子がこちらに駆け寄ってくる。

「案内します」

そう言って鬼頭派男子は前を行き、今度は史季が彼の後ろをついて行く形になる。

敷地に入ってすぐのところにある駐車駐輪場には、一年最強決定戦に参加する一年生の男女がすでにもう何十人と集《つど》っていたが、やはりというべきか、春乃の姿はどこにも見当たらなかった。歩きながらなので、さすがに美久《みく》のことまで捜す余裕はなかったが、ざっと見た限りだと姿を確認することはできなかった。

そうこうしている内に廃病院の本棟に辿り着き、中に入って上へ上へと階段を上がっていく。もともと電気が生きていたのか、それとも思いも寄らない手段を用いて電気を通したのかはわからないが、院内は薄暗いながらも照明が点《つ》いていることに加えて、いやに真新しい監視カメラやスピーカーがそこかしこに設置されていた。

（そのうち日が暮れるから明かりがあるのは有《あ》り難《がた》いけど……ここまでの舞台を用意するなんて、鬼頭先輩っていったい何者なの？）

余程のコネを持っているのか、それとも実家がどこぞの大富豪なのか。朱久里の場合、高校生だてらに株式投資などで儲《もう》けていたとしても、そう不思議ではないと思えてしまう。

考えたところで答えは出ず、朱久里に直接訊《たず》ねたところで素直に答えてもらえるとも思えなかったので、このことについてはもうこれ以上考えないことにする。

それからしばらく階段を上がり続け、屋上に到着する。
屋上は空中庭園になっていたらしく、草木が植えられたスペースは、手入れがされていないせいかちょっとしたジャングルになっていた。
そして、屋上に出て少し歩いたところにある小広場に、
木刀を持った二人の不良男子に挟み撃ちにされている、岩谷卓の姿があった。

「岩谷く——……」

状況に理解が追いつかないまま、岩谷に危機を知らせようと開いた史季の口が、半端《はんぱ》に固まる。気づいてしまったのだ。岩谷の肩に、竹刀袋が背負われていることに。

まさかと思った時にはもう、岩谷は竹刀袋の中から木刀を取り出していた。

これ見よがしなまでの状況証拠が、史季に一つの確信を抱かせる。

岩谷卓の正体は——

「「ふッ」」

鋭い呼気が、史季の思考を中断させる。二人の不良男子が、竹刀袋を捨て去ったばかりの岩谷に、全く同時に攻撃を仕掛けたのだ。

構えをとる暇すら与えない奇襲。前から仕掛けた男子は袈裟懸《けさが》けに木刀を振り下ろし、後ろから仕掛けた男子が横薙《な》ぎの一刀を繰り出す。

同士討ちにならないよう間合いとタイミングを完璧に合わせた挟撃に対し、岩谷は背後から迫る横薙ぎから逃げるようにして体を傾けることで、前方から襲い来る袈裟《けさ》斬《ぎ》りを回避する。当然、それだけでは横薙ぎまでは回避することはできず、背後からの横薙ぎが、無防備を晒《さら》す岩谷の脇腹に吸い込まれるようにして肉薄する。

危ない――と、史季が思わず口を開きかけた瞬間、岩谷はその手に持っていた木刀で横薙ぎを防御。と同時に、小さな円を描くようにして振るわれた岩谷の木刀が、横薙ぎを受け止められた男子の木刀を中空に巻き上げた。

その隙にとばかりに、袈裟斬りをかわされた男子が返し刀に逆袈裟斬りを繰り出すも、劇的な反応を見せた岩谷は即座に木刀で防御すると同時に、男子の木刀を地面に巻き落とし、一合で無力化した。

一瞬の出来事に史季が唖然《あぜん》とする中、岩谷は木刀を失った二人の男子に話しかける。

「すまないね。ウォーミングアップに付き合ってもらって」

「いや、こちらとしても勉強になったよ」

「蒼紘くんの実力を肌で味わうという意味でも、良《い》い機会だったからな」

そんなやり取りを最後に、二人は自身の木刀を回収し、賞金首である史季に小さく会釈《え》《しゃく》してから屋上から立ち去っていった。

揃《そろ》いすぎている状況証拠を前に、史季が岩谷に対してどう声をかければいいのかわからなくなっていると、当の本人は木刀を竹刀袋に仕舞いながら気安い調子で話しかけてくる。

「やあ、折節クン」

「や、『やあ』じゃないよ⁉　というか岩谷くん……」

言いながら屋上の奥――岩谷の後方で、スマホで誰かと話している鬼頭朱久里《あぐり》を一瞥《いちべつ》してから、彼に訊ねる。

「つまりはその……そういう、ことなの？」

迂遠《うえん》な問いに対し、岩谷は笑みを深めながら史季に真実を告げた。

「お察しのとおりボクの本当の名前は鬼頭蒼紘。岩谷卓はボクが適当に考えた偽名だよ」

岩谷の――いや、蒼紘の言葉にしばし閉口してしまうも、どうにかこうにか現実を呑《の》み込んで、真っ先に疑問に思ったことを彼に訊ねる。

「ど、どうして、偽名を使ってまで僕を助けたりなんかしたの？」

「それは勿論《もちろん》、折節クンに興味があったからだよ」

あまりにも直球すぎる物言いに先程とは別の意味で閉口してしまう。そんな反応を見たからか、蒼紘は偽名を使ってまで史季に接触した理由について、より詳しく語り出した。

「実のところ、姉サンから折節クンと接触することは禁じられていてね。でもボクとしては、不良でもないのに四大派閥の一角を崩したキミのことがどうしても気になってね」

「だから、僕に接触したと？」

どうにかこうにか気を取り直した史季の問いに、蒼紘は首肯を返す。

「正直に言うと、桃園サン伝手《づて》でバレると思ってたんだけど、まさか最後までバレずに済むとは、ボクもちょっと予想外だったよ。騙《だま》しておいて言うのもなんだけど、折節クン……大人になったら詐欺とかには気をつけた方がいいと思うよ？」

「いや、普通は同じ学校の人間に、偽名を名乗られるなんて想定しないからね⁉」

素っ頓狂な声でツッコみを入れる史季に、蒼紘はイタズラを成功させた子供のようにクスクスと笑った。

そんな彼の反応を見て、史季は思う。偽名も含めて彼が嘘《うそ》をついていたことについては正直どうかと思うが、それでも、蒼紘《かれ》が岩谷《かれ》であることに代わりないということを。

それはそれとして、気を許そうという気にはなれない〝何か〟の正体が、岩谷《かれ》が蒼紘《かれ》であったからだと得心していると、いまだ電話中の朱久里から気になる話が聞こえてくる。

「引き続き、橋とバス停はしっかり見張っとくんだよ。駅の方にいる小日向の嬢ちゃんたちがこっちに来ようと思ったら、必ずそのどちらかを通らなくちゃいけないからねぇ」

今日の放課後、史季と春乃《はるの》が予備品室に来られなくなったことで、夏凛《かりん》、千秋、冬華の三人が繁華街で適当に遊ぶという話をしていたことは史季も知っている。当然のようにその動向を把握し、警戒している朱久里に、最早《もはや》驚く気にもなれなかった。

「それじゃ、頼んだよ」

ようやく話が終わり、朱久里は通話を切るも、間を置かずして彼女のスマホが震え出す。またさらに待たされることを覚悟するも、朱久里は微塵《みじん》の躊躇《ちゅうちょ》もなくスマホを制服のポケットに仕舞い込み、こちらに話しかけてくる。

「待たせちまって悪かったね」

「別に構わないですけど……いいんですか？　電話に出なくて？」

「アンタはＶＩＰみたいなもんだからね。下の連中に指示することよりも、アンタの応対をする方が優先順位としては上ってだけの話さね」

言わんとしていることはわかるが、だからといって、人間こうもキッパリと割り切れるものなのかと思わずにはいられない史季だった。

「なんかもう紹介する必要はなさそうな感じだけど……」

言いながら、朱久里が横目で睨《にら》みつけると、蒼絃は素知らぬ顔をしながらそっぽを向く。

そんな弟の反応にため息をついてから、朱久里は言葉をついだ。

「この子がアタシの弟の蒼紘。近い内に、アタシら鬼頭派の頭《トップ》になる男だよ」

「とはいえ、実質的に派閥を取り仕切っているのは姉サンだ。そういう意味では、今後鬼頭派は、ボクと姉サンの二人が頭になるとも言える」

そっぽを向いていたはずの蒼紘が、そこのところ間違えないようにと言わんばかりに口を挟んでくる。弟のために派閥を手に入れた朱久里ほどかどうかはわからないが、蒼紘は蒼紘で姉のことを慕っていることが窺《うかが》い知れる一幕だった。

「一年最強決定戦は、今アタシらがいるこの建物で行うことになっている。LINEで公表したルールには、建物の外に出た時点で〝逃げた〟と判断して失格になるって書いてあるけど、当然賞金首のアンタはその限りじゃない。決定戦が終わるまでどこかに隠れてやり過ごすなんて真似《まね》も許さないから、そのつもりでいるんだよ」

言葉どおりに逃げることも隠れることも許さないと言われ、史季は気後れしそうになった心をどうにかこうにか持ち直させようとするも、

「賞金首については、決定戦開始前に特別ルールとして一年坊たちに教えることになっている。賞金額は現ナマで一〇万だから、欲に目が眩《くら》んだ一年坊にやられないよう、精々気をつけるんだよ」

「一〇ま……ッ」

本当に文字どおりの意味で賞金首だった上に、その額が六桁を超えていた事実に、気後れを通り越して色を失ってしまう。廃病院に来るまでの間に覚悟を固めてきたつもりではいたけれど、恐《こわ》いものは恐いし、心の底《こ》ではもうほんと勘弁して欲しいと思う。

そんな史季を見て、朱久里はなんともやりにくそうな顔をしながら説明を続けた。

「決定戦は開始時刻となる一八時を迎えた後、ルールの説明をしてから一年坊たちを所定の位置につかせ次第始める。賞金首のアンタの所定位置はその子が知ってるから、案内してもらって、決定戦開始のアナウンスがあるまで待機しといてくれ」

その子とは、史季をこの屋上まで案内した、鬼頭派男子を指した言葉だった。

史季は、今から肉食動物と同じ檻《おり》に入れられる草食動物のように「はい……」と元気のない返事をかえすと、鬼頭派男子に案内されるがままに屋上から立ち去っていった。

史季たちの姿が見えなくなったところで、朱久里は深々とため息をつく。

「ったく、覚悟を決めて来たと思ったら、ああもビビり倒すなんて……下手な一般生徒《パンピー》よりもヘタレな反応見せるもんだから、こっちとしちゃやりにくいったらありゃしないよ」

「けど、見た目ほど怯《おび》えてはいなかった」

断言する蒼絃に、朱久里は訊ねる。

「理由、聞かせてもらおうじゃないか？」

「表面上は確かに折節クンは怯えきっていたけど、腰は全く引けていなかった。むしろ、据わっているようにさえ見えた。賞金首として狙われる状況に本気で怯えていたなら、あはならない。姉サンの見立てどおり、彼はしっかりと覚悟を決めてきてくれてるよ」

そう言って、蒼紘は楽しげに嬉《うれ》しげに口《くち》の端《は》を吊《つ》り上《あ》げた。

「見た目と違って、本当に覚悟は完了してるってわけかい。だとしたら、つくづく面白い子だね。あの坊や」

「だろう？」

ますます口の端を吊り上げる蒼紘に、朱久里は睨むような視線を送りつける。

「それはそうと、アタシの言いつけを破って、偽名まで使って折節の坊やに接触したこと……何か申し開きはあるかい？」

「電話をしながらボクたちの会話もしっかり聞いてたんだ。さすが姉サン」

「で、申し開きは？」

話の脱線を許さない姉の〝圧〟に屈したのか、蒼紘は素直に頭を下げた。

「ありません本当にすみませんでした」

良くも悪くも流暢《りゅうちょう》な謝罪に、朱久里はため息をついてから、どこか神妙な物言いで蒼紘に言う。

「やっぱり、いつも以上に回りくどいやり口になっちまったことが、アンタのストレスになっちまったみたいだね」

「それは違うよ姉サン！　ボクはただ本当に折節クンのことが気になって勝手に動いただけで、姉サンのやることにストレスなんて少しも感じてないから！」

常に漂わせていた余裕をかなぐり捨てて否定する蒼紘に対し、朱久里は試すような視線を向けながら訊《たず》ねる。

「……本当かい？」

その視線に耐えかねたのか、蒼紘は微妙に顔を逸《そ》らしながら言いにくそうに答えた。

「……姉サンに、今のボクじゃ〝女帝〟や〝ケンカ屋〟とやり合っても勝ち目は薄いって言われたのは、ちょっとだけストレスを感じた……」

素直に白状する蒼紘に、朱久里は散々振り回された溜飲《りゅういん》を少しだけ下げると、一転して笑みを浮かべながら弟の胸を拳で軽く小突く。

「なに、勝ち目が薄いといっても今だけの話さね」

そしてその拳を、蒼紘に向かって持ち上げた。

「アンタなら絶対、この学園の頭《トップ》になれる。姉ちゃんが保証するよ」

ここでようやく、これまでのヤンチャの意趣返しをされたことに気づいた蒼紘《あおい》は、姉サンには敵《かな》わないなと言いたげな顔をしながら、朱久里に合わせて拳を持ち上げた。

「ならボクは、一年最強決定戦を制した上で折節クンを倒すことで、姉サンの目に狂いがなかったことを証明してあげるよ」

「ふふっ、生意気《ナマ》言ってんじゃないよ」

そんな言葉とは裏腹の笑みを浮かべ、蒼紘も釣られたように笑みを浮かべながら、二人は互いの拳をコツンと打ち合わせる。

「さて……ぼちぼち一八時になりそうだし、一年でも賞金首でもないアタシは退散するとしますかね」

「おや？　姉サンは参加者たちに顔を出してやらないのかい？」

「そうしてやりたいのは山々だけど……」

朱久里は、震えっぱなしになっているスマホを懐《ふところ》から取り出す。

「決定戦開始までに鳴り止《や》むとは思えないからね。そういうのは、予定どおり別の人間に任せることにするよ」

「それは残念。姉サンが開始の音頭《おんど》をとってくれれば、決定戦がもっと盛り上がると思ったのに」

「わけわかんないこと言ってんじゃないよ。というか、下におりる気がないなら、折節の坊やと同じように所定の位置で待機しときな」

「そうだね。そうさせてもらうよ」

そんなやり取りを最後に、朱久里《あぐり》は散々放置していた電話に出ながら屋上を後にし、蒼紘は竹刀袋を携えて、姉の後ろについて行く形で階下へおりていった。

◇◇◇

朱久里が把握していたとおり、夏凛、千秋、冬華の三人は、駅前にある某大手ハンバーガーショップで、ダラダラとくっちゃべっていた。

「つーかさー……史季の奴《やつ》、最近なーんか様子おかしくねーか？」

夏凛は、パインシガレットの代わりに咥《くわ》えていたポテトをピコピコと上下させながら、千秋と冬華に気怠《けだる》げに訊ねる。千秋はソフトクリームをコーンごとバリボリ食べきり、冬華は無駄に艶《なま》めかしくバニラシェイクを飲みきってから顔を見合わせた。

「様子がおかしいって、具体的にどんな感じでだよ？」

千秋が訊ねると、夏凛は天井を見上げながら咥えていたポテトを食べきり、相も変わらず気怠げに答える。

「なーんかやけにソワソワしてるっつーか、よそよそしいっつーか。親が泊まりに来るにしても、なーんかおかしいっつーか……」

千秋と冬華は再び顔を見合わせ、夏凛には聞こえないよう小声でヒソヒソと話し合う。

「おい、もしかして折節の奴、夏凛に告――」

「待って、ちーちゃん。さすがに、しーくんはそこまでアグレッシブじゃ――」

「これ、ぜってーなんかに巻き込まれて、背負い込んでるパターンだよなー……」

勝手に恋バナだと勘違いした二人は、三度《みたび》顔を見合わせた。

あ、そういう話か――と、ちょっとだけガッカリしながら。

とはいえ内容が内容なので、千秋も冬華も真面目に答えることにする。

「巻き込まれてる、か。その可能性は考えてなかったな。ここ数日、折節の奴は確かに様子がおかしかったけど、親父《おやじ》さんが泊まりに来るからだとばかり思ってたし」

「てゆ〜か〜、もし本当に何かに巻き込まれて、背負い込んでいたとしたら〜、お父さんが泊まりに来るって話自体が嘘《うそ》の可能性もあるわよね〜?」

三人して、黙り込む。

「……この感じ、もしかしなくてもアレか?」

夏凛《かりん》の問いに、千秋は首肯を返す。

「鬼頭パイセンが、裏で動いてるかもしれねぇな」

「りんりん、GPSの方は？」

夏凛はすぐさまGPSアプリを起動し、眉根を寄せる。

「……思いっきり家にいやがるな」

「んだよ。結局ただの考えすぎじゃねぇか」

「そう言うちーちゃんは、ちょ～っと考えなさすぎじゃないかしら？」

「んだとっ⁉」

と、キレる千秋を無視《スルー》して、冬華は言葉をつぐ。

「しーくんの性格なら、お父さんが家の場所を知っていようがいまいが、自分から迎えに行きそうだとは思わない？」

「そいつは……」

まさしくそのとおりだと思ったのか、言葉を濁す千秋を尻目に、夏凛は引き続きGPSアプリを操作する。

「なにか思いついたの、りんりん？」

「思いついたってほどじゃねーけど、念のため春乃《はるの》の位置も確認しとこうと思ってな」

言いながら、夏凛は春乃の位置情報を確認して……思わず目を見開く。

そんな夏凛の反応を見て、千秋と冬華は左右からスマホを覗《のぞ》き込み……春乃のスマホの位置を示す目印《ピン》がなぜか町外れにあったことに、千秋は夏凛と同じように目を見開き、冬華は「あら？」と漏らした。

◇◇◇

一年最強決定戦が開始する時刻――つまりは廃病院の門を閉め切る時刻となる一八時を迎えるまで、残り三分を切ったところで、ちょっと涙目になっている春乃が「間に合ったあ……」と安堵《あんど》を漏らしながら廃病院の敷地《しきち》に足を踏み入れた。

ギリギリセーフと言いたいところだが、史季の推測どおり、春乃の監視についていた鬼頭派メンバーの女子が、道に迷っている春乃を見かねて案内しなければ、完全にアウトになっていたところだった。

もっとも本当の意味でアウトなのは、朱久里に〝お願い〟されて置いてきたつもりでいたスマホが、肩にかけている、救急箱並みに医療用品が詰め込まれた鞄《かばん》の中に混入してしまっていることにあるが。

放課後、史季と同じように家に戻り、机の上に出してそのまま置いていくつもりだったスマホがちょっとした弾みで落ちてしまい、その真下に置いていた、医療品の補充を終えたばかりの鞄の中にストンと入り、春乃がそのことに気づかないままチャックを閉めるという、朱久里が知ったら頭を抱えること請け合いな喜劇《ミラクル》が起きてしまったのだ。

そんなピタゴラスイッチじみたことをやらかしているとは夢にも思っていない春乃は、案内してくれた女子にお礼を言ってから、決定戦に参加する全ての一年生が集《つど》っている駐車駐輪場へ向かう。

（美久《みく》ちゃんは……美久ちゃんはどこ⁉）

開始までもうほとんど時間がない中、春乃は一年生の集団の周囲を歩きながら、必死になって美久を捜す。

一年最強決定戦の集合場所に美久が姿を見せるのは必然であり、決定戦が始まる前に彼女と接触し、説得することができれば、春乃も美久も決定戦に参加することなく問題を解決できるかもしれない。だから、廃病院にはできるだけ早めに向かうようにと史季に助言されていたのだが、道に迷ってしまったせいで、美久を説得する時間どころか、捜し出す時間すらろくにない有り様になっていた。

「待たせたな一年ども！」

廃病院の本棟入口前に立つ、鬼頭派の幹部の男が声を張り上げる。

話を聞かない一年生が現れた場合、注意あるいは排除するためか、数十人もの鬼頭派メンバーが、広場に集まった一年生たちを取り囲む。

一年生の中にはバットや木刀といった凶器《ドーグ》を携帯している者もいるせいか、取り囲んだ鬼頭派メンバーの中にも、同じように凶器を携えている者が何人も交じっていた。

兎《と》にも角《かく》にも完全に時間切れなので、春乃は美久を見つけられないまま、トボトボと集団の隅っこに身を寄せる。

「俺はこの一年最強決定戦の進行を任されている坂本《さかもと》という者だ！　これからお前らに、決定戦のルールについて説明する！　大体はＬＩＮＥで告知したものと同じだが、特別ルールについての説明もある！　一度しか言わんから聞き逃すなよ！」

坂本の怒鳴るような声が響く中、春乃は往生際《おうじょうぎわ》悪く視線を巡らせ、美久を捜す。

だが、美久の身長が春乃よりも一〇センチ近く低いせいか、完全に集団に埋没してしまっているようで、少なくとも春乃の位置からでは影も形も見つけることはできなかった。

そうこうしている内にルールの説明が終わり、

「最後に特別ルールについて説明する！　だが、その前に……」

坂本は懐からスマホを取り出し、タップする。

直後、一年生全員のスマホが一斉に、音で、振動で、短く自己主張した。

春乃は鞄の中から音が聞こえてきたことに「あれ？」と小首を傾《かし》げる。中を確認してみると、置いてきたはずのスマホが入っていたことに「あれれ？」と、さらに首を傾げた。

「んむ……まあ、いっか」

朱久里が聞いたらますます頭を抱えてしまうような結論を下したところで、春乃は鞄からスマホを取り出し、画面を確認する。

一年最強決定戦用のＬＩＮＥアカウントからメッセージが届いており、トークルームを確認してみると、そこには史季の顔写真がアップされていた。

「史季先輩⁉」

と、驚いてみたものの、そういえば彼が賞金首として決定戦に参加することを、史季からも朱久里からも聞いていたことを思い出し、とりあえず笑って誤魔化すことにする。

そんな春乃を尻目に、坂本は特別ルールの説明を続ける。

「知っている奴は知っていると思うが、こいつの名前は折節史季。四大派閥一角――荒井派の頭《トップ》をタイマンで破った二年だ。今回はこいつに、賞金首として一年最強決定戦に参加してもらうことになった。そしてその賞金額は……聞いて驚け一〇万だッ‼」

言葉どおりに聞いて驚いた一年生たちが興奮の声を上げる中、坂本は話を締めくくる。

「一年最強の座とは別に、折節を倒した奴には現ナマで一〇万進呈するッ！　最強よりも金が欲しい奴は、好きなだけ折節を狙うといいッ！　但し、折節に返り討ちにされてもその時点でリタイアになるから、腕に覚えのない奴は無視《スルー》することを勧めるがなッ！」

そうしてルールの説明は終わり、鬼頭派メンバーが一年生たちのスマホの回収を始める。

決定戦前にスマホを回収されることは、ルールとしてすでに説明されていた上に、名目上はスマホを気にせず思う存分にケンカしてもらうための措置だと告知している。

もし従わなかった場合は無条件でリタイア扱いになるため、少なくともこの状況でゴネる一年生は一人もいなかった。

もっとも、鬼頭派が一年生のスマホを回収する本当の目的は、リタイアした一年生が、負けた腹いせに警察に通報するという恥知らずな行動に走ることを防ぐことにあるが。

春乃は、邪魔になりそうだからと鞄ごとスマホを鬼頭派メンバーに預け、その後は案内されるがままに所定の位置――廃病院の本棟二階にあるナースステーションに移動する。

医者の娘である春乃の所定位置としては、皮肉が効きすぎていることはさておき。

移動している間は他の一年生をチラホラと見かけたが、所定位置に辿《たど》り着《つ》いてからは、右を見ても左を見ても、自分以外の人影を認めることはできなかった。どうやら所定位置は、決定戦が開始したら即ケンカということにはならない形で配置されているようだ。

そのあたりの思惑など一ミリたりとも理解していない春乃は、所定位置に着くまでの間も美久の姿を捜してみたものの、結局見つけられずションボリしてしまう。

（もしかして美久ちゃん、来てないのかな？）

それならそれで結果オーライだが、なんとなくだけど、美久は決定戦に参加している気がしてならなかった。

『何度も待たせて悪かったな！　一年ども！』

突然、院内に設置されたやけに真新しいスピーカーから、坂本の声が聞こえてくる。

『己が最強だと思う奴《やつ》は、この建物にいる己以外の二九人全員を倒せ！　そうすれば一年最強の座はお前のものになる！』

露骨な煽《あお》りに反応したのか、周囲には人っ子一人見えていないにもかかわらず、「上等！」だの「さっさと始めろ！」だの、ドスの利《き》いた野次がそこかしこから聞こえてくる。

その声が届いているのかいないのか、坂本は、一年生たちのボルテージを最高潮まで引き上げてやると言わんばかりに、開始の合図と呼ぶにはあまりにも猛々《たけだけ》しい絶叫をもって決定戦の火蓋を切った。

『始めぇぇぇぇぇぇぇぇぇぇぇぇぇぇぇぇぇぇぇッ‼』

野次が雄叫《おたけ》びに変わる中、春乃はすぐさまナースステーションの受付カウンターに身を隠す。

「えと……史季先輩が教えてくれたのは……とにかく身を隠すことと……隠れている場所から離れる時は、ちゃんと周りが静かになってることを確認すること……移動する時は、ちゃんと隠れられる場所を把握してから移動すること……」

ブツブツと小声で史季の教えを確かめていると、同じ階にいたと思われる一年生男子の二人が、ナースステーションの前でかち合ったらしく、

「良かったなぁお前ぇ！　俺の最強伝説の最初にやられる雑魚《ざこ》になれてよぉ！」

「最強伝説だぁ⁉　最弱伝説の間違いだろ⁉」

挨拶代わりの挑発を応酬させたところで、二人仲良くブチギレてケンカをおっ始める。

弱すぎてまともにケンカができないというだけで、小日向《こひなた》派ゆえになんだかんだで荒事自体には慣れていた春乃は、二人のやり取りをBGMにしながら確認を続けた。

「えとえと……他には……人がいても、その人が見てない方に逃げれば、案外気づかれないことだけど……」

この教えに関しては、缶蹴りの特訓で何度も試してみたが、結局一度も成功することはなかった。

普通の人間ならば、一度も成功しなかった教えを本番で使おうとは思わないだろうが、

「大丈夫……！　わたし、本番に強い子だから……！」

根拠のない自信を漲《みなぎ》らせ、初手から一度も成功しなかった教えを実践するという、暴挙に等しい決意を固めた春乃《はるの》は、受付カウンターからコッソリと顔を出してみる。

ナースステーションの前でケンカしている男子の二人は、春乃が思わず目を瞑《つぶ》ってしまうほど激しく殴り合っていた。

だからこそ、こちらのことは見えていないのではないかと思い、二人が見てない方向――つまりは死角となっている方向に向かって、四つん這いになって移動を開始する。

（そういえば史季先輩、他の一年生が近くにいる時は四つん這いで移動するようにって言ってたけど、どうしてなんだろう？）

疑問に思いながらも、史季の教えどおりに四つん這いで移動し、ひとまずナースステーション傍《そば》の病室に移動する。

春乃は知らない。近くに人がいる状況で、四つん這いになって移動するように史季が教えたのは、春乃がドジって転《こ》けて目立つことを未然に防ぐためであることを。

同時に、一年最強決定戦の場で四つん這いになって移動している女の子の存在は、同じ一年から見たら間違いなく最強から程遠い存在なので、見逃してもらえる可能性があるかもしれないという期待も込められていた。

事実、ナースステーション前でケンカしている男子の片割れは、四つん這いになって移動する春乃の存在に気づいていたが、今は目の前の相手に集中しなければならないせいもあって、史季の期待どおりに無視《スルー》してくれた。

病室に逃げ込んだ春乃は、室内に誰もいないことを確認してから安堵《あんど》の吐息をつく。同時に、このたった一度の成功体験で、史季に教えてもらったとおりにすれば、誰にも見つからずに美久を捜し出すことができるかもしれないとさらなる自信を漲らせる。

実質的には失敗体験であったことはさておき。無駄に自信をつけた春乃は、必ず美久ちゃんを見つけてみせると意気込みながら四つん這いになってコソコソノロノロと移動した。

◇◇◇

本棟の最上階となる六階。そこが開始位置だった史季は、春乃ほどではないにしてもコソコソと身を隠しながら、その春乃と合流するために移動を続けていた。

監視カメラがそこかしこに設置されていることを鑑《かんが》みるに、露骨に逃げ隠れしすぎた場合は、朱久里《あぐり》か、決定戦の進行に携わる鬼頭派メンバーから注意を受ける恐れがあることは、史季も重々に承知している。

とはいえ、避けられるケンカは避けるに越したことはないので、これくらいは見逃してほしいと思いながら、春乃を捜すために大部屋の病室に入った、その時だった。

「「あ……」」

二人分の呆《ほう》けた声が大部屋に小さく響き渡る。

一人は勿論《もちろん》、史季の分。もう一人は、獲物を探し求めていたのか、史季よりも先んじて大部屋に入っていたトサカ頭の一年生不良の分だった。

「っしゃあああァッ‼　一〇万の方からこっち来たあああァッ‼」

トサカ頭が突然、下の階まで聞こえていること請け合いな叫び声を上げて、こちらに突っ込んでくる。

「とりま俺の小遣いのために死んでくれえええェッ‼」

そう言って振り上げた右手に警棒が握られているのが見えた瞬間、史季は半ば反射的に傍にあったベッドのシーツを掴《つか》み、迫り来る相手に覆《おお》い被《かぶ》せるようにして広げる。

視界を塞がれたことに加えて、埃《ほこり》まみれになっていたシーツをもろに被せられたことでゲホゲホと咳《せ》き込むトサカ頭を、史季はハイキック一発で容赦なく蹴り倒した。

皮肉な話だが、連日腕に覚えのある不良に絡《から》まれたことで、不本意ながらも実戦《ケンカ》まみれの生活を送った結果、今の史季はケンカ慣れしていると呼べるレベルに足を踏み入れるところまで来ていた。

「ごめんね……！」

申し訳程度の謝罪を残し、大部屋の入口目がけて駆け出す。

今の叫び声は、確実に他の一年生にも聞こえている。だから、このまま大部屋に留まるのはまずいと考えての行動だったが、トサカ頭の相手をしていた分、一手遅かった。

大部屋の外に出ると同時に、左手奥——史季の開始位置近くにあった階段と、右手奥——史季が進行していた方向に見える廊下の曲がり角から一人ずつ、不良が姿を現す。

挟み撃ちを警戒するも、二人してこちらから病室一つ分程度離れた位置で立ち止まり、睨《にら》み合《あ》うのを見て、史季は自分があくまでも賞金首にすぎないことを思い出す。

（一年生の最強を決める戦いである以上、敵の敵は味方ということにはならないということか……だったら！）

即断するや否《いな》や、右手側にいる不良に向かって猛然と駆け出す。突然史季が動き出したことに驚いたのか、慌てて拳を構える不良の脇を、滑り込むようにして通り抜けていく。

「なぁッ⁉　待ちやがれッ！」

不良は拳を構えたまま、二ヶ月前まで中学生だったとは思えないほどにドスの利いた声を上げるも、史季の動きに釣られて階段側にいた不良がこちらに突っ込んでくるのを見て、舌打ちしながら迎撃の構えをとった。

賞金首である史季の存在は、一年生たちにとってはあくまでもオマケに過ぎない。

賞金に目が眩《くら》んで、目の前の敵に背を向けることはできない。

敵の敵は敵となっている状況を利用して、無事窮地を脱した史季は、曲がり角を目指して駆けていく。ほどなくして辿り着き、勢いをそのままに曲がり角を曲がった刹那、

「⁉」

バッターボックスに立つ球児さながらにバットを構えていた不良が、駆け込んできた史季の土手っ腹目がけて強振《フルスイング》してくる。その躊躇《ちゅうちょ》のなさと、腹部というかわしづらい箇所を狙われたことに肝を冷やしながら、持ち前の足腰の強さをもって急停止すると同時に、不良から離れる形で真横に飛ぶことで、ギリギリのところで難を逃れる。

かわされることを全く想定していなかった不良は、窓下の壁面を盛大に強打。

バットを取り落としはしなかったものの、壁を強振《フルスイング》した衝撃が全身を駆け巡ったせいで、束《つか》の間《ま》不良の体が麻痺《まひ》する。当然史季がその隙を見逃すわけもなく、側頭部にハイキックを叩《たた》き込んで一撃で昏倒《こんとう》させた。

ここで一息つきたいところだけど、先程置き去りにした二人が、いつこちらにやって来るかわからない。なのですぐさま駆け出し、進行方向上に見えるT字路に辿り着いたとこ

ろで一度立ち止まり、恐る恐る左右を見回し、人の姿が見えないことにほうと息をつく。

決定戦が開始するまで、どこに行くにしても鬼頭派メンバーに案内されるがままだったので、建物の形については外観からなんとなく程度しか把握できていなかった。

しかし、こうして動き回って確かめたことで、建物が「h」に近い形をしていることは把握することができた。そこから鑑みるに、史季の開始位置はだいたい「h」の右下。現在地のT字路は左中央といったところだろう。

ゆえに見回した左右の廊下は行き止まりになっているが、角度的に見えないというだけで、行き止まりの左右のどちらかに階段が設置されている可能性はある。

逆に今自分の目の前――T字路のすぐ傍には、史季が案内された、屋上にも繋《つな》がっている階段が設置されていた。袋小路《ふくろこうじ》の可能性もある左右の廊下か、それとも目の前の階段か……迷っている時間はないと判断した史季は少しだけ大胆な行動に出ることを決意する。

「桃園さーん。いるなら返事してー。桃園さーん」

控えめな物言いで、されどそこそこに大きな声で左右の廊下に向かって声をかけてみる。

返事がないということは、少なくとも今この時は六階に春乃はいないということになるので、T字路近くにある階段をコソコソと下りていくことにする。屋上は屋上で袋小路に等しいので、上にあがるという選択肢は初めから除外していた。

踊り場まで降りたところで、腰壁《こしかべ》に身を隠しながら階下——五階の階段周辺の様子を確かめようとしたその時、

「見つけたっすよ～。折節先輩♥」

頭上《六階》から女子の声が聞こえてきて、史季はギクリと動きを止める。

単純に見つかってしまったという理由もあるが、史季にとって、呼び止めてきた一年生がよりにもよって女子だったことが何よりもまずかったため、声の方に振り返る挙動は錆《さ》びたドアよりもぎこちなかった。

そうして、階段の前に立つ女子を見上げる。ピンク色に染めた髪をツーサイドアップにまとめた、見た目からして派手で可愛《かわい》らしい女子を。

体格は、千秋よりも小さくないというだけで、同年代と比べてもかなり小柄だった。

ギャルっぽい不良という意味では夏凛《かりん》と同じ系統で、制服の着崩し方も似たり寄ったりと言いたいところだが、不良寄りの夏凛に比べて目の前の女子はギャル寄りの印象が強い。

スカートの丈は当然の如《ごと》く短いが、スパッツを穿《は》いているからか、階下にいる史季からは丸見えであるにもかかわらず気にする素振りすら見せない。

スパッツといえども目のやり場に困ると言いたいところだが、視線をさらに下に移せば、誰のものともわからない血糊《ちのり》がローファーに付着しているのが見えているせいで、史季といえどもスカートの中が丸見えになっていることを気にする余裕はあまりなかった。

ピンク髪の女子は、噛《か》んでいたフーセンガムを膨らませ、破裂寸前で萎《しぼ》めてから、出し抜けに名乗り出す。

「先輩たちが世話になったみたいなんで名乗らせてもらうっすけど……ぼくの名前はアリス。れおん兄《にい》——じゃわかんないか。斑鳩兄のかわいいかわいい妹分なんで、そこんとこよろしくっす」

自分で自分のことを「かわいいかわいい」と言っていることに、気が抜けそうになったことはさておき。

アリスと名乗った女子が斑鳩派のメンバーだと聞いて、史季はさらに危機感を募らせる。見た目が夏凛のフォロワーっぽいので、もしそうだったら、小日向《こひなた》派であることをアピールすれば見逃してもらえるかもしれないとちょっとだけ期待していたが、世の中そんなに甘くなかった。

「と・こ・ろ・で♥ ぼくね、ちょうど新しいバッグが欲しかったんすよね～」

それだけで彼女の意図を察した史季は、盛大に頬を引きつらせる。

「そういうのは、アルバイトとかで真っ当に稼いで買った方がいいと僕は思うけど……」

「先輩、数学苦手なんすか～？　今ここで先輩のことを一分で倒せば、実質時給が……え～っと……え～っと……」

数学苦手なんすかと煽《あお》った傍《そば》から、一〇万円×六〇分という算数レベルの計算に苦戦するアリスに、史季は気が抜けそうになる。

「六〇〇万って言いたいの？」

「そうそれ！　この世のどこに時給六〇〇万のバイトがあるんすか！　そんじょそこらのしょっぱいバイトなんてやってらんないっすよ！」

時給六〇〇万のバイトの有無はともかく、聖ルキマンツ学園らしいおバカすぎる理論に、史季はますます気が抜けそうになるも、

「そういうわけだから――」

アリスが階段を三段ほど駆け下り、

「――バッグのために死んでくださいね先輩！」

跳躍と同時に一回転しながら踵《かかと》落としを繰り出してきたことに度肝を抜かれながら、史季は頭上で両腕を交差させて防御する。

小柄な体格を遠心力で補った一撃はこちらの予想を大きく上回るほどに重く、そのこと

に驚いている隙に、アリスは史季の両腕を足場にして飛び下がり、階段の中程で着地した。

「さっすが。さっき倒《の》したザコどもとは違うっすね」

獰猛《どうもう》な笑みを浮かべながら、アリス。彼女が六階から来たことを考えると「さっき倒《の》したザコども」とは、史季が撒《ま》いた二人の不良を指していると見てまず間違いないだろう。

曲芸師じみた軽業に、そこから繰り出されるキック——その脅威度は、荒井派との抗争以降から今日に至るまで、史季に絡んできた不良の中でも一、二を争うレベルだった。

だったから、なおさら非常にまずい事態だった。なぜなら史季は、相手が自分よりも強かろうが、女の子に対して危害を加えることを生理的に受けつけない性分をしている。

正直今の状況は、史季にとっては絶体絶命と言っても過言ではなかった。

兎《と》にも角《かく》にも、相手が女の子である以上、史季がとれる行動は一つしかない。

一年生の女子を相手に、恥も外聞もなく背中を向けると、

「あっ、逃げんな！　ていうか速っ⁉」

微塵《みじん》の躊躇もなく、全速力で階下へ逃げ出した。

◇　◇　◇

本棟一階。そこでは、上階とはまた違った様相の戦い《ケンカ》が繰り広げられようとしていた。

「まさか卑怯《ひきょう》とは言わねえよなあ？　なにせこいつはバトルロイヤルなんだからよお」

「一番邪魔くせぇ奴《やつ》を潰すのに手ぇ組むのも、ルール上は何の問題もねぇ」

「つうわけだから、てめ～はここでご退場願おうか。〝鬼剣〟さんよ～？」

決定戦開始早々、四人の不良に囲まれた〝鬼剣〟――鬼頭蒼紘《あおい》は、思わずため息をついてしまう。

暴力一つで名を上げたい不良が、聖ルキマンツ学園に入学することはそう珍しい話ではない。そして、中学時代から不良をやっていた者が、同年代においては最強とさえ言われていた〝鬼剣〟を脅威と見なすのも、そう珍しい話ではないが、

「徒党を組んでいる時点で、自ら〝最強〟から遠ざかっていることにも気づかないなんて……ここまでくると愚かを通り越して哀れだね」

挑発ついでに、思ったことをそのまま口にする。

案の定、蒼紘を取り囲む四人のこめかみに青筋が浮かんだ。

実のところ蒼紘は姉の朱久里《あぐり》にお願いして、決定戦の開始位置を、六階にいる史季から最も離れた一階にしてもらっている。先に一年生を全滅させ、自分が一年最強であることを示した上で、折節史季と心置きなくやり合おうという算段《メインディッシュ》だった。

史季が他の一年生にやられる可能性もなくはないが、その場合は所詮はそれまでの相手だったと思うまでの話。だから蒼紘は急《せ》くことなく、今自分が置かれている状況を楽しむように、さらなる挑発を四人にプレゼントした。

「キミたち如きが相手なら、抜くまでもないよ」

そう言って、肩に背負っていた竹刀袋を床に置く。

「ほら、ハンデだ。今ならキミたち全員でかかれば、ボクに勝てるかもしれないよ？」

ブチィッと何かが切れる音が四つ、重なって聞こえたような気がした。

「ぶっ殺すッ‼」

「調子乗んなクソダボがぁッ‼」

「死ねやボケッ‼」

「ナメてんじゃね～ぞッ‼」

てんでバラバラな怒声以上にバラバラに、四方から不良どもが突っ込んでくる。

瞬間、右手側にいる不良が最も早く殴りかかってくることを見抜いた蒼紘は、あえて自らも右手側に飛ぶことで、互いの間合いを刹那に潰す。

まさか自分から突っ込んでくるとは思ってなかったのか、右手側の不良は慌ててパンチを繰り出すも、まさしくその行動を望んでいた蒼紘は、旋転しながら拳をかわすと同時に相手の腕を摑《つか》み、一本背負いの要領でぶん投げた。蒼紘を追撃しようとしていた、他三人の不良目がけて。

一年最強決定戦に名乗りを上げるだけあって、そこそこに反応が良かった三人は瞬時に散開。ぶん投げられた不良は誰もいなくなった床に背中から強《したた》かに叩《たた》きつけられ、白目を剝《む》いて気絶した。

直後、誰よりも先んじて反撃に出た不良が、こちらの側頭部目がけてハイキックを繰り出してくる。蒼紘はボクサーのダッキングさながらに身を沈めてハイキックをかわすと、お返しとばかりに、立ち上がる勢いを利用したアッパーカットをお見舞いした。

下から顎を打ち抜かれ、一撃で意識を絶たれた不良は、アッパーのあまりの威力に足が浮き、そのまま大の字になって床に仰臥《ぎょうが》する。

刹那、残った二人の視線が、アッパーで沈めた不良に一瞬だけ向けられたことに気づいた蒼紘は、弧を描くようにして放った回し蹴りで二人の顎を同時に蹴り抜く。

一撃で意識を刈り取られた二人は、糸が切れた操り人形《マリオネット》のように力なく床に沈んだ。

剣道は言わずもがな、柔道、ボクシング、空手も含めた様々な格闘技を、一線級の競技者に通じるほどにまで仕上げている。それこそが〝鬼剣〟――鬼頭蒼紘の強さだった。

蒼紘は床に置いていた竹刀袋を拾い上げると、動かなくなった四人の不良《ザコ》には一瞥《いちべつ》もくれることなく歩き出す。まずは一階をくまなく見て回り、獲物がいなかったら上の階へあがる。実に単純《シンプル》で、実に傲慢な行動方針だった。

「問題は、どこかで折節クンとかち合う恐れがあることだけど……彼の性格なら、こちらから仕掛けない限りは無理な抗戦《ケンカ》は避けるはず。桃園サンとそのお友達に関しては、見つけても無視《スルー》で問題ないだろう」

考えをそのまま口にしながら、蒼紘は廊下を歩いて行く。その足取りは、誰が相手だろうと絶対に負けないという自信を表すように、どこまでも揺るぎなかった。

◇　◇　◇

一階を見回り終えた蒼紘が、二階に上がろうとしていた頃。

ようやく一通りの連絡を終えた朱久里は、缶コーヒーを片手に、廃病院本棟と別棟の間にある中庭のベンチで一息ついていた。

「おーおー、やってるねぇ」

本棟各階の窓から見える、一年生たちのケンカを眺めながら、朱久里は楽しげに笑う。

朱久里自身、必要とあらばやるというだけで好んでケンカをするタイプではない。

それでも、一途《いちず》に自分が最強だと嘯《うそぶ》き、自分よりも強い奴に立ち向かっていく連中を見ていると、なんとも痛快な気分になってくる。ケンカというものはこうあるべきだと、殴られる覚悟のある奴同士でやり合うのが一番だと思えてくる。そういう連中の中に自慢の弟が交じっていることが、誇らしくもあり、心配の種でもあった。

「無傷で勝ち抜けなんて無茶を言うつもりはないけどさ……大きな怪我《けが》だけはするんじゃないよ、蒼紘」

派閥の頭《トップ》としてではなく、一人の姉として心配していると、先程まで大人しくしていたスマホが俄《にわか》に騒がしくなる。大袈裟《おおげさ》に震えて自己主張するスマホの画面には、廃病院最寄りのバス停を見張らせていた派閥メンバーの名前が記されていた。

それだけでおおよそのことを察した朱久里は、缶コーヒーを一口呷《あお》ってから電話に出る。

『あ、姐《ねえ》さん！　大変です！』

「来たんだね？　小日向の嬢ちゃんたちが」

『さ、さすが姐さん！　そのとおりです！』

春乃《はるの》がなぜかスマホを持って来ていたという報告は、一年生のスマホの回収に携わった派閥メンバーを通じて、朱久里の耳にも入っている。ゆえに、GPSアプリを使って、夏《か》凛《りん》たちがこの廃病院を突き止めるであろうことも、とうの昔に予測していた。

正直言って頭を抱えたい展開――というか、春乃がスマホを持って来ていたという話を聞いた時は実際に頭を抱えたものだが、かといって彼女を恨む気持ちは微塵もなかった。

史季に賞金首役を引き受ける以外に道はないと思い込ませる枷《かせ》として、彼女の気持ちを利用したことに対する後ろめたさもある。だがそれ以上に、短い付き合いなりに、春乃がこちらのことを騙《だま》してスマホを持ってくるような子でもなければ、そんな腹芸じみた真似《まね》ができる子でもないことを知っているという理由が大きかった。

（大方、アタシでも及びもつかないようなドジをやらかして、偶然鞄《かばん》の中に入ったとかそんなところだろうねぇ……）

心の中で、春乃本人すら知らない正解を言い当てながら、朱久里は苦笑を深める。

「アンタはさっさと廃病院《こっち》に戻っておいで。但し、戻るといっても、小日向《こひなた》の嬢ちゃんには近づきすぎるんじゃないよ。嬢ちゃんは十中八九、見張り《アンタ》に気づいてるだろうからね」

『りょ、了解です！』

通話が切れると、朱久里はすぐさま一年最強決定戦の進行を任せている坂本に電話する。

「小日向の嬢ちゃんが現れた。予定どおり、決定戦の進行にあてる数を一〇人に絞って、残りは全て嬢ちゃんたちの迎撃にあてる。後のことは頼んだよ」

坂本の『了解した』という返事を聞き届けてから通話を切り、本棟二階の窓際《まどぎわ》にいた蒼紘が一年生不良を右ストレート一発で沈める様を横目で見やる。

「盛り上がってきてるってのに、嬢ちゃんたちに邪魔されちゃ堪《たま》らないからね。精々、熱烈に歓迎してやろうじゃないか」

◇◇◇

西の空が茜色《あかねいろ》に染まり始めた時分。

駅前からバスに乗って、春乃のスマホの位置情報が示していた地点――廃病院の最寄りのバス停に到着した、夏凛、千秋、冬華はすぐさま目的地を目指して走り出した。

「もうこりゃビンゴだな」

と、走りながらボヤく夏凛に、千秋が訊《たず》ねる。

「なんでビンゴなんだよ？」

「バス停の近くで、鬼頭派っぽい野郎がこっちのこと見張ってた」

「そういうところは、相変わらず動物みてぇな勘してんな」

呆《あき》れ半分感心半分に呟《つぶや》いていると、彼氏彼女という名の伝手《つて》を利用してスマホで情報を集めていた冬華が声を上げる。

「や～っとわかったわ。なんではるのんが廃病院なんかにいるのかが」

それを聞いて、夏凛と千秋は視線だけで続きを話すよう促し、冬華は答える。

「鬼頭派が一年最強決定戦を開催してるみたいなの。廃病院を舞台に、ね」

「そういうことかよ……クソっ」

悪態をつく夏凛の隣で、千秋が怪訝《けげん》な顔をする。

「てか、なんで春乃が一年最強決定戦やってるような危ねぇとこにいんだよ？　まさかたぁ思うが、出場してるなんてことはないよな？」

「いや～、さすがにそれは……」

ない――とは言い切れなかったのか、冬華の言葉が中途半端《ちゅうとはんぱ》に途切れる。

「まー、その辺の詳しい話は、主催者様に聞かせてもらうとしようぜ」

そう言って、夏凛は足を止めた。廃病院の入口となる、閉め切られた大型の引戸門扉《もんぴ》の前で守りを固めている鬼頭派と、その頭《トップ》である鬼頭朱久里を前にして。

廃病院の前を横切る、道幅の広い道路を挟む形で。

「見たとこ、六～七〇人ってところか。これくらい楽勝って言いてぇとこだけど、荒井派の不良《バカ》どもと違って、鬼頭派はきっちり統率とれてっからなぁ……」

夏凛に続いて足を止めた千秋が嫌そうに零《こぼ》す中、同じく足を止めた冬華が困った笑みを浮かべながら応じる。

「ま～、まだやり合うと決まったわけじゃないから、今気にしても――」

「いや、やり合うのは避けられねーと思う」

冬華の言葉を遮り、夏凛は言う。

「鬼頭センパイの顔を見る限りはな」

夏凛に言われて、千秋と冬華は道路の向こうにいる朱久里《あぐり》を見やる。二人とも夏凛ほど勘は鋭くないものの、だからといって鈍いわけではない。ゆえに、勝ち気な笑みを浮かべる朱久里の表情から、そうなることをすでに覚悟している様子を見て取ることができた。

「……ちっ。確かに夏凛の言うとおりマジだな、ありゃ」

「それで、りんりんはどうするつもりなの？」

「とりあえず、やり合わずに済ませられるかどうか確かめてみる」

やり合うのは避けられないと自分で言っておきながら、これである。

夏凛のそういうところを気に入っている千秋と冬華は、顔を見合わせてニヨリと笑った。

「まぁ、やるだけやってみてもいいんじゃね？　期待はできねぇけど」

「そうね～。やるだけやってみてもいいと思うわ。期待はできないけど」

「って、おまえらひっでーな!?」

プンスカ怒る夏凛に、千秋と冬華はケラケラと笑った。

そんなやり取りを最後に夏凛は頭を切り替えると、二人より二歩ほど前に出て、常よりも大きな声音で道路の向こう側にいる朱久里に話しかける。

「待たせて悪かったな、鬼頭センパイ」

「なに、気にすることはないよ。アタシとアンタの仲じゃないか」

「そう言うなら、廃病院《そっち》で厄介になってる史季と春乃、返してくんねーかな？」

春乃はともかく、史季も一緒に廃病院にいるという確証はない。が、確信に近い予感はあったのでカマをかけてみるも、

「慣れないことはするもんじゃないよ。そんなわかりやすい餌にかかるのは、斑鳩《いかるが》派の連中くらいのもんさね」

「いや、さらっと斑鳩センパイたち侮蔑《ディス》ってやんなよ」

思わずツッコみを入れる夏凛に、朱久里はカラカラと笑う。

「けどま、さすがに巻き込んでおきながら、すっとぼけるのも公平《フェア》じゃないからね。だから駆け引き抜きで答えてあげるけど……アンタの見立てどおり、折節の坊やと桃園の嬢ちゃんは、あの中にいる」

そう言って、見もせずに背後に見える廃病院本棟を親指でさし示す。

「あの建物の中で、一年最強決定戦が行われてるってわけか」

「そこまで掴《つか》んでるってんなら話は早い。決定戦はバトルロイヤル形式で行われていてね。折節の坊やは決定戦を盛り上げる賞金首として、桃園の嬢ちゃんは単純に参加者として、自分の意思で決定戦に参加してる」

駆け引き抜きと言いながら、明らかに駆け引きを匂わせた物言いだった。

夏凜は相手の掌上《しょうじょう》で転がされているのを承知した上で、朱久里に言う。

「聞かせろよ。なんで史季と春乃が、自分の意思ってやつで一年最強決定戦なんかに参加してる理由を」

その要求どおりに、朱久里は必要以上に詳しく、史季と春乃が決定戦に参加した経緯を語った。

史季が、夏凜たちにこれ以上迷惑も負担もかけることなく、腕自慢の不良たちに狙われる現状を解決するために、朱久里の取引に乗ったことを。

春乃が、決定戦に参加する友達を止めるために、朱久里に接触してきたことを。

朱久里が、そんな二人の気持ちを利用して、決定戦に参加するよう仕向けたことを。

何もかもを、包み隠さず。

「まさか、んなことに……つうか、折節はともかく、春乃の奴《やつ》は全然そんな素振りなかったじゃねぇか……！」

　気づけなかったことを悔いるように吐き捨てる千秋に、冬華は微苦笑で応じる。

「しーくんが来てからあっさりボロが出ちゃったけど、はるのんってエッチなことに興味津々《きょうみしんしん》だったこと、ちーちゃんとりんりんには気づかせなかった実績があるしね〜」

「そういやそうだったな——って、テメェは気づいてたのかよ⁉」

　という背後のやり取りをよそに、千秋以上に悔いていた夏凛は歯噛《はが》みする。

（史季も春乃もバカな真似しやがって——って、言いてーとこだけど……）

　史季は性格上、誰かの負担になったり、心配させたりすることを忌避しているきらいがある。事実、彼は川藤たちにいじめられていたことを、ついぞ親にも相談しなかった。

　不良どもに狙われる現状を、夏凛たちに迷惑も負担もかけることなく解決するために賞金首の話に乗ったとしても、何ら不思議ではない。

　……いや、それ以前に、史季が不良どもに狙われるようになったのは、元を正せば自分の不甲斐《ふがい》なさのせいにある。当の史季は謝らなくていいと言ってくれたけど、彼に「荒井に勝った」というレッテルが貼り付いてしまったのは、自分が、風邪の熱如《ごと》きで荒井に追い詰められてしまったせいにある。

　春乃にしてもそうだ。

彼女は確かにケンカは弱いが、だからといって臆病というわけではない。友達のために、一年最強決定戦に参加するという無茶をやらかしても、何ら不思議ではない程度に。

そして春乃《はるの》も、友達の三浦美久《みく》も、自分と荒井のゴタゴタに巻き込まれた被害者であり、今回美久が決定戦に参加しているのも、おそらくはその辺りに原因があるはず。

史季のことも、春乃のことも、否定する資格は自分にはない。だがそれはそれとして、史季にしろ春乃にしろ、こちらに何の相談もせずに一人で抱え込んだ結果、こんな事態になってしまったのは事実なので、後で文句なり説教なりしてやると心に決める。

「……最後にもう一度だけ訊《き》くぜ、鬼頭センパイ。廃病院で厄介になってる史季と春乃、返してくんねーかな？」

「穏便に済ませたいっていうアンタの気持ちは買うけど、生憎《あいにく》アタシは弟の名を上げるために、折節の坊やも桃園の嬢ちゃんも最大限に利用すると決めている。恨みたきゃ恨んでくれて構わないよ。どのみちアンタも、弟が倒すべき敵の一人なんだからねぇ」

まさしく敵であることを示すように、朱久里は腰に巻き付けていた〝何か〟を取り出す。

〝何か〟は、長さ二メートルを超えるワイヤーの両端に、ダイヤル式の鍵が付いたフックと、フックに引っかけるための鉄製のリングが取りつけられた、自転車の盗難防止に使われているワイヤーロックだった。

朱久里は持ち手となるフックを右手で握り、左手でワイヤーの中程を握って、先端となるリングを鎖分銅さながらにヒュンヒュンと振り回しながら夏凛《かりん》に言う。

「で、やるのかい？　やらないのかい？　アタシとしちゃ、このままアンタたちが回れ右してくれると助かるんだけどねぇ」

夏凛は諦めたように一つ息をつき、背後にいる千秋と冬華に視線を送る。

二人が迷うことなく首肯を返すのを確認したところで、夏凛は朱久里に視線を戻した。

「つーわけだからそこ、力尽くで通させてもらうぜ」

「勿論《もちろん》、アタシの返事は『やなこった』だけどね」

朱久里は底意地の悪い笑みを返すと、視線を夏凛に固定したまま、この場にいる鬼頭派メンバー全員に向かって叫ぶ。

「相手は少数精鋭の小日向《こひなた》派だ！　一〇倍二〇倍の戦力差なんざ平気で覆《くつがえ》してくるから、死ぬ気で気張るんだよ！」

◇◇◇

敗れた一年生が一人また一人と、自力で、あるいは一年最強決定戦の進行に携わっている鬼頭派メンバーに運ばれて、建物の外へ出て行く中。

廃病院本棟の三階にいた、背中にかかる長さだった髪を肩口に届かない程度にまでバッサリと切った春乃の友達——三浦美久は、この日のために用意したメリケンサックを握り締めながら、一人の一年生男子を尾行していた。

男子の名は、村山肇《むらやまはじめ》。あのクソ野郎の派閥——荒井派の一年の中では一、二を争う実力者にして、拉致の件においては春乃を呼び出すよう美久を脅した不倶戴天《ふぐたいてん》の敵。

けれど、ほんの半月前にビンタ一発で自分の心をへし折った相手に勝てると思えるほど、美久は楽天的ではない。そのためのメリケンサックであり、そのための尾行だった。

尾行して、相手が隙を見せたところを不意打ちでメリケンサックの一撃を叩《たた》き込む。

おそらく一発では倒せないだろうが、だからこそおれにやられたことを、村山の心と体に刻みつけることができる。

後は村山が気絶するまで、メリケンサックで殴り続ければいい——という物騒な計画《プラン》を思い描いていた美久だったが、決定戦のルール説明が終わった後、本棟に入る直前に春乃と思《おぼ》しき人影が視界の端に一瞬だけ見えたことを思い出し、表情を曇らせる。

なんで春乃の奴がこんなところに——とは思わなかった。

美久と春乃のクラス——一年一組のグループＬＩＮＥに、一年最強決定戦の開催を告知するメッセージが届いて以降、春乃から雨あられのようにＬＩＮＥと電話が降ってきて、その全てを無視《スルー》したのは他ならぬ美久自身だ。だから、自分を止めるために春乃が決定戦に参加していたとしても、そう不思議な話ではない。

春乃との付き合いは短い上に、深いと呼べるほどでもないが、それでも彼女が友達《ダチ》のために体を張れるタイプの人間であることは、美久も直感的に理解している。

だからこそ、自分に対しても春乃に対してもケジメをつけるために、一年最強決定戦という村山にとっては晴れ舞台の場で、奴を叩きのめすと決めたわけだが、

（マジで春乃が参加してたら、クソやばいなんてもんじゃねえよな……）

春乃が小日向派の一員であることは、拉致の件以前に、彼女の口から直接聞いている。聞いた時は気後れよりも先に、なんでこいつが少数精鋭で有名な小日向派にいられんだ？——という疑問の方が先に立つくらいに春乃がクソ弱いことは、美久も知っている。

知っているから、あのクソ野郎と村山への憎悪《ぞうお》よりも先に、春乃の身を心配する気持ちが先に立ってしまう。そんなことをグダグダと考えている間に、村山が廊下の曲がり角を曲がって行ったので、見失わないよう慌てて、されど足音を殺して後を追うも、

「ばぁ」

曲がり角から顔を出した瞬間、村山が「いないいないばぁ」さながらに、おどけた顔で

待ち構えていたことに美久は悲鳴を上げそうになる。

「……っ！　っざけんじゃねえぞ、おら！」

一瞬でもビビってしまったことを恥じるように怒声を上げると、先手必勝と言わんばかりに村山のアホ面目がけて、メリケンサックを握り込んだ右拳を叩き込もうとする。が、あっさりとかわされた挙句にカウンターで鳩尾《みぞおち》を殴られてしまい、そのあまりの痛みに、苦しみに、美久は腹を抱えて床に倒れ込んでしまう。

「かはっ……けほっ……いたい……いたいぃ……」

ビンタとは比べものにならない苦痛に、あっさりと心が折れてしまった美久の口から、情けない声が漏れる。目尻からは、ポロポロと涙が零《こぼ》れていた。

「って、おいおいおいおい。どこのバカがヘッタクソな尾《つ》け方してんのかと思ったら、春乃ちゃんのお友達の美久ちゃんじゃねえか」

そう言って、村山は嗜虐《しぎゃく》的な笑みを浮かべながら、美久の心を抉《えぐ》る言葉をつぐ。

「っと、間違えた。そういや美久ちゃんは、自分《てめえ》の身ぃかわいさに春乃ちゃんのこと売ったから、お友達でもなんでもなかったわ」

言い返したい。何だったら殴り返したい。

だけど、殴られた鳩尾が本当に痛くて、まともに息ができないくらいに苦しくて、睨《にら》んでいるとは言い難《がた》い、涙に濡《ぬ》れた弱々しい目で村山を見上げることしかできなかった。

「……あぁ、やべぇなその顔。ちょっとムラッときたわ。もっぱつ殴っていい？」

浮かべている笑みのとおりに嗜虐趣味でもあるのか、興奮気味の村山にいよいよ恐怖を覚えた美久は、「ひっ」と引きつるような悲鳴を――

「やぁ――――――――――――っ‼」

雄叫《おたけ》びと呼ぶには少々気が抜ける、女子の叫び声が耳朶《じだ》を打つ。まさかと思い、声が聞こえた方角――村山の後方に視線を向けると、そこには、つい先程まで美久が心配していた友達――桃園春乃が村山に向かって突っ込んでいく姿が目に飛び込んでくる。

振り返った村山は、自分に向かってノタノタと走って突っ込んでくる春乃を見て、いたぶる相手が二人に増えたと思ったのか、隠しようのない愉悦を頰に浮かべた。

だがその笑みは、春乃が村山に体当たりを仕掛ける直前にかき消えることとなる。相対距離が二メートルを切ったところで、春乃は「わわっ⁉」と何もないところで蹴躓《けつまず》き、

「おごぉッ⁉」

ヘッドスライディングを彷彿《ほうふつ》とさせる勢いで、身を投げ出すような頭突きを村山の股間

にお見舞いした。言うまでもないが、ただの偶然である。

「ぉおう……ぉおぉ……」

内股になって股間を押さえる、村山。千載一遇のチャンス——というよりも、ここで村山を仕留めなかったら、後で春乃がどんな目に遭わされるかわからないという焦燥にかき立てられた美久は、歯を食いしばって鳩尾の苦痛に耐えながら立ち上がる。

そして、メリケンサックを握り込んだ拳で、村山の後頭部を全力で打ち抜いた。

いくら美久が弱いといっても、メリケンサックの一撃をまともにくらってはひとたまりもなく、村山は突っ伏するようにして床に倒れ伏した。殴られた鳩尾を手で押さえ、肩で息をしながら、村山が起き上がってくる様子がないことを確認していると、

「美久ちゃん髪切ったの⁉」

素っ頓狂な声を上げる春乃に、美久は知らず目を逸《そ》らしながらぶっきらぼうに答えた。

「ケンカする時は短い方がいいからな。つうか……」

自分でも「つうか」の後に何を言おうとしていたのかわからず、口ごもってしまう。

……いや、言うべきことはわかっている。わかりきっている。

自分は、ビンタ一発くらっただけで心が折れてしまい、春乃を売《ダチ》ってしまった。

騙《だま》して呼び出した春乃が、ひどい目に遭わされることを承知した上で。

謝って済む問題じゃない。だけど、謝らないわけにはいかない。

（謝れ……！　謝れよ、おれ……！）

そう自分に言い聞かせ、口走ったのは、

「なんでおまえ、こんなとこにいんだよ」

自己嫌悪《けんお》したくなるほどに心にもない言葉だった。

「なんでって、他の人に見つからないよう階段を上がってたら、美久ちゃんの声が聞こえてきたから」

「そういう意味で言ってんじゃねえよ。なんで一年最強決定戦なんかに参加してんのかって聞いてんだよ」

「なんでって、美久ちゃんが心配だったから」

「おれが弱ぇから心配だったってか？　余計なお世話だよ。つうか、人の心配なんてできる身かよ？　おれよりもはるかに弱ぇくせに」

止まらなかった。心にもない言葉が止まらなかった。自己嫌悪も、止まらなかった。

だけど――

「弱かったら、友達の心配をしちゃいけないの？」

こちらの言っている言葉の意味がわからないとばかりに、春乃《はるの》は小首を傾《かし》げる。

友達だから心配するのは当たり前、助けるのは当たり前と、信じて疑っていない反応だった。だったから、耐えられなかった。

「ダチなんかじゃねえよ……」

この言葉には、さしもの春乃も表情を曇らせるも、美久《みく》は見えていないフリを決め込みながら、懺悔《ざんげ》とも自虐ともとれる言葉をついだ。

「おれは自分《てめえ》の身かわいさに、おまえを売ったんだ！　そんな奴《やつ》がダチなわけねえだろうが！」

「んー ん。美久ちゃんは友達だよ。それに史季先輩は言ってたもん。悪いのは悪いことをした荒井派の人たちだって」

普段の美久ならば、一年最強決定戦の賞金首にして、あのクソ野郎を倒した先輩の名前が出てきたことや、春乃の若干ややこしい言い回しに、反応の一つや二つしていたところかもしれない。

けれど、〝荒井派〟という言葉が出てきた時点で、美久にはもう他のことを気にする余裕は、綺麗《きれい》さっぱり消し飛んでいた。

「荒井派が悪《わり》いか……ならやっぱ、おれはおまえのダチなんかじゃねえよ」

そして紡《つむ》ぐ。決定的な言葉を。

「なにせおれは、その荒井派の頭の妹なんだからな……！」


美久には、この世の中で「大」がつくほどに嫌いなものが二つある。

一つは、母に散々暴力を振るい、挙句の果てに捨てたクソ親父《おやじ》。

もう一つは、クソ親父の血を色濃く受け継ぎ、ほとんど家に帰らないくせに、たまに帰ってきては母が必死に働いて稼いだ金をぶんどっていく、兄——荒井亮吾。

クソ親父は、恨みを買って誰かに刺されて野垂れ死んだと風の噂《うわさ》で聞いた。

だからもうどうでもよかったが、兄は……あのクソ野郎は違う。

生きて、今この時も、母を、美久を、苦しめている。

だから、母の反対を押し切って、クソ野郎を叩きのめすために聖ルキマンツ学園に入学した。クソ親父やクソ野郎と同じ姓の「荒井」ではなく、母の姓の「三浦」を名乗って。

だけど、学園《そこ》で思い知らされたのは、自分の無力さだった。

幸か不幸か、自分はクソ親父の血が薄かったため、体格《ガタイ》には恵まれなかった。だから、ケンカも弱かった。それこそ、クソ野郎に身内だと、妹だと認識されないほどに。

事実、荒井は美久の存在など気にも留《と》めていなかった。

荒井に妹がいることを知っている数少ない人物にして、荒井派ナンバー2である大迫《おおさこ》は、下《した》っ端《ぱ》からの報告で春乃の友達が美久だと知った際、さすがに脅していいものかと迷ってしまい、荒井に直接相談した。

その際に、荒井は大迫に向かって、心底興味なさそうにこう返した。

どうでもいい。好きにしろ——と。

そうして大迫は、下っ端どもが余計なことを考えないよう美久が荒井の妹であることを伏せて、脅すよう命じた。

その結果、春乃は拉致られてしまい。

美久は心に、決して癒えることのない傷を負った。


おれは兄貴のことが、あのクソ野郎のことが死ぬほど嫌いだ。けど、おれがあのクソ野郎の妹であることは、どうしようもないほどに事実だ。

だから、

「おれは、おまえのダチなんかじゃねえんだよ……」

三度《みたび》、春乃に向かって心にもない言葉を吐く。

本音を言えば、春乃に嫌われたくないという気持ちはある。

だって春乃は、この学園で初めてできたダチだから。

けど、だからこそ、ダチでいるわけにはいかなかった。ダチでいていいわけがな――

「なんで？」

またしても春乃は、言っている言葉の意味がわからないと言わんばかりに小首を傾げる。

これには美久も、さすがに唖然《あぜん》としてしまう。

「な、なんでって……おれはおまえを拉致るよう命令した奴の妹なんだぞ!? それにおまえ、さっき悪いのは荒井派だって言ったじゃねえか!?」

「言ったけど、美久ちゃんは荒井派じゃないでしょ？」

確かにそのとおりだし、何だったら荒井派扱いなんてされてたまるかと思っているくらいだが、それでも、思わず口ごもってしまう。

「それに、もし美久ちゃんが荒井派だったとしても、美久ちゃんは美久ちゃんだから、わたしの友達だよ」

笑顔で、ちょっと何を言っているかわからないことを言ってくる。

けれど、彼女の言わんとしていることは、理解できた。

「春乃……おまえさ、バカだろ？」

「うん！　知ってる！」

「いや、そこは否定しろよ……」

笑顔で即答する春乃に、色々とバカらしくなった美久は弱々しく笑う。たぶんこいつは、何を言ってもおれのことをダチだと言い張るんだろうな——と思いながら。

春乃のダチでいることをやめられそうにないことを、悦《よろこ》んでいる自分がいることを自覚しながら。けど、だからこそ、ダチとして春乃に言わなければならないことがある。

「ごめん……春乃。脅されたくらいでビビっちまって、おまえを売るような真似《まね》……しちまった」

「んーん。気にしてない」

やはりというべきか、春乃は即答で許してくれた。

（だからって、おれはおれを許すわけにはいかねえよ……）

だから、ひっそりと覚悟を決める。もしまた春乃に悪意が迫った時は、今度こそ折れずに守ってみせると。その機会が、まさしくすぐそこまで迫っていることも知らずに。

不意に、コツ、コツ、とこれ見よがしな足音が聞こえてくる。春乃が上がってきた階段から聞こえた音だった。その音とともにゆっくりと現れたのは、髪を毒々しいまでの紫色に染め、耳や唇にいくつものリングピアスを付けた一年生男子。

その手にはサバイバルナイフと思《おぼ》しきゴツめのナイフが握られており、刃に血糊《ちのり》が付着しているのを認めた瞬間、美久のみならず春乃までもが色を失ってしまう。

（ま、間違いねえ……あいつは天堂《てんどう》だ！）

この聖ルキマンツ学園において、入学からまだ二〜三ヶ月も経《た》っていない時期に限れば、本当の意味でやばい奴がいる割合は、上級生よりも一年生の方がはるかに多い。

二年三年と進級できる不良は、少なくとも学校に来られなくなるような無茶はやらかさない程度の分別はあるが、本当の意味でやばい奴は違う。

入学から二〜三ヶ月もしない間に、退学をくらうか少年院《ネンショー》にぶち込まれるような犯罪《こと》をやらかして、学校からいなくなるからだ。

天堂はまさしくその手合いであり、それゆえに、荒井を叩《たた》きのめすために学園の情報を集めていた美久の耳にも、彼の噂は届いていた。届いていたから、なおさら美久の顔色は青くなっていた。

「次の玩具は女の子かー。いいねー。女の子って、ちょーっと切っただけでピーピー鳴いてくれるから、俺ちん大好きなのよねー」

そう言って天堂は、ナイフに付着した血を舐《な》め取る。

噂抜きにしても、村山が可愛《かわい》く見えるほどにやばい相手。

だからこそ美久は、庇《かば》うようにして春乃の前に立ち、勇気を振り絞ってこう言った。

「春乃。おれが死ぬ気で時間を稼ぐ。だからおまえはさっさと逃げろ」

「ダ、ダメだよ、美久ちゃん！　わ、わたしが時間を稼ぐから、美久ちゃんは逃げて！」

「バッ……んなことできるわけねえだろ⁉」

「わたしだって、美久ちゃんを置いて逃げるなんてできないよ‼」

そうだ……そうだった。こいつはそういう奴だった。

おれを置いて逃げるなんて真似が、こいつにできるわけがない。

（二人で逃げる？……いや、おれも春乃も足が遅《おせ》ぇ。絶対追いつかれる。だったら、おれがあいつを倒しちまえば……！）

クスリでもやっているのかと疑いたくなるほどにイッちゃった目を見開き、「にひひッ」と笑いながらゆっくりと近づいてくる天堂を睨《にら》みつける。

勝てるなんて思わない。もしかしたら、怪我《けが》する程度では済まないかもしれない。

だけど、今度は、今度こそは、心が折《ビビ》れるわけにはいかない！

（相討ちだ！　せめて相討ちに持ち込めれば！）

悲壮なまでの覚悟を決めた直後のことだった。

美久と春乃の後方——先程村山とやり合った曲がり角から、彼が姿を現したのは。

「二人とも下がってて。ここは僕がなんとかするから」

そう言って、彼——折節史季は美久と春乃を守るようにして天堂の前に立ちはだかった。

◇　◇　◇

時は少し遡る。

斑鳩《いかるが》派の一年女子——アリスに追いかけ回されていた史季は、どうにかこうにか彼女を撒《ま》いて、本棟三階の男子トイレに身を潜めていた。

「逃げ切れた……かな？」

男子トイレから顔を出し、周囲を見回す。もうかなりの数が脱落しているのか、アリスの気配はおろか他の一年生の気配もなく、ほうと息をつく。

アリスの身のこなしは学園随一と言っていいレベルだったので、完全に撒くのに時間がかかってしまったが、春乃にも教えた逃げる隠れるの手練手管を総動員したことで、なんとか撒き切ることができた。とはいえ、決定戦開始直後を除いたら、もうずっとアリスから逃げ回っていただけなのは、朱久里《あぐり》との取引的な意味でさすがにまずいと思ったので、男子トイレを出て「一年生を迎撃してやる」という体《てい》を装《よそお》いながら、春乃《はるの》を捜しに向かう。

逃げ回るのに必死だったせいで時間の感覚は曖昧だが、外が薄暗くなっているところを見るに、かなりの時間が経っているのは想像に難《かた》くない。

自然、春乃のことが、その友達である美久《みく》のことが、心配になってくる。

早く合流しないと——そう思って廊下を歩いていると、道行く先に見える曲がり角から逼迫《ひっぱく》した声が聞こえてくる。

「バッ……んなことできるわけねえだろ⁉」

「わたしだって、美久ちゃんを置いて逃げるなんてできないよ‼」

春乃の声。そして彼女の口から飛び出した「美久」の名前。庇い合うような会話からして、春乃が美久の説得に成功したのは想像に難くなかった。同時に、庇い合うような会話だからこそ、二人に危機が迫っていることも想像に難くなかった。

すぐさま走り出し、曲がり角へ向かうと、そこには春乃と、スマホの写真で見た時よりも随分と髪が短くなっている美久の姿があった。そして、刃に血糊が付着したサバイバルナイフを持った、紫髪の不良男子の姿を見た瞬間、史季は思わず息を呑《の》んでしまう。

（だけど……！）

怯《おび》えているのは、春乃も美久も同じ。いや、戦う力がないに等しい二人の場合、感じている恐怖はこちらの比ではないはず。だから史季は、春乃と美久を守るようにして男子の前に立ちはだかり、二人に向かって努めて冷静に言った。

「二人とも下がってて。ここは僕がなんとかするから」

「史季先輩⁉」

突然の登場に驚いた春乃が素っ頓狂な声を上げる中、美久が彼女の腕をむんずと摑《つか》む。

「驚いてねえで、おれたちは言われたとおりさっさと下がるぞ」

「で、でも！」

「いくら先輩でも天堂相手に素手でってのは厳しいだろが……！　あっちの部屋で、なんか武器になりそうなやつ探すぞって言ってんだよ……！」

紫髪の男子――天堂に聞こえないようにするためか、小声で言う美久に同意した春乃は、すぐさま「うん……！」と返す。そしてその言葉どおり、二人は史季がやってきた側の廊下にある、備品室と思しき部屋に駆け込んでいった。

備品室の扉が閉まるのを確認してから、史季は目の前の天堂に意識を戻す。

天堂は、史季との距離が五メートルを切ったあたりで、足を止めていた。

「あれー？　あれあれー？」

すっとぼけた声を上げながらマジマジと史季の顔を見つめ、「にひひっ」と笑う。

「そーだそーだ。どっかで見た顔だなーって思ったらボーナス先輩じゃーん」

完全にイってるとしか思えない調子で、天堂は史季をナイフで指し示す。

こちらのことを賞金首と認識できる程度の正気があったことは、喜ぶべきなのか恐れるべきなのか判断がつかなかった。

「ところでさー、俺ちんが切り刻みたいのは女の子だからさー、ボーナス先輩ちょっとどいてくんねーかなー。ボーナス先輩のことは、あとでたっぷり切り刻んであげるから」

当たり前のように「切り刻む」とか言ってくる天堂に恐怖を覚えるも、どうにかこうにか気合でねじ伏せ、声が震えないよう気をつけながら諭すように言う。

「駄目だよ。ナイフで人を切り刻んだりしちゃ。そんなことしたら君、最悪人殺しになってしまうかもしれないんだよ」

「だいじょーぶだいじょーぶ。人間ちょっと切ったくらいじゃ死なないから。なんだったら、穴の一つや二つ空いたってけっこう死なないもんだよー？」

本気なのか冗談なのか。ケタケタと笑う天堂にますます恐怖を覚える。ナイフを持ち込んでくる一年生が現れることは最悪の事態として想定していたが、ナイフはナイフでもサバイバルナイフなんてゴツい物を持ち込んできたことも、その持ち主がこうもイカれた人

間であったことも、史季からしたら想定外もいいところだった。はずなのだが、

（なんでだろう？　荒井先輩を前にした時に比べたら、そこまで恐《こわ》くもないような……）

別口の想定外に困惑する史季を尻目に、天堂は刃に付着した血を舐め取ってから愉《たの》しげに宣言する。

「つーか、どく気ねーのかよ……じゃー、しょうがねー。先にボーナス先輩を切り刻んでやんよ。きっと〝ハイ〟になれるぜー？」

次の瞬間、天堂は床を蹴り、微塵《みじん》の躊躇《ちゅうちょ》もなく切りかかってくる。

即応した史季は、左上腕目がけて弧を描いたナイフを上体を反らしてかわした。

（よし！　体はいつもどおり動く！　というか――）

なぜだかわからないが、いつも以上に動くくらいだった。

ナイフに限らず、命に関わりかねないほどの危険を前にした際、人間は往々にして二つのタイプに分かれる傾向にある。一つは、命の危険を感じたがゆえに萎縮し、頭も体もろくに動かなくなるタイプ。もう一つは、命の危険を感じたからこそ生存本能が刺激されて、普段以上の力を発揮するタイプ。

もともと史季は前者のタイプだったが、ケンカレッスンによって強くなった自信か、それとも、本当に命の危険を感じた荒井との死闘に勝利したからか。今の史季は自分でも知

らない内に、後者のタイプに転換《シフト》していた。

いつも以上に動きがキレていることに驚きながら、微塵の躊躇もなく振るわれるナイフをかわし続ける。天堂のナイフ捌《さば》きは、速度、精度ともに手加減している夏凛《かりん》にすら及ばないので、今の史季にとって、攻撃をかわし続けることはそう難しい話ではなかった。

「なんでー？　なんでビビらねーの？　なんで避けられるのー？　なんでー？」

今まで相手にしてきた人間が、ナイフにビビってろくに動けない者ばかりだったのか、攻撃がかすりもしないことに疑問を吐き出しながら、天堂はナイフを振り回す。

一見メチャクチャに振り回しているように見えて、その実、天堂はこちらの手足を浅く、浅く、浅く、切り裂くようにナイフを振るっていることに、史季は気づいていた。

「切り刻む」という言葉どおり、そのやり口が彼の趣味であるという理由もあるだろう。

だがそれ以上に、史季のことを賞金首として認識していたり、なんだかんだで一年最強決定戦のルールを一応は守っていたりと、存外理性的な部分が残っているからこそ、天堂は無意識の内に一線を越えるような真似《まね》は避けているのかもしれないと、史季は思う。

もっとも、彼にとってその一線は、常人の一線《それ》よりも低いのは明白であり、

「もういいッ！」

攻撃が全く当たらないことによって募らせた苛立《いらだ》ちが最高潮《ピーク》に達した瞬間、天堂はその

一言だけであっさりと一線を越える決意をする。続けて、史季の心臓目がけて刺突を放とうとするも、その行為はただ自身の敗北を早めるだけの結果にしかならなかった。

「死んじゃってよ、ボーナス先ぱ――」

天堂がこちらの心臓目がけてナイフを突き出そうとした瞬間、かつてないほどに過敏に反応した史季の生存本能が、考えるよりも先に右足を高々と振り上げさせる。

直後、ナイフを持っていた天堂の右手は真下から蹴り上げられ、その衝撃で薬指と小指がへし折れる。右手ごと蹴り上げられたナイフは宙を舞うだけでは飽き足らず、勢いをそのままに天井に突き刺さった。

天堂の口から「は……？」と、呆《ほう》けた声が漏れる。

当然史季はその隙を見逃さず、彼の左側頭部にハイキックを叩《たた》き込んだ。

天堂は横に倒れながら、史季に向かって抗議じみた言葉をぶつける。

「なんで……ビビらねーんだ……よ……」

だが返事を聞く余力は残ってなかったらしく、意識の糸をナイフで切り断たれたように、天堂は気を失った。

史季は、最早《もはや》聞こえないとわかっていながらも天堂の疑問に答える。

「ビビってたよ。君にも、ナイフにも。ただ僕の場合、刃物《それ》以上に恐い人とケンカしたことがあった……それだけだよ」

　とはいえ今言葉にしたとおり、荒井よりはマシというだけで、ナイフを相手にケンカをするのは大概に恐かったので、吐き出した安堵《あんど》もまた大概に深かった。

　今一度、倒れている天堂と、実はここに来てからずっと気になっていた、曲がり角付近で倒れている一年生男子の様子を確かめる。

　二人とも完全に気を失っていることを確認し、もう大丈夫だと思った史季は、春乃と美久がいる備品室に向かって声をかけ――

「あ～～～～～～～～～っ‼　いた～～～～～～～～～～～～っ‼」

　突然廊下の向こうから、散々史季を追いかけ回したピンク髪の女子――アリスが姿を現し、二人を呼ぼうとしていた史季の口が半開きのまま固まる。

　まさかと思った時にはもう、アリスはこちらに向かって猛然と駆け出していた。

（このタイミングで見つかるなんて⁉　また逃げる⁉　いや、桃園さんたちを置いていくわけには！）

　何だったら天堂の相手《ナイフ》をしていた時よりも余裕を失っている史季を見て、アリスは勝ち誇った笑みを浮かべる。

「今度こそバッグのために死んでくださいね、折節せ〜んぱい♥」

欲望を口走りながら廊下を走り、備品室の前を通り過ぎようとした、その時だった。

「今の声何なんですか史季先輩っ⁉」

声を聞いてから出ていくまでに一転びを挟んだ結果、ある意味完璧なタイミングで備品室から春乃が飛び出してきたのは。致命的に手遅れなタイミングで互いの存在に気づいた春乃とアリスが、二人仲良く「「あっ」」と間の抜けた声を漏らす。

直後に起きたのは、見るも無惨《むざん》な衝突事故。

身長だけを見れば史季に迫るほどに高い春乃と、おそらくは一五〇センチもないくらいに小柄なアリスが、正面衝突したらどうなるかは言《げん》に及ばない。

多少吹っ飛んだ程度で済んだ春乃に対し、アリスは突っ込んだ側であるにもかかわらず、弾《はじ》き返《かえ》されるようにして盛大に吹っ飛ばされてしまう。派手に転げて廊下に仰臥《ぎょうが》したアリスは、あまりの衝撃にグルグルと目を回して気を失っていた。

「お、おい春乃！　大丈夫か——って、こいつ五所川原《ごしょがわら》アリスじゃねえか⁉」

遅れて備品室から出てきた、モップを握り締めた美久《みく》が素っ頓狂な声を上げる。

（いやそんな名字だったの⁉）

と、心の中でツッコみを入れる史季を尻目に、美久は、「いたた……」と尻餅をついて
いる春乃《はるの》に手を差し伸べた。
「一年の中で鬼頭蒼絃《あおい》相手にワンチャンあるのは、こいつくらいじゃね？——ってくらい
に強いって話なのに……大金星じゃねえか」
褒められて、春乃は「えへへ」と笑いながら、美久の手を借りて立ち上がるも、
「あ、でも、起き上がらないのは心配だから、ちょっと診《み》てみる」
言葉どおりにアリスのもとへ行き、容態を確かめる。怪我《けが》らしい怪我はなかったのか、
ほうと息をつくと、転げたせいで中が丸見えになっていたアリスのスカートを正した。
それを見て、今度は史季がほうと息をつく。いくらスパッツを穿《は》いているといっても、
スカートの中が丸見えなのは普通に目のやり場に困るし、実際アリスに追いかけ回されて
いる間、彼女がアクロバティックに動き回るせいでチラチラスカートの中が見えてしまい、
それはそれで勘弁して欲しいと思っていた史季だった。
「頭を打っているわけじゃなさそうだし、ただ目を回しているだけだから、たぶんこの子
も大丈夫だと思う！」
医療絡《がら》みになるとIQが泥から雲に変貌する春乃のお墨付きを得られたことに、なんだ
かんだで女子《アリス》のことをちょっとだけ心配していた史季は、再びほうと息をつく。

「そいつ一応敵なんだけどな――って、それより先輩、天堂もう倒したんスか⁉」

今さらながら史季の勝利に気づいた美久が素っ頓狂な声を上げていると、廊下の向こう――アリスがやってきた方向から、聖ルキマンツ学園の制服を着た三人組の不良が、こちらに駆け寄ってくる。一年最強決定戦の進行に携わっている、鬼頭派メンバーだった。

アリスから散々逃げ回っていた間、鬼頭派メンバーが敗北《リタイア》した一年生を外へ運んでいるところは、史季も目にしている。だから、場が落ち着いたタイミングで彼らが現れたことは、史季にとっては自明の理だったが、そのあたりについては全く気にしていなかった春乃と美久は、突然現れた鬼頭派メンバーに面食らっていた。

「天堂を倒したのはお前だな？　折節史季」

三人組のリーダー格と思《おぼ》しき不良が話しかけてきたことに、史季もちょっとだけ面食らいながら応じる。

「そ、そうですけど……」

「俺は決定戦の進行を任されている坂本という者だ。あくまでもこれは俺の個人的な意見になるが、ナイフを持ち込んでくるような奴《やつ》がいては、こちらとしても気が気ではないからな。実際、奴に切られた一年が逃げ込んできた時は肝を冷やしたが……とにかく、大事になる前に天堂を仕留めてくれたこと、礼を言わせてもらうぞ」

まさか礼を言われるとは思わなかった史季はますます面を食《く》らうも、同時に釈然としないものがあったので控えめに言い返す。

「お礼を言うくらいなら、せめて刃物の持ち込みを禁止にするくらいのルールは、付け加えていた方が良かったと思うんですけど……」

「個人的には同意見だが、それはできない。凶器《ドーグ》の持ち込みを認めていながら、刃物だけ禁止にするなんてダサい真似をしたら、鬼頭派はいい笑いものになってしまうからな。それにこちらも、大事にならないようにするための備えくらいはしてある」

なんとなく坂本から、苦労人の気配が滲《にじ》んでいる気がすることはさておき。ある程度予想はしていたが、刃物の持ち込みを禁止しなかったのは、面子《メンツ》の問題だったようだ。不良である以上、メンツを重んじるのは理解できるが、（なんだかなぁ……）と思わずにはいられない。

「ところで、天堂が持ち込んだナイフはどうした？」

その問いに対し、史季は意味もなくギクリとしてしまう。

「ナイフはその……ちょっと、あそこに蹴飛ばしてしまいまして……」

そう言って、皆を曲がり角の方へ案内し、天井に突き刺さったナイフを指でさす。

なんとなく悪いことをした気分になっている史季をよそに、美久も、坂本も、一緒にやってきた二人の鬼頭派メンバーも、揃《そろ》って唖然《あぜん》としていた。

春乃一人だけが「わぁ」と楽しげな声を上げていた。

「……なるほど、荒井を倒しただけのことはあるというわけか」

いち早く我に返った坂本の言葉に、史季が風評的な意味で嫌な予感を募らせていると、

「ははっ。さすがじゃないか折節クン」

いつの間にか、しれっと隣にいた鬼頭蒼紘に驚いた史季は、「ひょわッ!?」と情けない声を上げながら飛び離れた。

史季ほどではないにしろ、美久や鬼頭派メンバーの二人が驚きを露《あら》わにする中、蒼紘は周囲の反応にクスクスと笑いながら、何かのグリップを懐《ふところ》から取り出す。

すぐにその正体に気づいた史季は、思わず息を呑《の》んでしまう。刃が折りたたまれているため、史季以外には坂本しか気づいていないが、蒼紘が持っているグリップはフォールディングナイフ。柄《ハンドル》の中に刃を収納することができる、折りたたみ式のナイフだった。

「坂本クン。これ、預かってくれるかい？」

唐突な蒼紘の出現にも、二本目のナイフの出現にも特段驚いていなかった坂本は、ナイ

フを受け取りながらため息をつく。

「まさかもう一人、ナイフを持ち込んだ一年がいたとはな。……さすがに抜いたか？」

蒼紘の肩に背負われた竹刀袋を見やりながら、坂本は訊《たず》ねる。

「まあね。折節クンのように、素手で返り討ちというわけにはいかなかったよ」

わざとらしく肩をすくめながら、蒼紘。この言葉に関しても、風評的な意味で勘弁してほしいところだが、それ以上に、蒼紘がなんかやけに嬉《うれ》しそうな笑顔を浮かべてこちらを見つめてくることに、もうほんと心の底から勘弁してほしいと史季は思う。

「ところで桃園サン。その様子だと、キミの目的は果たしたということでいいんだよね？」

「うん！　おかげさまで！」

当たり前のように蒼紘と会話する春乃に史季は目を丸くしかけるも、よくよく考えるまでもなく春乃は朱久里《あぐり》と面識があるのだから、彼とも面識があるのは当然かと思い直す。

「なら、桃園サンも、そこのお友達も、決定戦はリタイアということでいいんだよね？」

春乃は「いいよね？」と言わんばかりの視線を美久に向ける。

「……まあ、これ以上は意地張る理由もねえしな。春乃と一緒にリタイアするわ」

その返事に春乃が満足げにニッコリと笑う中、蒼紘は一つ息をついてから坂本に言った。

「というわけだから、坂本クン。他に一年生が残っていないか確かめてくれるかい？」

「蒼紘……まさかお前、残りの一年はもう全て倒してしまったのか？」

「さすがに断言はできないけど、一階から六階まで見て回った限りだと、この建物内で気を失っていない一年生は、ここにいるボクたちだけだよ」

まさかすぎる蒼紘の言葉に坂本はしばし閉口するも、すぐに気を取り直し、二人の鬼頭派メンバーに、監視カメラに映るライブ映像をスマホで確認するよう命じる。

さらに、リタイアした一年生を診《み》ているメンバーに電話して、数に間違いがないことを確認した上で蒼紘に告げた。

「だいぶ締まらない終わり方になってしまったが、残っている一年は蒼紘……お前だけだという確認がとれた。だから、お前が一年最強だ」

「本当に締まらないし、何だったら盛り上がりにも欠けてるね」

蒼紘の指摘に、坂本は気まずそうに口ごもる。

運と史季の助けもあって、結果的に最後まで残っていた春乃と美久が戦わずしてリタイアしたことで、一年最強決定戦が尻すぼみな終わり方を迎えてしまった。

決定戦の進行を任された立場としては、頭が痛いどころの騒ぎではないだろう。

「だから、最後に盛り上がるイベントが必要というわけだよ。折節クン」

蒼紘が言わんとしていることを理解した史季は、苦い顔をしながら訊ねる。

「それってつまり、君との一対一《タイマン》を受けろってことだよね？」

心底楽しげな笑みを浮かべ、蒼紘は首肯を返す。

蒼紘の目的は、一年最強の座を摑《つか》み取《と》ることと、四大派閥の頭《トップ》――荒井を倒した史季をこの手で打ち負かすことの二つ。彼の目的は、まだ半分しか遂げられていない。

そして史季は、鬼頭派の組織力をもって腕自慢の不良に狙われる現状を解決してもらうという取引がある以上、蒼紘とのタイマンを突っぱねることはできない。

「……わかった」

覚悟を決めて返事をする史季を見て、春乃が慌てて口を挟んだ。

「ままま待って！　なんで史季先輩と蒼紘くんがケンカしなくちゃいけないの⁉」

「それは、そういう約束をしていたからだよ、桃園サン」

「ケ、ケンカの約束って⁉　ダメだよそんなの！」

食ってかからんばかりの勢いの春乃に、さしもの蒼紘も困った顔になってしまう。

今回の件でよくわかった、というか、何だったら思い知らされたと言ってもいいくらいだが、春乃はこちらが思っていた以上に芯が強い娘《こ》だと史季は痛感する。

自分よりも強い相手に立ち向かえたり、友達のために無茶をしたり。

川藤たちに路地裏に連れこまれそうになった時も、怯《おび》えはすれども声を上げて拒絶できたのも、芯の強さゆえだろう。

春乃は確かにケンカは弱いが、間違いなく夏凛《かりん》たちの後輩だと、自分にとっても自慢の後輩だと思いながらも史季は言う。

「ありがとう、桃園さん。でも……ごめん。岩谷くん――いや、鬼頭くんのタイマンを受けることは、僕自身が決めたことでもあるから」

「史季先輩……」

心配そうな顔を向けてくる春乃に、一言「大丈夫」とだけ伝え、蒼絃に向き直る。

「受けて立つなんて偉そうなことを言うつもりはないけど、僕のできるかぎりで君を迎え撃たせてもらうよ、鬼頭くん」

「それでこそだよ」

そう答えた蒼絃は、嬉しげに愉《たの》しげに口《くち》の端《はつ》を吊り上《あ》げた。

渋々といった風情《ふぜい》で、坂本たちとともに建物を出ていく春乃を見送った後。

「実を言うと、折節クンとやり合う場所はもう決めてるんだ」

そう言って歩を進める蒼絃の後に続く形で、史季は階段を上がっていた。

少し距離を取って後ろをついてくる、ハンディカメラを持った鬼頭派メンバーと一緒に。

「カメラ、気になるかい？」

背中越しに訊ねてくる蒼絃《あおい》に意味もなく気後れしながら、史季は曖昧に答える。

「それはまあ……」

「気が散るかもしれないけど、そこは勘弁してくれると助かる。あのカメラは、言ってしまえば斑鳩《いかるが》派に大人しくしてもらうための交換条件みたいなものだからね」

「交換条件？」

「そうだよ。姉サンが言うには、鬼頭派の組織力をもってしても、斑鳩派が本格的にやりたい放題やり始めたら抑えきれないという話だからね。だから姉サンは斑鳩クンと交渉して、少なくとも一年最強決定戦が終わるまでの間は、折節クンに手を出さないようにしてもらったってわけさ」

蒼絃は半顔だけを振り返らせ、言葉をつぐ。

「一年最強決定戦のライブ映像を見せることを条件にね」

そういうことかと得心したところで、史季はふと気づく。

「でも、一年最強決定戦が終わるまでの間ということは、それ以降はまた僕、斑鳩派に狙われることになるんじゃ……」

「その心配もいらないよ」

不意に、蒼紘の口の端が吊り上がる。

「ボクが折節クンに勝つことで、斑鳩派《カレら》の興味がボクに移ることになるからね」

事実上の勝利宣言。

こんなものを聞かされたら、不良ならば怒りを露わにするところかもしれないけれど、

（これって……むしろわざと負けた方が、僕にとっては得なんじゃ？）

真っ先に、そんなことが脳裏に浮かんでしまう史季だった。が、さすがにそれは駄目だと思い、かぶりを振る。そんな八百長《やおちょう》みたいな真似《まね》をしてしまったら、なまじ映像として残ってしまう分、蒼紘の勝利に味噌《みそ》がつくのは避けられない。

弟の名を上げたい朱久里が、そのような事態に陥ることを許すとは思えない。

最悪、取引を白紙にされることもあり得るだろう。

（それに……）

今はもう前に向き直って階段を行く、蒼紘の背中をじっと見つめる。

史季のことを狙っていながら、偽名で接触してきたり、窮地を助けてくれたりと、何を考えているのかよくわからないところが多々あるけれど。

多少ながらも言葉を交わしたことで、わからないなりに蒼紘の人となりを知ったせいも

あってか、彼が不良として名を上げることに〝本気〟だということは、こうして話しているだけでも、ひしひしと伝わってきた。先の勝利宣言にしても、少なくとも史季の耳には、慢心や油断ではなく、絶対に勝つという覚悟の表れのように聞こえた。

それほどまでに〝本気〟の相手に対してわざと負けるのは、不良とは程遠い史季でも間違っていると断言できる。

そして、それほどまでに〝本気〟だからこそ、仮に史季が勝ったとしても、蒼絃も、姉の朱久里でさえも、その結果に文句をつけることはないだろう。

(だから、やるからには、僕も〝本気〟で応えないと……！)

自然と、当たり前のように、そう思ってしまう。不良《かりん》たちと知り合う前の自分ならば、絶対にそんな風には思わなかっただろうと思いながら。

以降は史季も蒼絃も、無駄口を叩《たた》かずに黙々と階段を上がっていく。予想どおりというべきか、蒼絃は六階を素通りし、階段の終着点となる屋上に足を踏み入れた。

外はもうすっかり暗くなっているが、そこかしこに設置された庭園灯が灯《とも》っているおかげで、屋上自体は存外明るかった。決定戦開始前に、史季と蒼絃たちが話をした小広場まで来たところで、史季も蒼絃も揃って足を止め、揃って耳を澄ませる。

……聞こえるのだ。

〝下〟の方から——つまりは地上の方から、大ゲンカでもしてるかのような喧噪が。

いったい何が起きているのかと史季が考えるよりも先に、蒼絃が、撮影役としてついてきた鬼頭派メンバーに訊ねる。

「小林クン。〝下〟で何が起きているのか、キミは知ってるのかい？」

小林は「う〜ん……」と悩んでから、観念したように答えた。

「隠せそうもないから答えるッスけど、今〝下〟では、動けるメンバーをかき集めた姐《あね》さんと、攻め込んできた〝女帝〟たちがやり合ってるッス」

史季自身、そうなる可能性を想定していなかったわけではない。が、実際に鬼頭派と全面戦争じみたケンカが起きてしまったことには、苦々しさを覚えずにはいられなかった。

（たぶん、何かしらの方法で、僕と桃園さんが廃病院《ここ》にいることを突き止めたのだろうけど……）

夏凛たちに余計な負担と迷惑をかけずに、不良たちに狙われる現状を解決するために賞金首の話に乗ったというのに、これでは裏目もいいところだった。

そんな心中が顔に出ていたのか、蒼絃が直球に訊ねてくる。

「まさかとは思うけど、これでボクとやり合う理由はなくなったとか言うつもりはないだろうね？　折節クン」

るからね」

「……言わないよ。ここで取引を反故《ほご》にしてしまったら、最低限の目的すら果たせなくな

覚悟をそのまま口にして返した史季だったが……そんなことを訊《たず》ねてきた割には、蒼紘の表情が苦渋に満ちていることに気づき、目を丸くする。

史季の反応を見て、蒼紘は仕方がないとばかりに小さく息をついた。

「心配する相手がいるという点ではキミと同じ……ただそれだけの話さ」

要は、夏凛たちと戦っている姉のことが心配のようだ。そんな蒼紘のことを、やはり嫌いになれそうにないと思いながらも、史季はつい岩谷と接するようなノリで訊ねてしまう。

「鬼頭くんって、自分のことを学園に似つかわしくないタイプだって言ってたけど、それ以前に、人からあんまり不良っぽくないって言われない？」

「それはまあ、否定はしないよ。実際、何度か言われたこともあるしね」

言いながら、蒼紘は竹刀袋から木刀を引き抜く。

竹刀袋を隅に投げ捨て、木刀を中段に――所謂正眼《いわゆるせいがん》に構えると、岩谷の時は決して見せなかった本性を露《あら》わにするように、凶暴に頬を吊り上げた。

「だけど、ボクとやり合った後にそう言ってきた人間は、一人もいないけどね」

荒井のような威圧感とはまた違う、抜き身の刃にも似た蒼紘の〝圧〟を前に、史季の本

能が最大級の警鐘を鳴らす。正直まだ〝下〟のことは気になるけど、今は目の前の相手に集中しなければ、怪我《けが》程度では済まなくなると気を引き締め直す。

（それに……鬼頭くんに負けて大怪我なんてしたら、小日向《こひなた》さんたちに、余計な負担と迷惑どころか、余計な心配までかけることになってしまう）

せめて心配《それ》だけでも避けなくては——そんな覚悟が顔に出ていたのか、

「いいね。思ったとおりキミは、威勢だけの連中とは胆力からして違う」

「僕に胆力なんてないよ。実際今も、君とケンカをしなくちゃいけないことが、恐《こわ》くて仕方がないくらいなんだから」

「ボクから言わせれば、キミが感じている恐怖は、油断のなさの裏返しにしか見えないけどね。事実、折節クンは木刀《これ》を前にしているのに、一つの文句もつけてこない。ボクが中学の頃によく見かけた、胆力の欠片《かけら》もない威勢だけの連中は、木刀《これ》を見たらすぐにこんなことを言い始めるんだ。『男なら素手喧嘩《ステゴロ》でやれ』『凶器《ドーグ》を持ち出すなんて卑怯《ひきょう》だ』とね」

まあ、そういう相手はお望みどおりステゴロで倒してあげてるけどね——と付け加える蒼紘をよそに、史季は思う。凶器に関しては正直勘弁してほしいと思っているが、夏凛と千秋が道具《ドーグ》を使ってケンカをしているせいか、凶器《それ》に対する忌避感が自分で思っている以上に希薄になっているのかもしれないと。

「聖ルキマンツ学園の良《い》いところは、折節クンのようにわかっている人が大勢いることだ。そういう学園だからこそ、ボクは頭《トップ》に立ちたいと思ったし、何の遠慮もなくボクの木刀を振るうことができる。ボクはそれがたまらなく嬉《うれ》しいんだ」

言葉どおり嬉しげに、口の端を吊り上げる。

もう待ちきれないと、早く始めようと言わんばかりに。

「さて、お喋《しゃべ》りはこれくらいにして、そろそろ始めるとしようか。観客《オーディエンス》も、いい加減待ちくたびれているだろうしね」

そう言って、小林が構えるハンディカメラを見やる。観客という言葉が、カメラを通じて観戦している斑鳩派を指したものであることは言《げん》に及ばない。

ケンカであるにもかかわらず、わざわざ開始のタイミングを合わせようとする、蒼紘の〝本気〟に対し、やはりこちらも〝本気〟で応えなければと思った史季は、臨戦態勢に入りながらも応じた。

「……わかった」

「なら、早速始めさせてもらうよ！」

開始を宣言すると同時に踏み込んできた蒼紘が、正眼の構えから繰り出す攻撃手段としては最短最速の刺突を放ってくる。史季は喉元に迫る剣先を半身になってかわすも、完璧にとはいかず、剣先が喉元をかすめていく。

転瞬、蒼紘が返し刀に横薙《な》ぎを繰り出してくる。あまりにも淀《よど》みない連携に面食らいながらも、史季は上体を反らすことで紙一重でかわした。

(単純な速さなら、小日向さんの方が上だけど……！)

剣筋の鋭さ、剣捌《さば》きの巧みさは、にわか剣法の夏凛《かりん》よりも蒼紘の方が明らかに上。

競技的なものなのか、実戦的なものなのかまではわからないが、蒼紘の剣技が嚙っている程度の次元ではないことは火を見るよりも明らかだった。

そして、体格以外の部分で夏凛を上回る相手とケンカすることは、史季にとっては未知の領域だった。

〝ごっこ〟が付くスパーリングといえども、攻撃の速さ、技術、手数、どれをとっても夏凛を上回ってくる相手はいなかった。

四大派閥の頭《トップ》を張る荒井でさえも、例外ではなかった。

(だけど鬼頭くんは……！)

袈裟《けさ》懸《が》けに振るわれた木刀を飛び下がってかわしながら、心の中で呻《うめ》く。

一刀一刀がナイフよりも鋭い上に、連携が淀みないせいで前に出る隙が見出《みいだ》せず、防戦一方になってしまう。実際、史季の動きは天堂を相手にしていた時よりもキレているくらいだが、それでも、このままではジリ貧になるのは目に見えていた。

どこかで打って出ないと——そう思いながら、左側頭部に迫る横薙ぎを身を沈めてかわした瞬間、気づく。蒼紘が今の横薙ぎを、左手一本で振るっていたことに。

直後、横薙ぎと連動する形で、充分な体勢から繰り出された回し蹴りが、史季の左側頭部を襲う。すんでのところで反応し、左腕で回し蹴りを受け止めるも威力に圧《お》されてしまい、横に倒れそうになったところをかろうじて踏《ふ》み止《とど》まる。

だが、倒れようが倒れまいが、相手の目の前で致命的な隙を晒《さら》すという結果にさしたる違いはなかった。ここまでが一つの連携だと言わんばかりに、蒼紘は返し刀に横薙ぎを繰り出し、史季の右側頭部を容赦なく殴打《おうだ》した。

◇　◇　◇

いやに光量が強い門柱灯と街灯が廃病院前の道路を煌々《こうこう》と照らす中、千秋と冬華は、廃病院の敷地《しきち》を囲うコンクリート塀を背に、鬼頭派の不良たちと睨《にら》み合《あ》っていた。

七〇人近くいる不良たちを蹴散らしながら廃病院の塀まで辿《たど》り着《つ》いた——というわけではない。鬼頭派は数の力を利用して、戦いながらも千秋たちをコンクリート塀まで誘導したのだ。全ては風上をとるために。

「してやられちゃったわね～」

暢気《のんき》な物言いとは裏腹に、常よりも息が乱れた声音で冬華は言う。

隣にいる千秋は、冬華と同程度に乱れた息を整えてから悪態をついた。

「クソっ！　風下《こっち》じゃ煙玉が役に立たねぇ！」

そしてそれこそが、鬼頭派が風上をとった理由だった。

屋内ほどではないにしろ、煙玉は少数対多数のケンカにおいては絶大な効果を発揮する。

事実、ケンカを始めた当初は煙玉からの奇襲により、千秋たちは何十倍という戦力差を相手にケンカを有利に進めた。

しかしそれは、鬼頭派にとって――いや、鬼頭朱久里《あぐり》にとっては想定内の展開だった。

煙玉を利用して戦う以上、味方同士で固まって戦うのは得策ではない。同士討ちの危険があるからだ。だから、千秋が鬼頭派の不良たちに向かって煙玉をばらまいた後、三人は散開して戦っていたのだが……朱久里はその状況を利用してこちらを分断した上で、煙玉を使う千秋を風下へと追い込むよう味方を動かした。

結果、夏凜とは完全に分断されてしまい、こうして風下に追い込まれてしまった。

それまでに千秋たちも二〇人近くの不良を倒しているため、鬼頭派もそれなりには打撃を受けているが、分断され、風下に追い込まれ、そこそこに消耗させられた千秋たちの現状を鑑《かんが》みると、戦果としては乏しいと言わざるを得ない。とある理由により先んじて冬華と合流していなければ、戦況はもっと悪くなっていたかもしれないと千秋は思う。

「こうなったら、やるだけやってみっか」

千秋は両手に持っていたスタンバトンをロングスカートのスリットに突っ込み、代わりにライターと煙玉を一個だけ取り出す。

「さすがにそれ、無駄じゃないかしら～？」

「物は試しってやつだ」

そう言って煙玉に火を点《つ》け、不良たちに向かって放り投げるも、正面から吹きつけてくる風が、白煙を千秋たちの方に、その背後にあるコンクリート塀に瞬《また》く間《ま》に押し流していく。風に乗って壁にぶつかった白煙は薄く広く拡散され、ものの数秒で吹き消えていった。

「だから言ったじゃない」

「ウチだって物は試しって言ったぞ。つうか、やっぱ連中、風が吹いてる時は仕掛けてこね——……」

不意に、言葉が途切れる。先程までこちらに向かって吹きつけていた風が止まったのだ。

煙玉を使うチャンス——と言いたいところだが、

「「かかれ！」」

男子と女子の号令が重なったのも束《つか》の間、先程まで動く素振りすら見せなかった鬼頭派の不良たちが、猛然とこちらに突っ込んでくる。

数は六人。あらためて煙玉を取り出して火を点ける暇などないので、代わりに二挺《ちょう》の改造エアガンを取り出し、不良たちの太股《ふともも》目がけて乱射した。

半数が太股を撃たれた痛みに悶絶《もんぜつ》する中、もう半数は一瞬表情を歪《ゆが》ませただけで、立ち止まることなくこちらに突っ込んでくる。

「やっぱ当たり外れがありやがる！　冬華！」

「はいはい！」

冬華は即座に千秋の前に飛び出し、いの一番に殴りかかってきた不良の拳を身を沈めてかわす。と同時に、相手の両膝裏を抱きかかえるようにして掴《つか》み、持ち上げて背中から地面に投げ落とす、所謂双手刈《いわゆるもろてが》りで昏倒《こんとう》させた。

冬華対策として投げ技に巻き込まれないように立ち回ることを徹底しているのか、残った二人の不良は、味方が抱きかかえられた時点でもう左右に散開しており、双手刈りを決めた直後の隙を狙って冬華に殴りかかろうとする。

「させっかよ！」

だが、その時にはもう改造エアガンからスタンバトンに持ち替えていた千秋が、二人に電撃をお見舞いすることでしっかりと冬華をフォローしていた。

向かってきた不良を全て撃退したところで、再び睨み合いになる。風が止《や》んでいたのも所詮は束の間で、冬華が双手刈りを決めた時点でもうこちらに向かって吹きつけていた。

「だーもうっ！　エアガンが効く奴《やつ》と効かねぇ奴がいるのがめんどくせぇっ！」

この叫びこそが、千秋が冬華と合流したとある理由だった。

「ちーちゃん対策で、制服の下に何か着込んでるみたいだけど……なんでこう、まちまちなのかしらね～？」

「どうせアレだろ。用意できる奴には用意させて、できねぇ奴はそのままとか、そんな感じだろ」

「そのとおりかどうかはともかく、着込めるような防具を人数分用意するのは大変そうではあるわね～」

冬華は見解を述べながらも、風が吹いている間は仕掛けてこない鬼頭派の不良たちに視線を巡らせる。

「やっぱり、向こうの狙いは時間稼ぎみたいね」

「あくまでも、一年最強決定戦が終わるまではってこったろ。色々と対策されてるせいで、人数以上に体力的にきちぃから休めるのはありがてぇけど……」

視界の端で、倒したはずの敵が起き上がるのが見えて、舌打ちする。

「キリがねぇな、こりゃ」

「これはもう、運を天に任せるしかなさそうね～」

冬華の言わんとしていることを察した千秋は片眉を上げるも、その意図を相手に悟られたら台無しになるので、如何《いか》にもお手上げだと言わんばかりに肩をすくめる。

「となると、やっぱ夏凛に期待ってことになりそうだな」

そう言って横目を向けた先では、朱久里を含めた鬼頭派の不良女子たちを相手に、夏凛が大立ち回りを繰り広げていた。

◇　◇　◇

「らぁぁあああぁッ‼」

鬼頭派の不良女子がドスの利《き》いた声を上げながら、鉄板が仕込まれているであろう鞄《かばん》を振り下ろしてくる。夏凛はあえて前に踏み込み、相手の脇を抜けるようにして鞄をかわすと同時に鉄扇で延髄を打ち据え、不良女子が倒れるのを確認もせずにすぐさま真横に飛ぶ。

直後、朱久里が振り下ろしたワイヤーロックのリングが、夏凛のいなくなった地面を打ち据え、わずかに砕けたアスファルトの破片が四散した。

「あっぶねーなセンパイ！」

着地と同時に地面を蹴り、朱久里との間合いを一息に潰す。

「当たったら死ぬぞ！　マジで！」

文句を言いながらも、ワイヤーロックの持ち手《フック》を握る朱久里の右手を鉄扇で打ち据えようとするも、

「そういうアンタはお優しいねぇ！」

即応した朱久里が右手を後ろに引いたため、鉄扇は空を切ってしまう。すぐさま相手の側頭部目がけて鉄扇の片割れを真横に振るうも、すんでのところで飛び下がられてしまい、またしても空を切ってしまう。その隙に、左右から二人の不良女子が襲いかかってくる。

「狙ってるのが武器を持つ手か、一撃で意識を刈り取れるような箇所ばかりだからねぇ！　あんまりアタシらを傷つけないよう、気を遣ってくれてるのかい？」

「う、うるせー！」

悪態を返しながらも、右から迫るハイキックと左から迫るミドルキックを、這《は》うほどに身を沈めてかわす。次の瞬間、鉄扇を保持したまま器用に逆立ちし、カポエラさながらに

旋転しながら回し蹴りを放って二人の顎を蹴り抜いた。

「あーもう！　顔蹴っちまったじゃねーか！」

文句を言いながらも、倒立前転の要領で着地する。

夏凛《かりん》と入れ替わるようにして、顎を蹴られた二人が倒れる。

「相変わらず、同性相手の方がやりにくそうだねぇ！」

当然の如《ごと》くその隙を狙った朱久里が、足元を刈るようにしてワイヤーロックを真横に振るい、夏凛は即座に跳躍することで難を逃れた。が、その避け方は朱久里も読んでいたらしく、即座にワイヤーロックを切り返し、先の逆再生に見えるほど正確に振り抜いてくる。

「同じ女《おんな》だから、顔に痣《あざ》とかできるのがイヤってことがわかるだけだっつーの！」

着地と同時に鉄扇を振り上げ、横合いから迫ってきたリングを撥ね上げた。

「その真っ白なパンツと同じくらい甘っちょろいのも、相変わらずだねぇ！」

攻撃の失敗を見届けた朱久里は夏凛と正対しながら飛び下がり、間合いを離しにかかる。

「マジでうっせーぞ鬼頭センパイっ‼」

逆立ち蹴りの際にパンモロになっていたことは自覚していたが、面と向かって指摘されるのは恥ずかしいものがあった夏凛は、微妙に赤くなった顔を怒りで誤魔化しながら朱久里を追撃する。

しかし、朱久里を守ろうと不良女子たちが間に割って入り……ケンカの流れが持久戦の様相を呈しつつあることに、夏凜は舌打ちした。

以前からそうだったが、朱久里とのケンカは、とにかくやりにくいの一語に尽きるものだった。「相変わらず」なんて言葉《フレーズ》を何度も使ってくることからもわかるとおり、朱久里は夏凜を含め、小日向《こひなた》派のことを知り尽くしている。知り尽くした上で、こちらの嫌がる一手を次々と打ってくる。

そして何よりもやりにくいのが、夏凜自身が、朱久里のみならず鬼頭派そのものを嫌いになれない点にあった。

策を巡らせて罠《わな》に嵌《は》める——乱暴な言い方をすれば、鬼頭派のやり口は荒井派と何ら変わらない。それでもなお鬼頭派と荒井派に決定的な違いを感じるのは、犯罪すら厭《いと》わない荒井派と違って、鬼頭派は守るべき一線をしっかりと守っているからに他ならなかった。

事実、史季と春乃《はるの》が一年最強決定戦に参加している件についても、褒められたやり口ではないにしても、最低限本人の同意は得ている。

さらに言うと、荒井派が頭《トップ》の暴力と恐怖で成り立っているのに対し、鬼頭派は頭《トップ》への信頼と敬意で成り立っている。だから鬼頭派メンバーは朱久里のためならば体を張ることも厭わない。今この時も、夏凜を相手に朱久里を守ろうとしている不良女子たちのように。

弟のために派閥を手に入れたと朱久里《あぐり》は公言しているが、だからといって弟のために派閥メンバーを蔑《ないがし》ろにするような真似《まね》をしていないことは、朱久里と派閥メンバーの関係性を見れば明白だった。

そんな不良の集まりだからこそ、夏凛は鬼頭派のことが嫌いになれなかった。

史季と春乃の件に関してはそれなり以上に頭にきているが、それでも、どうしても、嫌いになれなかった。なれなかったから、やりにくいことこの上なかった。

（言《い》っても、やりにくいやりにくいって文句ばっか言ってもいられねーな）

その独白を行動で示すように、朱久里を守ろうとする不良女子の、顎を、側頭部を、延髄を、鉄扇で打ち据えて一撃で沈めていく。その間にもしっかりと間合いを離していた朱久里がワイヤーロックで牽制《けんせい》してきて、夏凛は再び舌打ちを漏らしながらも回避した。

仮にこれがタイマンであったとしても、それなりに手を焼かされる程度には朱久里は強い。その朱久里が味方の援護を受けた上で、時間稼ぎに徹している。

これを打ち破るのは、〝女帝《かりん》〟といえども容易なことではなかった。

千秋と冬華に期待しようにも、向こうは向こうで朱久里の対策に嵌まってしまっているらしく、こちらと同じく持久戦の様相を呈していた。

このまま漫然とやり合ったところで、無為に時間が過ぎていくのは目に見えている。

（一年最強決定戦が終われば史季も春乃も解放されるだろうけど、無事にって保証はねーからな）

時間をかければかけるほど、二人が無事でいられる可能性が低くなってしまう。

多少強引にでも、状況を打破する必要がある。

（大道芸じみてるし、なんだったら鬼頭センパイが一番警戒しているとこでもあるだろうけど、ちょっとやってみるか）

◇　◇　◇

コンクリート塀を背に戦っていた千秋と冬華は、こちらの〝狙い〟を悟られないよう手をこまねいているフリをしながら、鬼頭派の不良たちを相手に小競《こぜ》り合《あ》いを続けていた。

「ちーちゃ〜ん、ワタシもういい加減疲れてきた〜」

泣き言を言いながらも、風が止んだ途端に殴りかかってきた不良の腕を取り、足裏で相手の足首を払って転ばせる、お手本のような出足払《であしばら》いを決め、

「泣き言言ってる場合かダアホっ！」

千秋は周囲に爆竹をばらまくことで不良たちを牽制してから、冬華が転ばせた不良にス

タンバトンを食らわせ、とどめを刺す。

そうして、もう何度目になるかもわからない睨《にら》み合いへと移行した。

「……冬華。〝目星〟はもうついたかよ？」

鬼頭派には聞こえないよう、小声で冬華に話しかける。

「もちろん。正面左側の奥にいるベリーショートの女の子と、左の壁際《かべぎわ》付近にいる茶髪の男の子が、ワタシたちにちょっかいをかけてくる子たちの司令塔役を務めてるわ」

司令塔役である以上、冬華よりも年上――三年生である可能性が高いため、「子」呼ばわりするのはどうかと思ったことはさておき。

「やっぱその二人か。まぁ、ウチらを個別で追い込むことを考えてたっぽいから、鬼頭パイセンも含めて司令塔役は三人だけだろうとは思ってたけど。それより司令塔役が左に寄ってるってんなら、タイミングを合わせるなら右から来た時だな。ちなみに、オマエはどっちをやりたい？」

「じゃ～、女の子の方で――って⁉」

その時が訪れたのは、突然だった。風が強くなったと思ったのも束《つか》の間《ま》、千秋たちに向かって吹きつけていた風向きが唐突に変化し、右側から吹きつけてきたのだ。

この場にいる不良たちの多くが、思わずたじろいでしまうほどの強さで。

少々風が強すぎるのはともかく、この瞬間こそが千秋と冬華が求めていたものだった。

「これも、日頃の行いのおかげかしらね！」

冬華はたじろぐことなく千秋の風よけになり、

「ウチだけの話だけどな、それ！」

スカートの中から持てる限りの煙玉を取り出した千秋は、冬華の陰で灯《とも》したライターの火を使って、その全てを点火した。

「おらよっ！」

と、全ての煙玉を、風が吹いてくる方角に向かって、ボウリングさながらに勢いよく転がしていく。風上から吹きつけてくる強風が、濛々《もうもう》と立ち込めた白煙を右から左へと押し流し、千秋を、冬華を、不良たちを呑《の》み込んでいく。

風の強さを鑑《かんが》みれば、白煙は十数秒もすれば吹き散らされてしまう。

そのわずかな時間の勝負だとわかっていた千秋と冬華は、白煙に乗じて、迷うことなく司令塔役のもとへと駆け出した。

「慌てるな！　陣形を維持していれば、向こうもたいしたことはで――きッ!?」

千秋は、大声で指示を飛ばす茶髪男子をスタンバトンで気絶させ、

「ご・め・ん・ね」

冬華はベリーショートの不良女子を指示を飛ばす暇すら与えずに裸絞めで絞め落とした。

「後は野となれ山となれってなぁ！」

「野山とか、ちーちゃんワイルド～」

などと言いつつも、千秋は言われるまでもなく撹乱《かくらん》に徹し、冬華は言われるまでもなく〝司令塔役がやられた場合の司令塔役〟を見極めて絞め落とすことで、鬼頭派の不良たちが立て直す隙を的確に潰していった。

◇　◇　◇

朱久里はワイヤーロックで夏凛を牽制しつつも、月池千秋と氷山冬華の相手をしていた味方が総崩れになる様を横目で確認する。

（こりゃしくったね。月池の嬢ちゃんの対策を固めすぎたことが、裏目に出ちまってる）

統率力と数の力が最大の武器である鬼頭派にとって、集団戦《ゴチャマン》が得意な千秋は、時と場合によっては夏凛以上の脅威となり得る。

その千秋が使う道具《ドーグ》の中でも、集団戦においては特に厄介な煙玉は、風上をとる戦術で封じることにした。改造エアガンは、目などに当たらないようにするためか、千秋が下半身ばかりを狙うのを良《い》いことに、太股《ふともも》を守るローキックパンツや、脛《すね》を守るシンガードを集めるだけ集めて、派閥メンバーの男子に身に着けさせることで——女子はさすがに嫌がったので、その多くを対夏凛《かりん》の人員にまわした——対策を固めた。というか固めすぎた。

そのせいで必要以上に千秋の危機感を煽《あお》ってしまい、冬華との合流を急がせてしまった。

結果、千秋たちの相手をしている味方は総崩れになってしまった。

朱久里にとってそれは、過失以外の何ものでもなかった。

(反省は後だ。ここでアタシらまでやられちまったら、それこそ本当に総崩れになっちまうからねぇ!)

夏凛が味方の不良女子を打ち倒した瞬間を狙い澄まし、彼女の側頭部目がけてワイヤーロックを真横に振るう。味方がやられた隙をつくやり口は一見非情に見えるが、ワイヤーロックで複数人と連携する際は、むしろその非情さが最も味方を傷つけないやり口だった。

ワイヤーロックは凶器《ドーグ》としては扱いが難しすぎる代物だ。武器の種類としては鎖分銅に近く、先端の鉄製リングに遠心力を乗せれば、コンクリートすら砕く威力を発揮する。

「当たったら死ぬぞ」という夏凛の言葉に何ら誇張はなく、小日向派きっての道具《ドーグ》使いである千秋でさえも真似しようとすらしなかった、危険極まる凶器だった。

それゆえに、誰かと連携してケンカをするには不向きな凶器であり、味方に当てないようにするという意味でも、夏凛の隙を突くという意味でも、味方がやられた瞬間に攻撃するというやり口が最適解だった。

（すまないね、アンタたち……）

夏凛に打ち倒された味方に心の中で謝りながら、その味方がやられる瞬間を見計らってワイヤーロックを振るう。味方が――鬼頭派のメンバーが、こんなろくでもない自分を慕ってくれることを心底有《あ》り難《がた》いと思いながら。

こんなろくでもない自分だからこそ、慕ってくれることを心底心苦しく思いながら。

（小日向の嬢ちゃんを倒せるだなんて思っちゃいない。けど、弟が一年最強決定戦を勝ち抜き、折節の坊やに勝つまでの時間を稼ぐためにももう少しだけ付き合ってもらうよ！）

そんな意気込みを遠心力ごとリングに乗せて、夏凛の肩口目がけてワイヤーロックを袈《け》裟《さ》懸《が》けに振り下ろした、直後の出来事だった。

「ここ……！」

夏凛は、流星さながらに落ちてくるリングの穴に鉄扇を通し、勢いに逆らうことなく「Ｕ」の字を描くようにして振り抜くことで、ワイヤーロックを搦《から》め捕《と》る。

紐《ひも》状の凶器はその先端を相手に摑《つか》み取《と》られてしまう危険性があるため、朱久里も最大限警戒していたが、だからこそ夏凛が見せた絶技には唖《あ》然《ぜん》とするしかなかった。

音速を超えることもある鞭《むち》と似た形状をしているだけあって、ワイヤーロックの攻撃速度は高速の一語に尽きる。少なくとも、攻撃中のリングの穴に鉄扇を通すなんて芸当を、ぶっつけ本番で成功させるなど不可能に近い。

よしんば成功させたとしても、リングには遠心力のみならず重力までもがたっぷりと乗っているため、その凄《すさ》まじいベクトルに鉄扇を持っていかれて手首を痛めるのがオチだ。

夏凜はそれを、自分に当たらないよう「U」の字を描くようにして鉄扇を振り抜き、ベクトルに逆らうことなく誘導して勢いを逃がすことで、見事ワイヤーロックを搦め捕ってみせた。そんなやり方は、最早《もはや》想定外を通り越して想像の埒外《らちがい》だ。

「ボサっとしてていいのかよ、センパイ！」

夏凜はリングに通してない方の鉄扇を口に咥《くわ》え、空いた手でワイヤー部分を握り締め、綱引きさながらに引っ張り始める。すぐさま我に返った朱久里が、夏凜に奪われないよう力一杯にワイヤーロックを引き、周囲にいた味方たちが夏凜に襲いかかろうとした瞬間、

「!?」

夏凜はやっとの思いで搦め捕ったはずのワイヤーロックから手を離し、朱久里に向かって突貫していく。綱引きを放棄されたことで、朱久里は盛大にたたらを踏む。

夏凜の速度についていけなかったのか、彼女に襲いかかろうとした味方たちは、仲間同

士でぶつかり合わないよう踏《ふ》み止《とど》まるだけで精一杯だった。

朱久里《あぐり》はどうにか尻餅をつくことなく踏み止まるも、その時にはもう夏凛が眼前まで迫っており、

「く……っ」

刺突を放つようにして突き出された鉄扇の先が、朱久里の喉元一ミリ手前で制止した。

「まさかとは思うけど、この状況で負けを認めねーとか言わねーよな？」

言った場合はそれ相応の対応をさせてもらう――そんな目を向けてくる夏凛を前に、朱久里はワイヤーロックを手放し、両手を上げて降参した。

「さすがに言わないよ。言ったところで、決定的な敗北ってやつが数秒遅れるだけの結果に終わるのが目に見えてるからねぇ」

頭《トップ》である自分が降参したことで、周囲にいた味方たちも動きを止め、矛を収める。

「おいっ！　てめーらの大将が降参したぞっ！　だからそっちも終わりにしろっ！」

夏凛が声を張り上げると、千秋と冬華も、彼女ら二人を相手にしていた鬼頭派メンバーたちも揃《そろ》って矛を収める。頭の朱久里のみならず、下《した》っ端《ぱ》の派閥メンバーまでもがあっさりと敗北を受け入れたことに、夏凛は舌打ちを漏らした。

「どいつもこいつも、時間稼ぎはもう充分って顔《ツラ》してやがんな」

朱久里はニヤリと笑いながらも、廃病院本棟の屋上を一瞥《いちべつ》する。

弟が一年最強決定戦を勝ち抜いた上で、史季と屋上でタイマンする算段でいることは、朱久里も聞いている。決定戦の進行を任せた坂本には、弟と史季のタイマンが成立し次第、屋上の庭園灯を点《とも》すよう言い含んでいる。そして今屋上には、煌々《こうこう》とまではいかないまでも、明かりが点っている様子を確認することができる。

つまりは、もうとっくに始まっているのだ。弟と史季のタイマンが。

いや、もしかしたら、今頃はもう終わっているかもしれない。

(ま、勝ち負けまでは確認できないけど、そこはアンタを信じるさね。蒼絃《あおい》)

心配を信頼で上塗りしていると、夏凛が鉄扇を突きつけたまま言ってくる。

「とりま廃病院《なか》に入れさせろ。イヤとは言わせねーぞ」

「さすがに、負けた身でそんなダサい真似《まね》はしないよ。大人しく従うさね」

「それから……」

喉元に突きつけられていた鉄扇が頭上に持ち上げられたのも束の間、扇根《せんこん》で頭を殴打《おうだ》され、衝撃のあまり視界に星が舞い散る。

〝女帝〟の蛮行に、味方が「姐《ねえ》さん!」「鬼頭さん!」とにわかに騒ぎ出すも、

「騒ぐんじゃないよ。これくらい、落とし前としちゃ安すぎるくらいさね」

あえて「落とし前」という言葉を強調することで、味方を黙らせた。

「ほんと、アンタはお優しいねぇ」

「今のはとりまだ。史季と春乃《はるの》にもしものことがあったら、こんくらいじゃ済まさねーから覚悟しとけよ」

「もしものことがなかった場合は、この程度で済ませてくれるってんだから、お優しいって言ってるのさ」

「う、うるせーっ」

力のこもらない悪態に、朱久里は苦笑する。今回はやってることがことなので、史季と春乃の安否にかかわらず病院送りにされても文句は言えないと思っていたが、どうやらこちらが思っていた以上に〝女帝〟は甘っちょろかったようだ。

（そんな相手だからこそ、後ろめたいったらありゃしないんだけどね。策やら罠《わな》やらに嵌《は》めたことが）

とはいえ、自分からやらかしたくせに泣き言を漏らすのはダサいなんてものではないので、心の内だけで留《とど》めておくことにする。

夏凛にどつかれた頭が、何気に死ぬほど痛いことも含めて。

「つーか、いい加減下っ端どもに門を開けるよう言ってくれよ。こっちは急いでんだ」

「わかったわかった」

と応じたところで、朱久里は片眉を上げる。懐《ふところ》に仕舞っていたスマホが振動したのだ。

「出ていいかい？」

スマホを取り出し、「坂本」の二文字が映し出された画面を見せながら訊《たず》ねると、夏凛は渋々といった風情《ふぜい》で首肯を返した。

「但し、あたしらにも聞こえるようにな」

言いながら半顔だけを振り返らせ、こちらに向かって来ている千秋と冬華を見やる。

朱久里は夏凛たちにも聞こえるようスピーカーモードで電話に出ると、落ち着き払った坂本の声が周囲に響き渡った。

『鬼頭、少しいいか？』

「問題ないよ。こっちはもう終わってるからね」

その一言で察したのか、坂本はわずかな沈黙を挟み、ただ一言『そうか』と返した。

「それより、こんなタイミングでアンタがアタシに電話してくるってぇことは、何かトラブルでも起きたのかい？」

『ああ。桃園春乃のことで、少々面倒なことが起きてしまってな』

その返答は、想定していなかったわけではないけれど。

今の話を聞いて、目の前にいる夏凛の目が露骨に据わったことには、さしもの朱久里も汗の冷たさを感じずにはいられなかった。

◇◇◇

史季は木刀で殴打された右側頭部の痛みに顔をしかめながら、蒼絋の猛攻を凌《しの》いでいた。

（まさか蹴ってくるなんて……！）

心の中で呻《うめ》きながら、袈裟懸けに振り下ろされた木刀を飛び下がってかわす。

他の不良がやっているようなケンカ剣法ならば、史季もキックが飛んでくることを警戒しただろう。

だが、蒼絋の剣技があまりにも本格的すぎたせいで、史季は無意識の内に「キックはない」という先入観を持ってしまい、見事にその先入観《スキ》を突かれた形になってしまった。

「ふ……ッ」

飛び下がった史季に追いすがるようにして、蒼絋は眉間目がけて刺突を放つ。

史季はそれを、すんでのところで首を横に傾けてかわすも、またしてもその攻撃が右手一本で放たれたものであることに気づき、瞠目《どうもく》する。

次の瞬間、蒼紘が放った左ストレートが額に直撃し、盛大に仰《の》け反《ぞ》ってしまう。

その一撃は、史季がこれまでに殴られた中でもトップクラスの威力だったが、

(荒井先輩ほどじゃない……!)

ここぞとばかりにローキックで反撃し、初めてのダメージに蒼紘の表情がわずかに歪《ゆが》む。

この好機を逃したくなかった史季は、すぐさまハイキックを繰り出そうとするも、

「⁉」

蒼紘が蹴られたばかりの左脚で前蹴りを放ってきたことに、史季は再び瞠目する。

全く予期していなかった上に、ハイキックの体勢に入っていたため、防御も回避もできずに土手っ腹を蹴られてしまい、後ずさりながらもなんとか踏み止まる。蒼紘は蒼紘でローキックのダメージが残っているのか、追撃を仕掛けてくることはなかった。

結果、互いの間合いから外れ、仕切り直しになる。

ここまで休みなく攻防を繰り広げていたせいもあってか、史季も蒼紘もすぐには仕掛けるような真似はせず、呼吸を整えることに専念する。

(剣捌《さば》きが物凄《ものすご》く本格的だったから騙《だま》されたけど、結局のところ、鬼頭くんがやってることはケンカ剣法だ)

呼吸を整えながら、心の中で断言する。素人目《しろうとめ》でもわかるほどに練度の高い剣技を見せ

つけることで、ケンカ剣法ではないと相手に思い込ませたところをパンチやキックで不意を突き、とどめを刺す。仕留めきれなかったとしても、そのまま基本戦法として運用する。

これもまた、理想的な初見殺しの一つだろうと史季は思う。

(しかも鬼頭くん、剣道以外もしっかり嗜《たしな》んでる感じだよね？)

殴り方にしろ蹴り方にしろ、剣技と同様、素人目でもわかるほどの練度の高さが見て取れた。たとえ徒手であったとしても、蒼絃が強敵だという事実が変わることはないだろう。

四日前に朱久里と取引した際、甘い見立てであることを承知した上で、たいした怪我《けが》もなく賞金首を務めきることができたらと思っていたけれど、本当に見立てが甘すぎたことを痛感する。

(だったら、今の僕にできる初見殺しで……！)

覚悟を決めた史季は、初見殺しを確実に決めるためにも、蒼絃の方から仕掛けてくるのを待つことにする。

こちらの様子を見て何かを感じ取ったのか、蒼絃は正眼《せいがん》に構えていた木刀をゆっくりと持ち上げ、上段に構える。

束《つか》の間《ま》、静寂が場を支配する。

二人のケンカをカメラで撮っていた小林が、固唾を呑《の》み込んだ瞬間――

蒼紘が激烈な踏み込みとともに、史季の脳天目がけて木刀を振り下ろし、

ほとんど同時に、史季は防御も回避も捨てて右のハイキックを繰り出した。

然う。史季が狙っていたのは、荒井が得意とする相討ち上等の初見殺し。
夏凛《かりん》には「下の下」と言われていたが、史季の手札の中で蒼紘に通じそうな初見殺しは相討《これ》ちしかなかった。

あとはこちらが、木刀の一撃を耐えられるかどうかの勝負――そんな史季の思惑は、蒼紘の尋常ならざる才能《センス》によって打ち破られることとなる。

蒼紘は、相討ち上等でハイキックを繰り出してくる史季に瞠目しながらも、木刀を振り下ろしていた左手を離して肘を曲げ、左側頭部に密着させることで迫り来るハイキックを防御する。と同時に、右手はそのまま木刀を振り下ろし、史季の脳天を強打した。

結果、片手打ちになったとはいえ、木刀の一撃をまともにくらった史季は片膝を突いてしまい、ギリギリのところで防御が間に合った蒼紘は、蹴られた方向にふらつきながらもかろうじて踏み止まる。

まさかこのような形で相討ち戦法が不発に終わるとは思わなかった史季は、脳天を打たれたダメージもあってか、すぐには体が動いてくれなかった。一方の蒼紘は、防御が間に合ったおかげですぐさま体勢を立て直し、右手一本で大上段に構えると、

「これで決めさせてもらうよ！」

無防備を晒《さら》す史季の脳天目がけて、容赦なく木刀を振り下ろした。

◇◇◇

先程打ち込んだところと寸分違《たが》うことなく、史季の脳天を木刀で強打した蒼紘は、右手に伝わる確かな手応えとともに勝利を確信する。

キックを交えた初見殺しから、史季の右側頭部に木刀を叩《たた》き込んだ時は、〝芯〟を外された感触があった。刺突をかわした隙を突いて左ストレートをお見舞いした際、本当なら鼻を潰していたところなのに打点をズラされ、額で受けられてしまった。

しかし先程の二撃は、確実に〝芯〟をとらえた手応えがあった。

この手応えを覚えた時、蒼紘の前で立っていられた不良《あいて》は一人もいない。だからこそ蒼紘は、今この瞬間の勝利を微塵《みじん》も疑わなかった。むしろやり過ぎたとさえ思っていた。

「小林クン」

蒼絃と史季のケンカを撮影していた派閥メンバーに話しかけながら、倒れ伏す史季に背を向ける。

「早急に折節クンを下まで運ぼう。少々やり過ぎてしまっ――」

「蒼紘くんッ‼」

突然小林が逼迫《ひっぱく》した声を上げる。

まさかと思って振り返ると、そこには、

ゆっくりと立ち上がる、折節史季の姿があった。


馬鹿な。立ち上がれるわけがない。そんな疑問は、頭から血を流しながらも些《いささ》かも戦意を陰らせていない史季と目が合った瞬間、霧散した。

ぞわり――と背筋に悪寒《おかん》が走り、半ば反射的に飛び下がる。

押せば倒れそうな有り様の史季を前にして。

史季のハイキックを防御した左腕がいまだ痺《しび》れているため、両手で木刀を握れないという理由もある。だがそれ以上に、折節史季という男に言い知れぬ脅威を覚えたからこそ、

相手が死に体に等しい状態であるにもかかわらず、距離を取ってしまったのだ。

（今まで倒してきた連中が相手だったら、これ以上やったら殺してしまうかもしれないと思うところだけど……）

なぜかはわからないが、どれだけ木刀で殴りつけても、史季が立ち上がってくる気がしてならなかった。

（狙ってやってるかどうかは微妙なところだけど、折節クンは攻撃の〝芯〟を外すのが上手《うま》い。意識を刈り取るなら、打撃よりも絞め技の方が確実か……）

小林が持っているカメラを、横目で一瞥《いちべつ》する。このケンカが斑鳩《いかるが》に観《み》られている以上、これ以上手札を見せるのは得策ではないかもしれない。

けれど、

（出し惜しみして負けることほどダサい話もないしね。切札《きりふだ》と呼ぶにはスマートさに欠ける手札だけど、切らせてもらうとしよう）

史季に視線を固定したまま、握っては開くを繰り返して、左手の痺れがとれていることを確認する。十全とまではいかないが、ケンカを続ける分には問題ないと判断した蒼絃は、両手で木刀を握り直し、正眼に構える。

〝次〟で決める——そんな気概を迸《ほとばし》らせて。

◇　◇　◇

木刀で殴られた頭がガンガンする。その痛みのせいか、いやに意識が冴《さ》えてしまい、その分明瞭に痛みを感じてしまうものだから、終わりのない拷問にでもかけられているような気分だった。額や頰に、汗のように垂れてくる液体を拭った手の甲には、常時ならば卒倒したくなるような赤が付着していた。

あのまま倒れていた方が楽だってことはわかっている。

立ち上がらなければ余計な怪我を負わずに済むし、先程蒼紘が小林に言おうとしていたことを鑑《かんが》みると、すぐに下まで運んでもらえた上で、応急処置を受けられたこともわかっている。

立ち上がること自体が、賢い選択だとは言えないこともわかっている。

だけど、

（たぶんだけど……負けた姿を見せる方が、小日向《こひなた》さんにもっと心配をかけると思うから……）

勝とうが負けようが、頭から血を流している姿を見られたら、心配されることはわかりきっている。けれど、勝つことで夏凛の心配を少しでも軽くすることができるなら、絶対にそっちの方が良《い》いと史季は思う。

余計な怪我を負ってしまった挙句に負けてしまう――かつての史季ならば真っ先に思い浮かべていた可能性を一顧だにしない時点で、自分で思っている以上に毒されてきていることにも気づかずに。

（初見で相討ち狙いに対応してきた鬼頭くんに、同じ手が通用するとは思えない。だけど、まともにやり合ったらジリ貧になるのは目に見えている……）

だとしたら、残る手は一つしかない。こういう時のために練習を重ねてきた、左脚のキックによる初見殺し。これしかない。が、問題もある。

これまでの攻防で、史季がキックを繰り出せたのはたったの二回。片や攻撃をくらった直後に、片や相討ち狙いで繰り出したものなので、まともに繰り出せたとは言い難《がた》い。

そんな相手から、果たして左脚のキックを繰り出せるだけの隙を見出《みいだ》すことができるだろうか？　そんな疑問が脳裏に浮かんだところで、ふと気づく。

どこがどうとは言えないが、なんとなく、心なしか、相対している蒼絋の雰囲気が先程までとは変わっていることに。

（これってもしかして、鬼頭くんは〝次〟で決めるつもりなんじゃ……）

ならば、くるかもしれない。奥の手となる〝何か〟が。

その〝何か〟が初見殺しに類するものであることは、想像に難《かた》くない。

（小日向さんは言っていた。見切られないと思い込んでいる初見殺しを見切られた場合、その人はアホほど隙を晒すことになるって）

蒼紘ほどの強者ならば、自分の初見殺しが見切られるわけがないなどと思い込んだりはしないだろうが、

（もし本当に鬼頭くんが奥の手を使ってきて、見切ることができたら、反撃する隙くらいは見出せるはず！）

勝ち筋を見出すことができた。あとは実行に移すだけ。

そんな覚悟が顔に出てしまったのか、相手の表情がわずかに強張《こわば》る。

場の空気が、加速度的に張り詰めていく。

◇◇◇

史季の表情が覚悟に充《み》ち満ちていく様を見て、再び蒼紘の背筋に悪寒が走る。

感じているのは恐怖か、それとも脅威か。

いずれにせよ滅多に味わうことのない感覚に、蒼紘は胸が躍った。

(いいね。同学年が相手だとこうはならない。本当にこの学園に来てよかったと思うよ)

同時に、感謝する。この学園の存在を教えてくれて、足場をつくってくれて、強敵とひりつくような死闘を繰り広げられる舞台を用意してくれた、姉の朱久里《あぐり》に。

幼い頃の蒼紘は、今の彼を知る者たちが見れば驚くほどに弱かった。体はおろか、心さえも。そんな弟のことを心配した姉は、いつもいつも蒼紘にベッタリだった。家にいる時も、外に出る時も。その度に、姉はいつもこう言うのだ。

『蒼紘がそんなんだから姉ちゃん、おちおち遊びにもいけないよ』

当の姉はそれを言い訳に弟にベタベタしていただけだが、幼くしてブラコンを拗《こじ》らせた姉の心中など知る由《よし》もなく。

姉の言葉を額面どおりに受け取った蒼紘は、姉がおちおち遊びに行けるようにするために、強くなることを決意した。親に頼んで、習い事と称して様々な格闘技を習うことで。

そうして蒼紘は強くなった。が、習い事のせいで蒼紘と一緒にいる時間が減ってしまったことが原因で、姉がちょっとだけグレてしまった。

そんな理由でグレたとは露ほども知らなかった蒼紘は、不良《それ》が姉にとっての漢《おとこ》の理想像だと勘違いして、その道で頂点を獲《と》ることを決意した。

その過程で、強者との死闘に、その果てにある勝利という美酒に、蒼紘は自然とはまっていった。けれど、姉のために強くなるという根っこの部分は、幼い頃に決意したあの時からずっと変わっていない。

（この戦い《ケンカ》は、誰がなんと言おうとボクのものだ。だから捧《ささ》げる！　姉サンに勝利を！）

転瞬、蒼紘は正眼《せいがん》に構えていた左手と右手を円を描くようにして捻《ひね》り、その勢いを乗せて木刀を手放すことで、史季の頭部に目がけて投擲《とうてき》する。

特殊な技法によって投げられた木刀が手裏剣のように回転しながら空を斬り裂く中、蒼紘は身を沈めて床を蹴り、史季の両脚をとりにいく。

木刀の投擲《とうてき》で不意を突き、レスリングのタックルで両脚をとって寝技に持ち込み、柔道の絞め技で意識を絶つ。それこそが蒼紘が描いた勝利への道筋であり、正眼の構えからわずかな動作《モーション》で木刀を投擲する技こそが〝スマートさに欠ける〟蒼紘の切札だった。

しかし——

史季が飛んできた木刀を防御も回避もせずにくらう様を見て、蒼紘の心胆が瞬《またた》く間《ま》に凍りついていく。

木刀の投擲があくまでも布石にすぎないことを読まれた？——などと思考する間《ま》はなかった。不意を突くことに失敗した以上、このままタックルを仕掛けたら、あの強烈なキックをカウンターでくらうことになるのは必至。かといって、タックルの勢いを止めることはできず、回避が間に合うような状況ではないので、即座に左側の防御を固める。

史季に返り討ちにされた不良たちの間で、彼が右脚でしかキックが打てないという噂《うわさ》が流れていることは蒼絃も耳にしている。

そして実際にケンカしてみて、その噂が真実だと確信した。

だからこそ、躊躇《ちゅうちょ》なく左側の防御を固めたわけだが——だからこそ、瞠目《どうもく》せずにはいられなかった。

史季が今まさに、左脚でキックを繰り出そうとしていたから。

まずいと思った時にはもう、ローキック気味に放たれた相手の左脚が、こちらの右側頭部を捉えていた。

次の瞬間——

激烈な衝撃とともに、蒼絃の視界は暗転した。

エピローグ

「嘘《うそ》だろ……」

撮影役の小林が呆然《ぼうぜん》と呟《つぶや》く中、史季は肩で息をしながら、倒れ伏す蒼絃《あおい》を油断なく見下ろす。手応えとしては完璧だったが、これで決まったかどうかは確信が持てない。

不良ならば、このタイミングで追い打ちをかけるのが正解なのかもしれないが、不良ではない史季は、倒れている相手に追い打ちをかけるのはどうしても気が咎《とが》めてしまう。なので、武道の世界における残心さながらに、蒼絃が立ち上がってきた場合に備えて臨戦態勢を維持した。

心の中では、今ので決まらなかったらどうしようとビクビクしながら。

一〇秒、二〇秒と時が過ぎ、ここまできたらさすがにもう起き上がってこないだろうと息をついたところで、

「…………ッ⁉」

突然、蒼絃が勢いよく上体を起こし、史季はビクリと震えてしまう。痛むのか、蒼絃は蹴られた右側頭部を手で押さえながら史季と小林に視線を巡らせ……舌打ちした。

「小林クン。ボクは今、どれくらい気を失っていた？」

まさかの質問に驚きを露《あら》わにしながら、小林は答える。

「三〇秒も経《た》ってなかったと思うッス」

「要するに、二〇秒かそこらは気を失っていたということか……」

蒼絃は悔しげな顔をしながら、深々と息をつく。

「そんなにも長く気を失ってしまった以上、負けを認めないわけにはいかないな」

「じゃ、じゃあ……」

なんとなく恐れ多くて言葉がつげない史季に代わって、蒼絃が宣言する。

「今回はキミの勝ちだ。折節クン」

頭についた言葉に矜持《プライド》を感じさせられることはさておき。

「よかった……」

史季は心底安堵《あんど》しながらも、尻餅をつくようにしてその場にへたり込んだ。

そんな史季に、蒼絃は珍獣でも見るような視線を向ける。

「『やった』ではなく『よかった』か。つくづくおかしな人だね、折節クンは」

「いや、だって、あれ以上続けてたら、余計に怪我《けが》してたかもしれないし……」

「怪我の心配はしても、ボクに負ける心配はしていなかったというわけか。折節クンも、存外不良らしいところがあるじゃないか」

「えぇッ⁉」

　と驚きながらも、言われてみれば木刀で頭を殴られたあたりから、自分が負けることを全く考えてなかったような気がしてきた史季は、ちょっとへコみそうになる。

　史季自身、暴力に対抗できるだけの力を身につけることを望んでいるというだけで、不良になることは一ミリも望んでいないので、「不良らしいところがある」と言われたことは不本意極まりなかった。

（……いや、でも、小日向《こひなた》さんたちみたいなら……）

　などと考えそうになったところで、頭が痛いにもかかわらず何度もかぶりを振って、余計な考えを振り払う。僕は一般生徒《バンピー》僕は一般生徒《バンピー》――と、自分に言い聞かせながら。

　とはいえ、固まってきているとはいっても出血するほどにまで木刀で強打され、挙句の果てにその木刀を投げつけられた頭を何度も左右に振るのはよろしくなかったらしく、目眩《めまい》を覚えて上体が倒れそうになった史季は、地面に手を突いて体を支えた。

「あまり派手に頭を動かさない方がいいよ。自分で言うのもなんだけど、木刀が二度キミの頭を捉えた時は、絶対に立ち上がってこないって確信できるほどの手応えがあったからね。それなのに立ち上がってきて、平然とまではいかないまでも今もこうして普通に話ができていることに、驚愕《きょうがく》を通り越して呆《あき》れているくらいだけど」

肩をすくめる蒼紘に、史季はなんとも言えない微妙な表情をしてしまう。おそらくは笑ってもいい場面なのだろうが、実際に木刀で頭を殴られた身としては笑うに笑えない。

「その手応えがあったから、なおさら大袈裟《おおげさ》にかわすか守るかしてくれるだろうと思って、キミの頭を狙って木刀を投げたんだけど……今後の参考のためにも聞いておきたいんだけど、最後の攻防において、折節クンはボクの狙いをどこまで読めていたんだい？」

「読めていたわけじゃないよ。ただ……投げてきた木刀に恐《こわ》さがなかったというか……投げた直後の鬼頭くんの方が恐かったというか……」

言ってしまえば「そう感じた」としか言いようがない話なので、返答はどうしてもしどろもどろになってしまう。タックルに反応できたのも、恐さの欠片《かけら》も感じない木刀には目もくれずに、恐さしか感じない蒼紘を注視していたおかげに他ならなかった。

こんな返答で納得してもらえるはずがない――と思っていたら、

「……なるほど。布石のつもりで木刀を投げたことを見透かされたというわけか。次からは、布石だけでも相手を殺す気概で投げるとしよう」

勝手に良《い》い感じに解釈してくれた。いやに物騒な改善案を付け加えて。

「ところで小林クン。姉サンたちの方はどうなったかわかるかい？」

小林は、ゆっくりとかぶりを振る。

「今のところ、電話はおろかLINEすら入ってきてないッスね」

そんな二人の会話を聞いて、タイマンを始める前は下の方から聞こえていた喧噪《けんそう》がもうすっかり聞こえなくなっていることに、史季は今さらながら気づく。

気づいてしまったからこそ、夏凜《かりん》たちのケンカがどうなったのか気になって気になって仕方なくなってしまい、蒼絃たちに提案した。

「それなら、今すぐ下におりよう。その方が手っ取り早いだろうし」

「確かにそのとおりだね。それに怪我だけを見れば、ボクよりも折節クンの方が余程重傷だ。応急処置を受けさせるという意味でも、早く下におりた方がいいかもしれない」

怪我をさせた張本人が怪我の心配をしてくる。普通ならば不快感の一つや二つ覚えるところなのに、不快の「不」の字も湧いてこないことに史季は困惑する。

たった二度とはいえ、岩谷としての彼との交流があったからだろうか？

それとも実際にケンカをしたことで、彼の〝本気〟を肌で感じたからだろうか？

あるいは夏凜のおかげで強くなれたことで、感情に変化が生じたのか？

いずれにせよ、かつて経験したことがない感情の動きに史季は困惑しきりだった。

「どうしたんだい？　下におりるよ、折節クン」

「え？　あ、うん。今行く」

と返したところで、ふと思う。よくよく考えたら、あれほどのケンカをした相手とこうして普通に話している時点で、状況そのものが普通ではないことに。

たぶんきっとそのせいで感情の動きがおかしなことになっているのだろうと、棚上げに等しい結論を下したところで、史季は蒼絃たちに促されるがままに階下へと下りていった。

◇◇◇

夏凛たちが、朱久里《あぐり》率いる鬼頭派とのケンカに勝利し、朱久里のスマホに、春乃《はるの》のことで面倒なことが起きているという坂本からの連絡が入り、その信じられない内容に小日向派も鬼頭派も関係なく誰も彼もが頭を抱えた後。

夏凛たちは朱久里たちと肩を並べて、一年最強決定戦の舞台となった廃病院本棟のすぐ傍《そば》にある別棟に足を踏み入れた。廃病院なのになぜか点《とも》っている廊下の電灯が、絶妙に心霊スポットじみた雰囲気を醸《かも》し出《だ》す中を。

「おい、夏凛」

露骨に鬱陶しそうな声音の千秋に、夏凛は微妙に震えた声音で応じる。

「な、なんだよ?」

「離れろ。鬱陶しい」

案の定、院内の雰囲気にビビり倒している夏凛は、背中を丸めて千秋の腕にしがみついていた。

「い、いやー……こうも雰囲気出てると、ち、千秋がビビってるんじゃねーかと思ってな。だ、だから、あたしがくっついてやってんだよ」

その物言いにイラッときた千秋が、ブンブンと腕を振って夏凛を振り解《ふほど》こうとする。

「え、ぁ、やめ……やめろぉ……」

それでもなお必死に千秋の腕にしがみつきながら、〝女帝〟の威厳もへったくれもない声音で懇願する。

「も〜、りんりん。ちーちゃんじゃなくてワタシにしとけば、好きなだけ引っ付かせてあげたのに〜」

「んなこと言ってるからだろ」

ツッコむ余裕のない夏凛に代わって、千秋。とはいえ、容赦がないのは夏凛に対してもで、しがみつく彼女を振り解くために、引き続きブンブンと腕を振り続けていた。

その様子を見て、朱久里は苦笑混じりに夏凛に言う。

「ったく、こういうのが苦手なのは相変わらずだねぇ」

「だ、だから苦手じゃねーっ言《つ》ってんだろ、鬼頭センパイ！」

「そうかい。だとしたら、アンタのためにわざわざ廃病院《ここ》を一年最強決定戦の舞台に選んだのは、失敗だったかもしれないねぇ」

ちょっと涙目になっている目で、夏凛は「ぐぬぬ……」と恨めしそうに朱久里を睨《にら》む。

やはりというべきか、口の上手さは朱久里の方が四枚も五枚も上手《うわて》だった。

「そんな目で睨まないどくれよ。お詫《わ》びと言っちゃなんだけど、アタシら鬼頭派が、桃園の嬢ちゃんの友達の後ろ盾になったげるからさ」

先の坂本からの電話で、春乃が美久の説得に成功し、二人とも怪我をすることなくリタイアしたという話は、夏凛たちも聞き及んでいる。

その美久《みく》が、拉致の件で荒井派に脅され、春乃を呼び出した友達《ともだち》であることは、ケンカ前に朱久里の口から聞き及んでいる。

だからこそ、荒井派とは犬猿に等しい小日向派が美久の後ろ盾になるのは危険であり、組織力という点では四大派閥随一の鬼頭派が後ろ盾になった方が安全だと思った夏凛は、朱久里の提案に異を唱えることはなかった。そしてそれは、千秋と冬華も同様だった。

「春乃と、美久って子が、それで納得するんならな」

この一線は守れよと言わんばかりの夏凛に、朱久里は「勿論《もちろん》」と答える。

余談だが、朱久里は、美久が荒井の妹であることを知っている。

その上で、夏凛たちにはそのことを教えておらず、美久の後ろ盾になると言ったのも善意のみが理由ではなく、使えるかもしれないという打算もわずかに含まれていた。

そんな油断ならない先輩の心中など知る由《よし》もない夏凛たちは、和気藹々《あいあい》とまではいかないまでも、大ゲンカをしたとは思えない緩《ぬる》さで廊下を進んでいき……別棟一階にある、大部屋の病室に到着する。

なんでもその部屋で、決定戦に敗れて怪我を負った一年生の応急処置をしているらしく、春乃もそこにいるという話だったが……大部屋に入った瞬間、事前にそうなっているという話を聞いてなお、夏凛たちは眼前で繰り広げられている光景をすぐには理解することができなかった。

なぜか春乃が、大部屋のど真ん中で、怪我を負った一年生の応急処置をしていたのだ。

それだけならまだ理解も及んだが、わけがわからないことに、一年生の不良どもが春乃の応急処置を受けるために、お行儀良く長蛇の列を成していたのだ。

「はい！　これで終わり！」

強面《こわもて》の不良男子の腕に包帯を巻いた春乃が、笑顔で処置が終わったことを伝える。

「う〜ん、ありがと〜」

強面男子はデレッデレになりながら猫なで声で春乃にお礼を言い、熱にでも浮かされたような顔で列から離れていく。

その次に並んでいたのは、怪我《けが》をしたから仕方なく並んでいただけだと思いっきり顔に書いてある、不良女子だった。

どうにもその不良女子は、野郎どもを骨抜きにしている春乃のことが気に入らないらしく、殴られて痣《あざ》ができた顔を露骨に気に食わなさそうにさせていたが、

「大丈夫？　痛くない？」

親身になって処置をしてくれる春乃に絆《ほだ》されたのか、最終的には先の強面男子と同様、熱に浮かされた顔にアイスパッドを当てながら列から離れていった。

春乃の手伝いをしている四白眼の女子――おそらくこの子が三浦美久だろう――と、大部屋の隅で不機嫌そうに春乃を睨んでいるピンク髪の不良女子一人を除いて、誰も彼もが現在進行形で春乃に骨抜きにされている状況だった。

この出来事が、学園史上最大級と謳《うた》われる桃園春乃ファンクラブ（非公式）が創設される切っ掛けになったことはさておき。

夏凛も、朱久里さえも、目の前の状況に唖然《あぜん》とするばかりだった。

「なんでウチ、春乃のことを心配したことに敗北感を覚えてんだ？」

そんな千秋の一言に、誰も彼もが共感し、

「……うん。確かにこれは、坂本が言っていたとおり面倒だね……。しかも、どう収拾をつければいいかわからないタイプの面倒くささだね……」

朱久里も含めた鬼頭派のメンバー全員が遠い目をし、

「はるのん……！　最っ高……！　ほんっと最っ高……！」

冬華ただ一人だけが、腹を抱えて笑っていた。

そんな中、決定戦の進行のみならずこの場をも取り仕切っていた坂本が、朱久里のもとにやってくる。

「怪我人《けがにん》の多さを見て、桃園と三浦が自分たちも手伝うと言ってきてな。桃園は医者の娘だから渡りに船だと思ってやらせてみたが……」

「ご覧の有り様ってわけかい」

「面目ない。まさかこのような事態になるとは思わなかった。それよりこの状況、どうすればいいと思う？」

さしもの朱久里もすぐには答えが出せなかったらしく、代わりに坂本に質問する。

「桃園の嬢ちゃんの処置は的確なのかい？」

「ああ。医者の娘なだけあって、鬼頭派《うち》で用意した救護班の誰よりも的確《てきか》――」

「ぐぇあああぁぁぁぁあああぁッ‼」

恐竜が尻尾を踏んづけられたような悲鳴が轟《とどろ》き、朱久里と坂本は会話を中断する。

見やると、消毒液を手にオロオロする春乃と、彼女の処置を受けていた不良男子がどこぞの特務の青二才さながらに「目がぁ……目がぁ……」と両手で目を押さえて悶絶《もんぜつ》する姿が、視界に飛び込んでくる。

どうやら春乃がドジって、不良男子の目に消毒液を噴出させてしまったようだ。

「……まあ、たまにドジるみたいだがな」

「……この状況で下手に交代させると、余計に面倒くさいことになりかねないからね。引き続き桃園の嬢ちゃんには一年たちの処置をしてもらうことにして、さっきみたいなドジが起きないよう、しっかりと見張《みは》っと――」

「えっ⁉　先輩たちっ⁉　来てたんですかっ⁉」

「ぼぇあああぁぁぁぁあああぁッ‼」

夏凛たちの存在に気づいた春乃が消毒液の容器を強く握り締め、勢いよく噴き出した液体がまたしても不良男子の目に直撃する。

「お、おい、春乃！　先輩たちが気になる気持ちはわかるけど、今は目の前のことに集中しやがれ！　こいつめっちゃ可哀想《かわいそう》なことになってんぞ⁉」

慌てて窘《たしな》める美久の言葉に、春乃は「う、うんっ！」と答えると、不良男子に平謝りしながら今度こそ処置に集中した。

二度も会話を中断させられた朱久里は、ますます遠い目をしながら言う。

「ほんと……アタシでも、あの子が次に何をしでかすのかは全く読める気がしないよ」

これには夏凛《かりん》たちも思わず苦笑してしまう。

冬華一人だけは、引き続き腹を抱えて笑ってばかりいるが。

「春乃の無事は確認できたけど……説教はまた今度にした方がよさそうだな、こりゃ」

夏凛の言葉に、千秋は「だな」と同意する。

説教とは勿論、友達《ともだち》のためとはいえ、自分たちに黙って朱久里に接触した挙句、一年最強決定戦に参加したことについてであることは言《げん》に及ばない。

「そんじゃ、次は史季だな」

どこかのんびりとした物言いとは裏腹に、どこか切迫した響きが入り混じった声音で言いながら、夏凛は朱久里を見やる。戦う力のない春乃の安否を先に確めたというだけで、史季のことも同じくらいに、あるいはそれ以上に心配していることがよくわかる視線で。

「わかってる。ついておいで」

そう言って坂本に目配せをし、首肯が返ってくるのを確認してから歩き出す。

夏凛も朱久里《あぐり》を追って歩き出し、当然のように千秋も二人について行こうとするも、

「ダ～メ」

爆笑していたはずの冬華にいきなり背後から抱き締められ、それだけで意図を察した千秋は、ため息混じりに足を止める。

「春乃《はるの》たちのこと、ほっとくわけにもいかねぇから別にいいけどよ。鬼頭パイセンと一緒に行く以上、ウチらがいようがいまいが関係なくねぇか？」

「さ～て、それはどうかしらね～？」

◇　◇　◇

史季が、蒼絃《あおい》と小林とともに本棟一階のロビーに辿《たど》り着《つ》いたその時だった。

朱久里とともにやってきた夏凛と、ばったり出くわしたのは。

「史季！」

名前を呼びながら、夏凛が駆け寄ってくる。一目見ただけで、こちらのことを心配しているとがわかる表情で。

結局夏凛にそんな顔をさせてしまったことを、余計な負担と迷惑をかけてしまったことを謝りたくて仕方なかったけど、それ以上に鬼頭派と大ゲンカをした夏凛たちのことが心配で心配で堪《たま》らなかったので、開口一番彼女に訊《たず》ねた。

「小日向《こひなた》さん、怪我はない？　月池さんと氷山さんは無事なの？」

「しれっとついて来てねー奴《やつ》らのことなんか知らねーよ……って言いてーとこだけど心配すんな。あたしもあいつらも怪我なんてしてねーよ。つーか、おまえの言う台詞《せりふ》かよ」

夏凛は苦笑しながら手を伸ばし、ガラス細工を扱うような繊細な手つきで、血に塗れた史季の頭を優しく撫《な》でる。

その撫で方が絶妙だったおかげもあって痛みはなかったが、蒼絃や朱久里、小林が見ている手前、ちょっと気恥ずかしいものがあった。

そうこうしている内に、夏凛は史季の頭から手を離す。

まだ生乾きだったせいか、彼女の指先にはわずかながらも血が付着していた。

自然、夏凛の表情が悲痛に歪《ゆが》む。

「それ、ボクがやったって言ったらどうする？　小日向サン」

挑発するように言う蒼絃に、史季は思わず「鬼頭くん……！」と名前を呼んで窘めるも、折角の機会だとでも言いたげな表情からして、彼に退く気がないのは明白だった。

瞬《また》く間《ま》に一触即発の空気が出来上がり、内心ハラハラするも、

「どうもしねーよ。負け犬をいじめる趣味なんてねーしな」

底意地の悪い笑みを浮かべる夏凛に、蒼紘は口ごもる。

自分の方が蒼紘よりも余程ボロボロだという自覚があった史季は、どうして夏凛がケンカの勝敗を言い当てられたのか気になり、率直に訊ねた。

「どうして僕が勝ったってわかったの？」

「んなもん、おまえらの顔見りゃ一発でわかる。だろ？」

最後の問いは、朱久里に向かって言ったものだった。

「……残念ながらね」

口惜《くや》しげに、朱久里。弟と〝女帝〟が一触即発になったにもかかわらず口を挟んでこなかったのは、あるいは、弟の敗北を受け入れきれなかったせいかもしれないと史季は思う。

「小林。アンタはタイマンの結果を坂本に伝えてきとくれ」

「りょ、了解ッス」

言われて慌てて走り去っていく小林を見送る朱久里に、一転してバツが悪そうな顔をしていた蒼紘が小さく頭を下げる。

「ごめん、姉サン。負けてしまったよ」

「謝る必要なんてないさね。誰よりも悔しく思ってるのは蒼紘、アンタだろ？」

姉の問いに、蒼紘は素直に首肯を返す。そんな弟の胸を、朱久里は軽く小突いた。

「だったら、その悔しさをバネにもっと強くなって、坊やにリベンジすればいいさね」

「……そうだね。姉サンの言うとおりだ」

微笑を浮かべて姉の言葉を素直に受け入れる蒼紘に、「リベンジなんて勘弁してほしいんですけど⁉」とは言えない史季だった。

例によって思っていることが顔に出てしまっていたのか、蒼紘は肩をすくめながら言う。

「まあ、当の折節クンがこれだから、しばらくは機会はなさそうだけどね」

「その辺りは、坊やの心変わりに期待ということで」

鬼頭姉弟の視線が、完全に獲物を狙う狩人《かりゅうど》のそれだったので、史季はビクリと後ずさってしまう。そんな史季の反応に、夏凜は「しょうがねーな」と言いたげな顔をしながら、朱久里と蒼紘を窘めた。

「あんまり史季のこといじめるのやめてくんねーかな？　つーか、史季は不良《バカ》どもに絡《から》まれないようにするために賞金首役を引き受けたんだろ？　取引した相手から狙われたら、え～っと……〝ほんまつてんとう〟？　もいいとこじゃねーか」

自信なさげなところはともかく、こんなふとした場面で勉強会の成果が見られたことに、史季が軽い感動を覚えていることはさておき。

取引という言葉が効いたのか、朱久里も蒼紘もバツが悪そうに口ごもった。

「ったく。普段は騙《だま》しやすいくせに、たまに核心をついてくるからやりにくいんだよ、アンタは」

「騙しやすいってどういう意味だよ、鬼頭センパイ⁉」

素っ頓狂な声を上げる夏凛に史季は苦笑しそうになるも、頭の怪我《けが》のせいか、目眩《めまい》を覚えてふらついてしまう。

「史季！　大丈夫か⁉」

夏凛が正面から抱き支えてくれて、何がとは言わないが鳩尾《みぞおち》のあたりに柔らかい感触を覚えた史季は、別の意味で目眩を覚えそうになりながらも「だ、大丈夫」と返した。

「見たところ、蒼紘に良《い》いのをもらったって感じだね」

「それも二発もね」

悪びれもしない蒼紘の補足に、さしもの朱久里も頭を抱えそうになる。

「それは、さすがにちょっと心配だね。どのみちすぐに応急処置を受けられるような状況でもないし、この際だから直《ちょく》でこの医院に向かうといい。アタシの名前を出せばタダで診てもらえるから」

そう言って朱久里は、懐《ふところ》から取り出した四つ折りの紙を史季に渡す。

紙を広げてみると、ウェブから印刷してきたものと思われる、今朱久里が言っていた医院までの道程を記した地図が描かれていた。

廃病院から歩いて五分もかからないところを見るに、この医院が、坂本が言っていた「大事にならないようにするための備え」の一つなのかもしれないと史季は思う。

もっとも、今はそんなことよりも余程気になることがあったので、史季はそれこそ直《ちょく》で朱久里に訊ねた。

「タダで医者に診てもらえたり、こんな大舞台を用意したり、鬼頭先輩って本当に何者なんですか？」

「なんだい？　小日向の嬢ちゃんから聞いてなかったのかい？」

言いながら視線を向ける朱久里に、夏凛は「ふん」と鼻を鳴らしてから答える。

「他人《ひと》ん家《ち》のことペラペラ喋《しゃべ》る趣味はねーっての」

「別にプライバシーってほどの話でもないんだけどねぇ。土地とかに詳しい人間だったら、すぐにピンとくるような名前だし」

そんな朱久里の言葉を聞いてピンときた史季は、目を見開きながら訊ねる。

「もしかして親が、この辺りで有名な地主さん……とか？」

「アタリ」

ニヤリと笑って肯定する朱久里に、史季はどうりで春乃の両親の信頼を勝ち得ているわけだと得心する。相手が地主ならば、医者である春乃の両親と面識があったとしても、そう不思議な話ではない。

そんな史季の得心を知ってか知らずか、朱久里は補足するように話を続けた。

「だからこの廃病院みたいに買い手がついてない土地でヤンチャしたり、今紹介した医院みたいに、うちの親の世話になっているとことかで、色々と融通を利《き》かせてもらえたりしてるってわけさ」

「なんて姉サンは謙遜してるけど、姉サンの時勢を読む力は父サン以上だからね。ボクがこうして好き勝手やれてるのも、姉サンが父サンの仕事の手伝いをして、結果を出してるおかげというわけさ。今回の一年最強決定戦にかかった費用も、姉サンが株で儲《もう》けた金から全て出してるしね」

(って、本当に株式投資やってた⁉)

と、心の中で驚く史季の隣で、

「いや、高校生が株なんてやってていいのかよ⁉」

夏凜が至極もっともなツッコミを入れる。

「結論だけを言えばやっても問題ないさね。あと、蒼紘はアタシのおかげで好き勝手やれてるとか言ってるけど、実際は蒼紘の熱量を父さんが認めたおかげだから、アンタたちもそこんところ勘違いすんじゃないよ」

「なにを言ってるんだい、姉サン。父サンを説得できたのは、姉サンが口添えしてくれたことが大きかったじゃないか」

「そんなの、ほんのちょっと手助けした程度さね。それに父さんは、どんな世界であれ成り上がるという行為が大好きだからねぇ。アタシの口添えがなくても、アンタ一人で充分説得することができたよ」

などと姉バカ弟バカぶりを発揮する鬼頭姉弟に、史季と夏凛《かりん》は揃《そろ》って閉口する。

「……いい加減マジでお医者さんとこ行くか」

「そ、そうだね……」

史季と夏凛は、鬼頭姉弟に一言断りを入れてから――案の定かえってきたのは生返事だった――二人一緒に廃病院本棟を後にする。

「なんというか、不思議だよね」

「あんだけケンカしたのに、普通にくっちゃべってたことがか？」

夏凛の問いに、史季は首肯を返す。

「荒井ん時のような潰し合いをしてたわけじゃねーからな。まー、運良くじゃれ合い程度で済んだおかげってのもあるけど」

「運良く？」

と訊ねる史季に、今度は夏凜が首肯を返す。

「史季や春乃《はるの》に何かあったら、たぶんあたしは鬼頭センパイのことを許してなかったと思う。史季が一年最強決定戦の賞金首を引き受けたのも、一から十まで史季の意思でってんならあたしも文句は言わなかったけど、どうせ鬼頭センパイに、賞金首をやらなきゃいけない流れに仕向けられたんだろ？」

全てとは言わないが、概《おおむ》ねその通りだったので、今回ばかりは首肯を返すことができなかった。

そんな史季の心中を察してか、夏凜は答えを聞くことなく話を続ける。

「鬼頭センパイは確かにわりー奴じゃねーけど、だからって良い奴ってわけでもねーからな。油断してるといつの間にか……なんてこともザラにあるから、あんまし気ぃ許しすぎんじゃねーぞ」

「わ、わかった……」

と返しながらも、どちらかというと夏凜の方が、自分よりも余程気を許しているように見えたとは言えない史季だった。

そんな気づきをなかったことにしたかったせいか、史季は今さらながらあることに気づいてしまう。

「そういえば小日向《こひなた》さん、大丈夫なの？」

「だーかーらー、怪我なんてしてねーって言ってるだろ」

「いや、そっちじゃなくて……ほら、廃病院っていかにも出──いったッ⁉」

足を思い切り踏んづけられ、史季は思わず悲鳴を上げる。

「言うなってのっ‼　あーもう、さっきまで全然気になってなかったのにぃっ‼」

「気になってなかったって……そうなの？」

「いや、だって……史季のことが心配だったし……」

唇を尖《とが》らせる夏凜に、史季はにやけそうになった口元を手で押さえながら顔を背けた。

なぜなら、幽霊の類が苦手な夏凜が、恐《こわ》さを忘れるくらいに自分のことを心配してくれていたことがわかったから。

心配させてしまったこと自体は当然反省すべきことだけれど、そうとわかってなお、夏凜にそこまで心配してもらえたことが嬉《うれ》しくて嬉しくて仕方なかった。

まず間違いなく友達としてだろうけど、それでも、夏凜にとって大事な人間の一人になれたような気がしたから。

そうこうしている内に廃病院敷地《しきち》の入口を抜け、ここまで来ればもう大丈夫だと言わんばかりに、夏凛は深々と息を吐く。

「こここんくらい、よよよ余裕だっつーの……」

とは言うが、声音は面白いくらいに震えていた。

そんな彼女を見て、史季はふと気づく。

（……あれ？　そういえば、前に夜の校舎を歩いてきた時は抱きついてきたのに、今回は抱きついてこなかったな……）

別に抱きついてくることを期待していたわけでは——いや、全く期待してなかったと言えば嘘《うそ》になるけど。

だからといって、実際に抱きつかれたら勘弁してほしいと間違いなく思うだろうけど。

廃病院という、心霊スポットとしてはド定番の場所にいたにもかかわらず、夏凛が抱きついてこなかったことを史季は少しだけ意外に思う。

敷地の外に出てなお微妙に体が震えているところを見るに、彼女が内心では恐くて怖くて仕方ないと思っていたのは明白。

なのに、抱きついてこなかったのは、いったいどういう心境の変化か。

（前に小日向さんに抱きつかれた時は、僕も思いっきり顔が赤くなってしまったし、そんなことになったら鬼頭くんにやられた頭に血が上って大変なことになるから、抱きつかないようにしてる……とか？）

などと、自信なさげな結論を下すタイミングを見計らっていたかのように、夏凛が常よりも真剣な声音で窘《たしな》めてくる。

「そりゃそうと、史季。後で春乃にも言うつもりだけど、今回あたしらに何の相談もせずに自分《てめー》だけでなんとかしようとしたこと、マジで反省しろよな」

これればかりはぐうの音も出ないので、素直に「はい」と答えるしかなかった。が、

「つっても、余計な迷惑かけたとか、くだんねーこと考えんじゃねーぞ」

続けて夏凛の口から出てきた言葉に、思わず目を丸くしてしまう。

夏凛たちに負担や迷惑をかけたくない一心で、朱久里《あぐり》との取引に応じた史季にとって、今の言葉は寝耳に水だった。

「友達《ダチ》なんだからさ、それくらいの迷惑かけちまえよ。ぶっちゃけ、賞金首なんて危ねー真似《まね》してまで頼ってもらえなかったこと、けっこうショックだったんだからな」

「ご、ごめん……」

「謝るのもなし。史季が不良《バカ》どもにケンカ売られるようになった原因は、熱出たくらいで

荒井に勝てなかったあたしのせいでもあるんだから」

「そ、そんなことはないよ！」

「そう！　それだよ！」

ズビシと人差し指を突きつけられ、思わず口ごもってしまう。

「史季からしたら、荒井の件であたしがわりーって思ってることが『そんなことはない』ってのと同じくらいに、史季が今回の件であたしらに迷惑かけたとか負担をかけたとか思ってることが、あたしらからしたら『そんなことはない』んだよ」

「だから……『迷惑かけちまえ』と？」

「そういうこった。こんな風にな」

言いながら、夏凜はこちらに手を差し伸べてくる。なぜか、微妙に顔を背けながら。

「は、廃病院があるせいか、意外と雰囲気あるとか、そ、そのせいでちょっと恐いとか思ってるわけじゃねーけど……その……なんだ……手ぇ繋《つな》いでくれるか？」

先程までのハキハキした物言いは、どこへやら。夏凜はしどろもどろしながら、そんなことをお願いしてくる。背けた顔を、耳まで真っ赤にしながら。

……なるほど。

どうやらこれが、彼女にとって『迷惑をかける』行為になるようだ。

けれど、

（迷惑だなんてとんでもないよ、小日向さん……！）

夏凛と手を繋いで歩ける嬉しさと、それ以上の気恥ずかしさで同じように耳まで真っ赤にしながら、史季は素直に「うん」と返し、恐る恐る彼女の手を握る。

夏凛の顔が耳まで赤くなっているのは、いかにも幽霊とかが出そうな雰囲気が苦手だという、自身の弱点を曝《さら》け出《だ》していることを恥ずかしく思っているからだろうと勝手に決めつけて。必ずしも、それだけが理由ではないことにも気づかずに。

そうして二人は、手を繋いで夜道を歩いて行く。

その足取りは、初々《ういうい》しいカップルを思わせるようなぎこちなさだった。

◇◇◇

その店は、史季たちも一時《いっとき》利用したことがある、荒井派が春乃を拉致したビルの斜向《はすむ》かいにあるカフェだった。

そこのテーブル席で、斑鳩《いかるが》獅音《れおん》はクリームソーダを啜《すす》りながら、スマホに映るとある動画を食い入るように視聴していた。鬼頭派の手によって動画サイトに限定公開で生配信され、アーカイブにもアップされた、史季と蒼絃《あおい》のタイマン動画を。

「いや、何回見る気だよ。その動画」

相席している、ウニのようにツンツンと尖った金髪と、レンズの小さい丸サングラスがトレードマークの斑鳩派ナンバー2——服部翔《はっとりしょう》が、呆《あき》れた声を投げかける。

「何回だっていいだろ。こんな熱いケンカ、そうそう見れるもんじゃねえしな。つうわけだから翔」

「わかってるわかってる。『折節史季はオレの獲物だ〜』とか言うつもりなんだろ？」

「そのとおり」

と、楽しげに笑っていた斑鳩だったが、ふと片眉を上げながら服部に訊《たず》ねる。

「そういやオレたち、な〜んか忘れてねえか？」

「いや、忘れてやるなよ。泣くぞあいつ」

そんな服部の返答を聞いてなお、斑鳩の頭上には「？」が浮かんでいた。


「ぶえ〜くしょいっ‼」

一人帰途についていた、斑鳩のかわいいかわいい妹分を自称するピンク髪の不良女子

――アリスは、可愛《かわい》げがないを通り越して微妙におっさんくさいくしゃみを炸裂《さくれつ》させてから、上機嫌に独りごちる。

「これってもしかして、れおん兄《にい》がぼくのことを噂《うわさ》してる感じっすかね～」

現実はその斑鳩に存在を忘れ去られていたことはさておき。

道すがら視聴していた、限定公開されていた一年最強決定戦のアーカイブ動画が映るスマホに視線を戻す。

画面には、蒼紘とのタイマンに勝利したばかりの史季の姿が映っていた。

下馬評どおりに一年最強決定戦を制した蒼紘にタイマンで勝利した史季は、間違いなく自分よりも強い男だと、アリスは確信する。

その強い男が、どういうわけか、自分が相手だと逃げの一手を打ってくる。

そのギャップが、アリスにもう一つの確信を抱かせる。

ちょっと弱味を握りさえすれば、この強い男を自分の好きなようにできる――そんな確信を。

確信の向こう側にある未来を幻視したアリスは、一人夜道を歩きながら、楽しげに愉《たの》しげにクスクスと笑った。

あとがき

どうも亜逸《あいつ》です。

久しぶりっつうかデビュー作ぶりに二巻目を出すことができました。亜逸です。

ラノベでヤンキーものやってみましたな本作ですが、この度「古味辛《こみから》い酢《ず》」という調味料を発売することと相成りました。興味を持たれた方は、そちらの方も手にとっていただけると幸いです。

※この話はフィクションです。登場する調味料・調味料・調味料等は架空のものであり、実在のものとは一切関係ありません。というか、ただのコミカライズの宣伝ですので、いやほんとマジでよろしくしていただけると幸いです。

というわけで（どういうわけだ）、ここからは恒例のキャラクター小話をば。

○月池《つきいけ》　千秋《ちあき》

ドラ○もんの四次元ポケットみたいなスカートを穿《は》いてる、ある意味一番ファンタジーしてる秋の人。

昔ながらのスケバンスタイルも、ロリに着させたら古臭さよりも可愛《かわい》らしさが先に立つんじゃね？　という着想から考案したキャラですが、そこからはもうあんまり記憶に残ってないくらいにスルスルと設定が出来上がったから、あんまり語ることがないという。

むしろ、今巻の口絵兼専門店のタペストリーについて打ち合わせをした際、

担当編集「千秋、巨乳にするのもありじゃね？」

亜逸「え、えらいことや……。せ、戦争じゃ……（画像略）」

となった話の方が語れるまであるという。ちなみに千秋はしっかりと貧乳ですので、そこはどうかご安心（？）ください。ロリとロリ巨乳はジャンルが違いますので。

○氷山《ひやま》　冬華《とうか》

貞操観念？　なにそれ？　おいしいの？　的な意味では一番〝不良〟している冬の人。

千秋同様、何の苦労もなくスルスルと設定が出来上がったキャラですが、アレでソレな感じだからか、こちらは語れることが沢山あるという（笑）。

サブヒロインとはいえ貞操観念をここまでゆるっゆるにしたら、さすがにＮＧくらうじゃろうか？　と心配していたら、すんなりとＯＫもらえたことに、ちょっとだけ驚いたのはここだけの秘密です。

Bにしたのは、サービスシーンを起こしやすくするためという身も蓋もない理由だったりします。そういった部分に加えて、ギャグシーンにおいても極めて有能のため、著者からしたら大変扱いやすくて大変便利なキャラだったりします。

なお、ケンカシーンにおいては投げ技、寝技の描写が地味にめんどくさいので、そこだけはちょっと扱いにくかった模様。まあ、ファンタジーゆえに一本背負いという名称すら使えなかった、前作「孤高の暗殺者は、王女を拾い育てる」のルファナよりはまだ楽ではありますが。


さすがに冬華一人にこれ以上紙幅を費やすわけにはいかないので、ぼちぼち謝辞をば。

本書刊行のためご多忙の中尽力してくださった担当編集様、ｋａｋａｏ様（マガポケにてｋａｋａｏさん作画の「辺境の薬師、都でＳランク冒険者となる」が連載されてますので、興味がある方はそちらも）、本書に関わった全ての方たちに、多大なる感謝とお礼を述べさせていただきます。

いい加減紙幅がやばくなってきたので、今回はこの辺で。それではマター（物質）。

亜逸

富士見ファンタジア文庫

放課後《ほうかご》はケンカ最強《さいきょう》のギャルに連《つ》れこまれる生活《せいかつ》2

彼女《かのじょ》たちに好《す》かれて、僕《ぼく》も最強《さいきょう》に!?

令和5年11月20日　初版発行

著者——亜逸《あいつ》

発行者——山下直久

発　行——株式会社KADOKAWA
〒102-8177
東京都千代田区富士見2-13-3
0570-002-301（ナビダイヤル）

印刷所——株式会社暁印刷

製本所——本間製本株式会社

ISBN978-4-04-075185-6 C0193 ◇◇◇

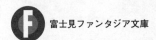

これは世界を救う
久遠崎彩禍。三〇〇時間に一度、滅亡の危機を迎える世界を救い続けてきた最強の魔女。そして——玖珂無色に身体と力を引き継ぎ、死んでしまった初恋の少女。
無色は彩禍として誰にもバレないよう学園に通うことになるのだが……油断すると男性に戻ってしまうため、女性からのキスが必要不可欠で!?
シン世代ボーイ・ミーツ・ガール!
1
王様のプロポーズ
King Propose
橘公司
Koushi Tachibana
[イラスト]——つなこ

最強の初恋
シリーズ
好評発売中!
ファンタジア文庫